U0483186

“海岸线”美文典藏

昨夜扁舟

黄文山 著

海峡出版发行集团 | 海峡文艺出版社

图书在版编目(CIP)数据

昨夜扁舟/黄文山著. —福州:海峡文艺出版社,2025.6
("海岸线"美文典藏)
ISBN 978-7-5550-3810-8

Ⅰ.I267

中国国家版本馆CIP数据核字第2024WN9755号

昨夜扁舟

黄文山　著
出 版 人　林　滨
责任编辑　余明建
出版发行　海峡文艺出版社
经　　销　福建新华发行(集团)有限责任公司
社　　址　福州市东水路76号14层
发 行 部　0591—87536797
印　　刷　福建东南彩色印刷有限公司
厂　　址　福州市金山浦上工业区冠浦路144号
开　　本　787毫米×1092毫米　1/16
字　　数　276千字
印　　张　19
版　　次　2025年6月第1版
印　　次　2025年6月第1次印刷
书　　号　ISBN 978-7-5550-3810-8
定　　价　68.00元

目　录

初识祁连山

要是有一群小鸟，我愿意给你；要是有一道流泉，我愿意给你；要是有一片森林，我愿意给你。祁连山，我从老远的南方前来看你，我看到你灰漠的面孔、焦渴的嘴唇，被岁月磨勒得如此深陷的皱纹密密地爬满你的额头。你赤裸的身子忍受着烈日的炙烤，忍受着朔风的撕咬。无穷的苦难，无尽的等待，你唯有默默无语。

对你来说，那高远的蓝天，那匆匆飘过的云彩，那交织成美丽图案的星星，那遥遥地平线上，明灭变幻的海市蜃楼，都不是你的。你所拥有的就是脚下的戈壁滩，只长碎石和沙土的戈壁滩，以及和你同样焦渴、同样枯寂的骆驼草。

在你面前，便是有名的河西走廊。名为“走廊”，却是一条绝非轻松的道路。当年，林则徐充军伊犁，足足跋涉了一个多月才穿越这条1200多公里的长廊。登上嘉峪关城楼，回首来路，他不禁感叹赋诗：“谁道肴函千古险，回看只是一丸泥。”

正是这条狭窄而漫长的河西走廊，绘出了甘肃省如此独特的地理形状：一只从中原大地伸向西部的长长手臂。古时，这里是西行的唯一通道，即在今天，它的重要交通位置依然没有动摇，欧亚大陆桥便铺设在这条古丝绸之路上。

历史似乎偏爱这被朔风吹刮得又干又冷的戈壁滩。无论是战争的狼烟还是和平的驼队都在这条道路上留下灿烂的篇章。2000 多年前，西汉王朝派 23 岁的年轻大将霍去病率军一年两度横穿河西走廊击溃匈奴铁骑，建立了河西四郡：凉州（武威）、甘州（张掖）、肃州（酒泉）、沙州（敦煌）。河西走廊自兹纳入中国版图。匈奴人因此哀歌：亡我祁连山，使我牲畜不蕃息；亡我焉支山，使我妇女无颜色。

只有你才知道，这场与匈奴间长达 200 年的惨烈战争对世界历史有多么重要。在两汉军队连番打击下，匈奴人终于退出河西走廊，退出蒙古草原。他们中的一支由里海辗转而西，征服了伏尔加河和顿河一带的游牧民族，继而击败东哥特人，并迫使西哥特人向西南迁徙。此后，匈奴铁骑纵横欧洲 80 余年，造成了多米诺骨牌式的民族大迁移，加速了罗马帝国的灭亡，形成了今天欧洲各民族的分布格局。而这惊心动魄又富戏剧性的一幕幕都是因为你而发生的。

在匈奴铁骑消失 1900 年后的一个初秋，我乘坐长途客车以每小时 80 公里的速度驶过你的身边，5 天行程 5000 多华里，沿河西走廊匆匆走了一个来回。我从车窗望着你，望着你绵延不绝的山峦，望着你覆雪皑皑的峰巅，望着你被漠风撕扯成万千形状的石崖，望着你没有一棵树、没有一只鸟的山坡，望着你脚下百里不见人烟的荒漠，望着你身边徒有响亮的名字却干涸得拧不出一滴水珠的河床，不由地感叹：命运对你太过严苛。而你却默默地忍受着这干旱、这寒冷、这寂寞，与命运抗争。

只有在中途停车休息的时候，我才感受到你跟这块土地的密不可分的联系，没有什么比戈壁滩中的绿洲更让人兴奋了。周围是望不到边际的黄沙碛石杳无人烟，仿佛整个世界还在洪荒中混沌未醒，车厢里也一片阒寂。然而当前方出现一团绿色，所有的乘客都被从昏昏的瞌睡中唤醒，人们睁大眼睛，急切地盼望着绿洲飞临。武威、张掖、酒泉、敦煌，每一块绿洲都像一方童话中的神奇国土：白杨成荫、流水淙淙，高楼林立、街肆繁喧。而创造出这一个个童话世界的还是你，祁连山！你拥有的仅仅是一个短暂的夏季的太阳，却创造出如此辉煌的世间奇迹。每一场降雪都被你珍惜作流泉，在千里不毛之地上哺育出了块块绿洲。没有你，便没有“金张掖、银武威”这塞上粮仓；没有你，便没有弱水、疏勒河，没有这河流带来的村镇和田畴；没有你，便没有丝绸之路，没有在风沙中顽强跋涉的驼队，也没有那一场接一场悲壮惨烈的战争；没有张骞、霍去病、班超、唐玄奘、马可·波罗的传奇业绩；没有一首首绵历古今、读来令人热泪滂沱的《凉州词》《陇西行》，自然，也没有西夏碑、卧佛寺、魏晋墓画和嘉峪关这样耀眼的塞上风物，更不用说，那被流沙淹埋又复见天日的人类艺术遗产敦煌莫高窟了。

可是，祁连山，这难道便是你的全部吗？还有你的戈壁滩、你的骆驼草？我仰慕你的历史，但我不仅仅是为了你的历史而来；我向往你的风物，但我不仅仅是为了你的风物而来。我多想知道，会有新的奇迹在你身边出现。毕竟，仅仅是一个夏季的阳光，仅仅是一个冬季的降雪，对这一片焦渴的广袤土地，实在是太少太少了。我从老远的南方来，第一次认识如此艰难的西北，第一次认识如此艰难的西北之山，我唯有默默祈愿。

1991 年

彩色的西海固

西海固，都说你是苦甲天下之地。但你不缺厚土，拿一把铁锹轻轻松松便能挖下十几米的土层；你不缺历史，丝绸之路从你身上穿过，弯弯腰就会拾到几枚古文明遗落的碎片，更遑论蒙古和西夏铁骑的厮杀声至今依然在空旷的原野上回响；你不缺勤劳，那高高的山峁上一道道黄绿相间的庄稼和焦黄的土地上一间间明亮的瓦房便是例证。你唯一缺少的只是水，宽阔的河床上没有水，深阒的老井里没有水，屋里的瓦缸中没有水。

没有水的西海固在苦苦地企盼着水，于是峁梁上的村庄取了“喊叫水”的名字，于是饱受苦旱的同心县城搬迁到了河湾里。然而即便让一条大河穿过城区，依旧和水无缘。这条河枉叫“清水河”，宽阔的河床里却不见一线涓涓细流，干裂的河底朝向高远的天空，死去一般沉寂。

都说西海固的夏天看一眼便让人心焦，而我们偏偏在七月盛夏，在热辣辣的烈日下来到这里。天上没有一朵云彩，阳光无遮无拦，晒在身上有一种烧灼感。天空蓝得有些发灰，这可能是眼睛的错觉。因为极目所至，就是混沌一片的土黄，这是生命的本色，却让人感到生命原生的苦难。几乎每一座房屋的屋顶上都覆盖着厚厚的一层黄土，连规制宏伟的清真大寺也不例外。太长时间没下雨了，长到人们要费劲地去回忆曾经有雨的日子竟是那样的遥远。

清真大寺便矗立在河湾上，寺门朝北，门前有一座仿木结构的砖砌照壁。照壁中央，是一块精美的砖雕。一轮明月隐隐约约，藏于松枝柏叶之间。与照壁相对的寺门上方则刻着一句“忍心忍耐”的匾额。一块匾额用了两个“忍”字，颇让人回味。正在这时，从高敞的礼拜殿里走出几十位老者，他们神色安详、步态从容，似乎刚刚做过礼拜。尽管各人服饰不同，但都戴着白帽子，好几位还蓄着山羊胡子。对已经燃烧了半年多的天空，没有一个人表现出焦虑的神情。一时我竟觉得，这一群飘逸的白帽子便是西海固焦灼的天空中一朵朵安详的云彩。

同心清真大寺在西北回民心目中有着特殊的位置。不仅仅是因为寺院规模宏大、造型精美，还因为寺院的东南边有座回民公墓，那里埋葬着明末清初时回族著名经师胡登洲。正是他创立了中国伊斯兰经堂教育，让回民每星期进一次清真寺听阿訇咏诵《古兰经》，这个习惯沿袭到今天。清同治年间，回民爆发了以马化龙为首的金积堡起义，各地回民义军也都汇集到金积堡。陕西回民还特地将胡登洲的尸骨作为圣物带到宁夏助战。清廷调左宗棠率大军镇压了这场起义。失败后逃散的回民来到同心，便将尸骨埋在清真大寺旁。这座清真大寺也因此成为回民礼拜的中心地。每当伊斯兰教的古尔邦节和开斋节，黄土漠漠的同心便成了一片白浪起伏的海洋。

我们还去城郊看了移民新村。这是宁夏实施扶贫工程的重要项目，将严重缺水的山村居民集体迁下山峁。这时，3 个回民孩子走入我的照相机镜头，他们的背后是一小块绿油油的玉米地。在一派天地浑黄中，这片刚刚抽穗的玉米显得格外鲜绿。稍远，是回民们新盖的一幢幢明亮的大瓦房。夏天的太阳，把 3 位孩子的脸烤得红扑扑的。他们还处在不知道生活艰辛的日子，但那一种掩藏不住的稚气的笑，将长久地和这片带着对新生活憧憬的鲜绿叠印在一起，如火的阳光仿佛也因此减弱了许多。

越往南行，山头上的色彩就越丰富。从金黄、嫩绿、淡紫到黛青，一层一层，如同精工绣在山坡上一样。真不知道这些庄稼是怎样种上去的。要知道，在这片年降水量只有 200 毫米而蒸发量却达 2000 多毫米的土地上，农作物不要说生长连生存都十分困难。况且，这里不仅仅缺水，气候还特别恶劣，常常是收获在望时，忽然平地起惊雷，一场突如其来的冰雹便将一季的辛劳化为乌有。可是，即便如此，打井也罢，开渠也罢，挑水也罢，人们硬是把油菜、胡麻、玉米、荞麦、马铃薯从平川一直种到了峁梁上。

当我们驱车从泾源赶往西吉时，还赶上了麦收的动人场面。一台台收割机在广袤的田野上来回奔突，麦浪如退潮般翻卷，好像有谁对着麦子们轻轻耳语，于是它们一排排驯顺地躺下。它们曾顽强地经受住干旱的考验，并侥幸地躲过冰雹的袭击。对它们来说，这是生命中最辉煌的一刻，于是，它们将自己饱满的身躯躺倒，化作一幅丰收的景象。

纵目所至，十里平川，金黄的麦草成堆成垛，把一个收获的季节渲染得如此热烈。在车上，不论是谁，看到这样的场面都会受到强烈的感染。这时，一首高亢、奔放且带着点秦腔韵味的《花儿》从车厢后座响起，这是陪同我们的一位西海固作家情不自禁地为家乡的收获而歌。我第一次听到《花儿》原来不是唱出来而竟是这样从心坎间吼将出来的："哎哟哟——尕妹妹你不要开口，走过了三十六道梁我还会回头……"激越奔放的旋律在车厢里回荡冲撞，撩动着每个人的心田。这是男女互诉的情歌，强烈直率，五彩斑斓，让人感受到生活的欢乐、苦涩和苍凉。

西海固，在你的山头梁峁上，我没有看到娇嫩欲滴的鲜花，没有看到婉转潺湲的流水，甚至连青翠的树木也难得看到几棵。但你却拥有自己鲜丽而丰富的色彩，而那正是生命与自然抗争的颜色。况且，你还拥有那一首首响遏行云让人一唱三叹的《花儿》。我终于明白了，为什么在苦瘠天下的陇中，人们要把这样激越苍凉的歌叫作"花儿"了。

2000年

通天岩记

赣州有座通天岩。岩在城西北 6 公里处，赭红色的岩石围着一方翠绿，围着一方宁谧，也围着一方神奇。

通天岩的特别之处，就在于这围中的无限趣味。

通天岩属丹霞地貌，岩不高而奇。一块块赭红色的巨岩如天外飞来之石，横亘于天地之间。让人惊讶的是，在每一块巨岩与地面接触的凹陷处，都密密麻麻地被插上一根根细细的小树枝，当地人说是为大山撑腰。这真是一个大胆而美丽的想象。这个做法，也特别耐人寻味。每位为岩石插上小树枝的人，当然也把自己当成了小树枝，但他们却希望着，也相信着，微小的他们，同样能撑持起巨大的山峦。

359 尊形态各异的摩崖造像静静地或立或盘坐于崖壁上，用他们阅过千年岁月的目光看着熙来攘往的游人。他们不说话，但眉宇间似乎显露出一种淡淡的微笑，那是经历过太多磨难太多痛苦才涵养出的笑容。他们是通天岩真正的主人。自晚唐至北宋的 200 多年间，那一阵接一阵叮当作响的锤凿声赋予了他们生命，他们一睁开眼就有了自己明确的身份和位置，他们的一颦一笑也就有了固定的内容。他们是为了人间的苦难和欢乐、理想和期待而生，他们脚下从未熄灭的袅袅香火说明了这一点。但其实，他们从未答应过人们什么，只是让人们看着他们历尽沧桑的淡淡微笑，那就是最好的回答。往他们面前的石凳上屈腿一坐，顿觉一股清风自幽深的树林间吹来，让人通体清凉、尘虑皆消。

崖壁上的造像大多是佛家弟子形象，行走在他们面前，如同参加一场佛界盛会。那一个个生动逼真的形象似要破壁而出。在南方多雨潮湿的气候下，保存着这样完好的石窟造像，不能不说是个奇迹。

因了这些精致生动而又保存完好的摩崖造像，通天岩被誉为“江南第一石窟”。

通天岩是整个岩区的总称，实际上它由忘归岩、观心岩、龙虎岩、通天岩和翠微岩 5 个岩洞组成。5 个岩洞迤逦相接而又各具特色。其中通天岩位于岩区中心，岩内镶嵌着一座广福禅院。说是“镶嵌”，是因为禅院以岩为顶，以崖作壁，天造地设的一处天然佛界。一条隐秘的岩穴成了登堂入室的通道。我们钻进岩洞，在狭小的穴道里弯腰弓背，匍匐上行，移时，眼前豁然开朗，原来已经来到岩洞的二层，这里居然隐蔽着十数间雅致的房舍。这些房舍是蒋经国先生于 20 世纪 30 年代修建的夏天避暑之所。据说，由于房舍位置的隐秘和独特，蒋介石甚至动了把张学良夫妇囚禁在这里的念头。这些尘封的旧事已随风飘逝，佛院很快又重归宁静。走进山门，一眼就看到偌大的岩壁上，宋时雕刻的毗罗遮那佛及其五百弟子听佛讲经的群像。佛像虽历千年，依然色泽光鲜、神采生动。佛国的气息拂面而来，且弥漫了整座山岩。

游人进出多经忘归岩。“忘归”二字颇耐人寻味，它很自然地让人想起烂柯山的故事，那位贪看神仙下棋的樵夫，正是因为忘归，以致人间岁月飘逝，待记起回家，发现斧柄已经朽烂，而家中更是人事皆非。这忘归当是暗合通天之意吧。只见一块嵚崟巨岩斜卧天地之间，极其壮观。只在岩隙辟一洞口，供游人进出，而洞内则极其广大，这情景真有点像陶渊明笔下的桃花源。

忘归岩的崖壁上最引人注目的是一首五言诗，为明代著名哲学家王阳明所题，诗曰：“青山随地佳，岂必故园好。但得此生闲，尘寰亦蓬岛。西林日初暮，明月来何早。醉卧石床凉，洞云秋来扫。”王阳明，名守仁，浙江余姚人。因为他曾经隐居会稽阳明洞，又创办过阳明学院，故世称“阳明先生”。王阳明文韬武略俱称于世，曾经奉命平定过江西的“宁王之乱”。他在江西住过多年，通天岩便是他的治学之所。

王阳明讲学之处距忘归岩东北约百米，是一处林木环抱、清雅幽静的岩洞。洞内塑有阳明先生及他的四弟子雕像，王阳明将这座岩洞取名“观心”，源于他晚年的“致良知”学说，也是他“心学”体系的最终完成。在平定“宁王之乱”后，他痛感封建王侯和各级官吏巧取豪夺，“利归一己，害及万家”。“致良知”便是他针对吏治腐败而提出的治病药方。他说：“良知者，心之本体。”观心，即是要时时检查自己的良知。他甚至这么对弟子说：“吾平生讲学，只是‘致良知’三字。”提倡人们内心的自省，强化道德修养，借以消除社会的黑暗，这应该是一位有良知的封建时代文人所能做的最大一切了。

从阳明洞转出，仍自忘归岩回返，从一座座危岩峭壁前经过时，引人注目的还是那一根根密密麻麻地插在岩缝里的小树枝。它们果真能撑持起行将倾侧的巨岩？也许未必。但千百年来，总是有人持续不断地做这同样的事，没有人怀疑自己行为的可靠性，也许他们更相信自己的虔诚和执着。我掏出相机，特地拍下了这些小树枝，这些虔诚而执着的愿望。于是，通天岩里的那一根根小树枝便随着我辗转万水千山而后越来越清晰地留在我的记忆里。

2006 年

守望的大佛

去看大佛，是在 8 月一个闷热的午后。“之”字形的栈道上挤满了游人，没有一丝风，也许江上的风压根就到不了这里。浑身都被汗水湿透了，可是队伍没走几步就又停住了，大家都想多看大佛一眼，都想从不同的角度把自己和大佛叠印在同一张胶片上。大佛只是安详地微笑。大佛不曾流汗，大佛也不用流汗，因为大佛不是凡人。

大佛的脚下是湍急的岷江。从架在悬崖的梯道向下看，不由让人倒抽一口冷气：千里来奔的江水，在八月耀眼的阳光下，张开一个个令人目眩的漩涡。于是所有的游人，便只是扭头盯着大佛，从那宁静的笑意中感受到一种亲切，也感受到一种安全。

但是一开始，我们并不觉得大佛是佛。因为我们是从凌云山顶顺着大佛的右侧梯道往下走的。先看到的是大佛的发髻，而后是脸部、身子，下到底才看到大佛的脚。在梯道上看大佛，毕竟有些距离，那佛也就比人大不了多少，和佛并肩一站，便生出许多亲切感。只有下到大佛脚底，仰脸一望，这才感到人和大佛的差别。大佛毕竟是大佛，那 71 米高的身躯，两只膝盖耸起就有 10 层楼房高，光是它的两个脚面，便足足坐得下百来号人。

让大佛坐在这儿，坐在这岷江、青衣江和大渡河三江的汇合处，是让它守望着江水，守望着江上的平安。于是大佛便在这里静静地坐了 1000

年，也默默地守望了 1000 年。

大佛背倚凌云山，几与凌云齐高。把一座百米小山称作“凌云”，可知这座山在人们心目中的分量。正是它挡住了岷江和大渡河汹涌的激流，那终日盈耳的涛卷浪翻之声，给拔地自雄的凌云山，平添了几分豪气。

大佛本来就是凌云山的一个部分，它是从整块山岩中凿出来的。说它是佛吧，可又不同于一般的佛身造像，少了巍峨的殿堂，去了富丽的金身，甚至不见一炷袅袅的香火……大佛也就多了些凡间的气息。小鸟当空飞过，鸟粪照样撒在佛头圆肩；大风穿江而来，草籽照样落地生根。于是大佛 1021 个螺状发髻上，周而复始，青青葱葱地绿了一遍，又零零落落地黄了一遭。

可是在人们眼里，佛就是佛。佛端坐江边，那在风浪中出没的江舟，便多了双温暖的眼睛。佛不言语，但总是不厌其烦地聆听着人们絮絮的倾诉和无尽的祈求。

更何况，大佛的身上，还燃烧着一团火，那是 1000 多年前，一位普通僧人用自己的生命点燃起来的守望之火。这位普通的僧人叫作海通。

公元 713 年初夏，一位来自贵州的云游僧人，正行走在西去峨眉山朝佛的路上。在嘉州岷江边待渡时，他目睹了江面上风狂浪急，渡船倾覆的惨痛一幕。悲戚的号哭之声，透过吼叫的风浪，一阵阵撞击着这位年轻僧人的心房。

就在刹那间，海通做出了他一生中最重要的决定。他遥向峨眉，许下崇愿，要在凌云山前开凿一尊大佛，镇住滔天的恶浪。不完成这桩心愿，便不踏进峨眉山。

凿一尊佛像镇住不羁的江水，这或许只是一个美丽的想象。然而，因了这想象，才诞生了一尊人世间最美丽的大佛；也使得一个不倦的追求，绵历千年依然存活在世人心中。

这位贫寒的云游僧人，当然知道，为了这个美好的愿望，它将要付出什么。于是海通开始了它20年如一日的奔走化缘生涯。

海通其实没有看到大佛成像，在弥留之际，他让人将自己抬到波涌浪急的岷江边，坐成了一尊佛。

海通生前或许未曾想到，声势浩大的造佛工程在他去世后才真正开始。为了完成高僧未竟的心愿，远近民众都纷纷解囊，连远在长安的唐玄宗，也下诏赐麻盐之税款以接济工程的巨大耗资。在几代匠人叮当不绝的锤凿声中，这个盛唐时期造像的第一大工程，也是迄今为止世界上最大的佛像，历经90年终告成功。

人们将大佛身后海通栖居过的岩洞命名为“海师洞”。在狭窄潮湿的洞内，我们看到了一个令人震惊的景象：一位寂目端坐的僧人，双手托着一只化缘钵，钵中盛满香油，油中则浸着一颗眼珠，一团火焰正从眼珠中跳出，轻轻地燃烧着。那是海通的眼珠，不，是海通的信念之火在燃烧。

当海通含辛茹苦募来一批造佛的款项，当地官员竟前来诘难。海通为表明自己的心迹，慨然剜去眼珠。失去眼珠的海通向世人袒露的是一个怎样光明的世界。

海通盘膝而坐，枯槁的双手坚定地捧举着一团火焰。于是那火便在大佛的身上燃烧了。一个生命消逝了，另一个生命却因之而诞生。

在海师洞内，我们只感到通体清凉，溽暑尽消，仿如经过一场清泉的沐浴。

背倚着凌云山的大佛，虽然不会行走、不会言语，也许，还只能永远地采取一种坐姿，但在大佛身上，却有着那些虽然在跑、在笑，然而对世间的惨痛和不平麻木不仁的生灵所没有的东西，那是一种温暖的关爱，更是一种永恒的守望之情。

于是，你便能明白，为什么，每天有那么多人，千里迢迢，风尘仆仆，来到大佛身边，满怀崇敬地看一眼大佛，然后对着大佛悄悄地说些什么。

在大佛的面前，滔滔岷江依旧。该起风浪的时候，那肆虐的风，依旧呼啸；那狂暴的浪，依旧翻腾。

没有人因此责备大佛。尽管 1000 多年来，大佛从未能偃波息浪，但在人们的眼里，大佛依然还是大佛。

因为大佛只是一位守望者。海通给了它特殊的生命，同时也赋予了它特殊的使命。于是，它便这样年复一年、日复一日地守望着。守望着不羁的江水，守望着如许的岁月，更守望着人们无尽的希望。

仰望这尊大佛吧，不仅仅是因为它的宏伟、精美和悠久，还因为那一种默默的坚忍，那一种不移的守望精神。

1999 年

徽州笔记

黄山读云

黄山的美是惊天动地的美。那拔地万仞、直薄云天的座座山峰以及峰巅上峭崖间姿态万千的松树，都美得让人怦然心动。但黄山不能没有云。人们习惯以西海、东海、北海、前海来表示黄山的不同方位，这海指的便是黄山的云。以海来形容云，不用说，是因为黄山的云来得汹涌壮阔、气势磅礴。

其实，黄山的云还是一位高明的画师，与风和雨不同，云总是静悄悄的，沉默得有时让人觉得高深莫测。它不像风和雨那样一路大声喧哗，老远就能知道它们的到来。尤其是风，喜欢在树林间穿行，喜欢在峡谷中驰骤。风过处松涛起伏，山鸣谷应，那是它最爱玩的把戏。雨则注重节奏和旋律，演奏得热烈而有耐心，雨并非知道黄山的心绪，但那一份执着依然让人感动。

在西海宾馆门前小坐，常常可以看到披着湿漉漉大衣的云们急匆匆地走着，显得特别忙碌。当大堂的门被进出的游客打开时，它也会溜进去探头探脑一番，而后又悄无声息地退出。不知道云们在忙些什么。可是当你掏出相机对准山景正想揿下快门，不料景物却模糊了，什么时候，云走来把山峰给挡住了。云气越来越浓，山也罢，树也罢，仿佛振袂欲飞。不过千万不要着急，这是云在酝酿情绪。云是很认真的，你得有耐心。云将散未散的一刹那，就是最佳的拍摄时刻。

云最拿手的作品还是墨松。黄山的松树千姿百态，蔚然大观。有的叶盖如伞，撑住一片蓝天；有的虬曲如龙，游行在风中雨中；有的独立峭崖，将一片苍翠别在大山的胸襟。晴明时刻，读山，读不出山峰的玄妙；看松，看不出松树的奇特。可是云来了，峭崖上的松树在云中开始了它们曼妙的舞蹈。云的妙手为黄山的松树泼洒淋漓的墨韵，于是酝酿出万千气象。层层叠叠、或浓或淡的松树剪影，让人以为水汽氤氲、墨华飞动的黄山画派最初就是它们创造的。

云和风还有雨本来就是好朋友，要是少了它们当中的一个，也许黄山就少了几分流动的生气和声音。静静的时刻，黄山是一幅明丽的水墨画；喧闹的时候，黄山是几个调皮的孩子。当云悄悄地潜来，当风大咧咧地唤来了雨，当雨弹奏起热烈的舞曲，黄山便开始了快活的一天。

雨巷足音

在徽州的那些日子，大多时候，天空总下着雨，云层低低地垂着，映衬得村前的牌坊群格外高大、峻拔。无边烟雨笼着青瓦粉墙的簇簇村落，笼着村子里曲曲弯弯的巷道。檐前的雨帘很快就织成了望不断的一片，阶梯状叠落的马头墙则在雨中生动地弹奏出声声古韵。撑一把伞，面对着徽州纷纷扬扬的春雨，思绪便也如雨丝牵连不断。

牌坊是徽州人颇为自豪的历史印记。几乎每一座村庄都有牌坊，有的甚至形成牌坊群，它们沿着村前的道路不断伸展，那当是村庄的巨大名片。于是，牌坊下的村庄们，纷纷昂着头看天空。对它们来说，还有什么比这些来自朝廷的正式表彰更值得炫耀的呢？然而，雨中看这一座座牌坊，看到的不仅是荣耀和光彩，似乎还有泪珠和着雨水潸潸而下。这些向朝廷申请建造的石构旌表，无声地诉说着牌坊主人的忠孝节义，不能诉说的还有无尽的忍耐和深郁的压抑。坚实的石料构成的威严气势，让人感到，沉沉的牌坊，同时也是一道道不容移易、不能逾越的规矩。

雨中看祠堂，则仿如与一位位苍穆的老者对话，油漆斑驳的梁柱，撑着几百年的天空；青苔衍生的天井，盛过几百年的雨水。站在它们面前，不用开口，便自生出一种景仰之情。连绵的雨丝仿如老者们的飘飘长髯，那里面埋藏着多少尘封的故事，隐含着怎样深奥的玄机。一座又一座祠堂，在雨中默默对视着，后人读不尽它们的沧桑，更读不懂它们的深邃。

徽州人似乎特别重视牌坊和祠堂。这些牌坊和祠堂的建筑年代集中于明清两朝的三四百年中，而这正是历史上徽商最为显赫的时期。是商人们运回的累累白银，造就了这一份辉煌。牌坊和祠堂不仅记录了徽州沉甸甸的历史，同时也记录了徽商们艰辛的创业步履。

这般高峻的牌坊，这般宏阔的祠堂，这般精细的雕饰，显示出一种气派、一种富足和一种自矜。然而，徽州大小村庄的街巷却一例是这般狭窄、弯曲、悠长；铺在街巷上的大多是鹅卵石，坚硬、质朴、沉着。如果说牌坊是村庄曾经的辉煌，祠堂则是宗族绵延的历史见证，而村庄的路尽管也渐渐老去，但对于每一位年轻人，依然是他们走向新生活的起点。

走在窄窄的古街巷道上，听着石板路上橐橐的脚步声裹在雨点中，心头油然而生一层古意。这情景总令我想象 300 年前的一个少年郎正打着一把油纸伞，背着青布包袱，怀揣几两纹银，抬眼看一阵灰色的天空，又望一眼渐行渐远的老屋，脚步犹犹豫豫，厚厚的布底鞋轻轻地刮擦着鹅卵石路面，发出脆生生的响声。

徽州民间俗例，男子年满 16 岁就要外出经商。这个风俗似乎有些特别，但你只要看看村庄旁硗薄的田地，就能理解走出去才是生路的古训，就会明白，为什么徽州人要把商业活动叫作“生意”了。

徽人经商自东晋始，明清最为鼎盛。他们的足迹遍及大江南北、瀚海东西。就这样，一帮又一帮的徽州少年离开熟悉的家园，他们总是从自家门前的鹅卵石道起步，直到他们腰缠万贯，坐着大轿返乡。他们在家乡起大宅、建学堂、造花园、修祠堂，但谁也没有想过，要把这曲曲弯弯的巷道拓宽取直。也许他们格外敬畏这条最初走向人生的道路，也许，对他们来说，弯曲的巷道更像一条自己人生的轨迹。留着它，既是对少年时光的深情怀念，也是告诉子孙后代最好的方式。

这些徽州商人，尽管岁月尘封了他们的足迹，但被磨得发白的鹅卵石的路面上依然写着一段拂拭不去的历史。

屯溪老街

老字号的胡开文墨厂建在屯溪的老虎山。隔着一条马路，对面就是老街。站在墨厂的山坡上凭眺，老街景貌一览无余。这是一条长 1272 米的保持着古代风貌的商业街，黑瓦白墙沐浴在无边的烟雨中，一色的灰褐石板路面在杂沓的脚步声中诉说着 500 余年的沧桑。

到屯溪，不能不看老街，因为老街才是古徽州的缩影。老街上，最让人流连的自然是画店和砚庄。尤其是大大小小雕工精美的砚台更成为老街上最醒目的风景。尽管已经步入电脑时代，但造型古朴雅致的砚台对人们依然有着强烈的吸引力。那温润如脂的砚石上，刻家巧妙地饰以亭台楼阁、山水人物，让人们于丰美的石质中领略到无穷的艺术魅力。我们在胡开文墨厂，便感受到这种传统文化的深远影响，用传统工艺制造的墨汁，从来就是山南海北书家们的首选。而现在已很少再使用的墨锭，则成了人们收藏的爱物。过去，名家制作的徽墨，曾价逾拱璧。徽墨和歙砚，均因受到南唐后主李煜的青睐而扬名天下。五代时，易州著名墨工奚超带着儿子奚廷圭避乱南唐，徽墨由此诞生。徽墨采用桐油烟为主原料，具有色泽黑润、舔笔不胶、入纸不晕的特点，一直受到书家喜爱。其制作工艺世代相传，对外则保守配制秘方。胡开文将墨厂建在山上，主要是利用山洞相对稳定的温度和湿度制作和保存墨。但客观上，却令墨厂依山傍林，平添几分雅趣。

1000 多年来，老街上浓浓的墨香，让徽州人为之自豪不已。

明代戏剧家汤显祖有诗云："欲识金银气，多从黄白游。一生痴绝处，无梦到徽州。"地狭田瘠的徽州，成为人们梦中的金银之乡，自然得力于徽商。但行商走遍天下的徽州人引以骄傲的不是他们的生意经倒是家乡的文房四宝：澄心堂纸、汪伯玄笔、李廷圭墨、龙尾砚。这也是徽商的可爱之处。让堂上的墨香遮掩了袖中的铜臭味。以商贾为一等生业的徽州人，始终念念不忘诗书传家。尊文重学、亦儒亦商成了徽商的形象设计。

徽商中有许多著名的收藏家，万粹楼主人万仁辉先生便是其中的一位。他早年赴广东经商，事业有成，薄有积蓄。返回故乡后，做的唯一一件事就是倾尽家财广为收藏徽州古家具，而后在屯溪老街盖了一座极具徽州民居特色的万粹楼，陈列展览这些历尽千辛万苦从各地乡间收购来的古家具。一扇镂窗、一道扶梯、一副对联，经过他精心构思，都安排得恰到好处。为此，他耗尽了几乎全部精力和资财，然而，1000 年间的徽州却静卧在他的视野里。

人们走进万粹楼，第一眼看到的就是一台硕大的歙砚，深沉的砚池里盛着的是徽州的况味。

2004 年

琼花繁若锦

扬州在江北。在润扬长江大桥通车以前，由镇江到扬州，汽车需搭乘渡轮过长江。我的扬州之旅，便是从汽车渡轮上开始的。我乘的是一早的头班车，6 时发车。这一天是星期日，同车的乘客大多是回江北探亲的，不少人手里还提着绑成一扎如同集束手榴弹一般的镇江老陈醋，脸上喜滋滋的。可见虽只是一江之隔，来往也不甚容易。这一带江面开阔，江水浩渺、江风猎猎，虽说时令已是初夏，但没有谁抗得了甲板上凛冽的寒风，于是便都坐到了车厢里，只是凭着汽车轻轻的晃动，感受着渡江的况味。

大约一个多小时，我们渡过了长江，老式的长途客车，跑起来不慌不忙、一摇一晃，晃得让人心焦。扬州究竟在哪里？车上前后左右的乘客都操着浓重的江北口音安慰起我来："这里是瓜州。用不了一个小时就到扬州。"

我这才知道扬州并不在江畔。与镇江隔江相对的是瓜州，这里离扬州城南还有 20 公里。这个让历代诗人吟咏不尽的古渡头，从来就是长江上来往船只的主要停靠点。如果说镇江像一位赤脚在水边戏耍的调皮村姑，瓜州则如一位多情的船娘，招徕着江上来往的商旅贾客、官宦士子。而扬州，活脱就是一位影身青楼、风情万种的艳冶女子。

古往今来，"扬州"二字，让多少人为之销魂。扬州大概也是中国文人留下最多诗篇的一座城市。而且，十分有趣的是，在他们的浅斟低唱里，往往喜欢用数字来表达那一种对扬州难以尽述的心情。这个令他们心旌摇荡的城市，这个让他们又爱又无奈的城市："腰缠十万贯，骑鹤下扬州""春风十里扬州路，卷上珠帘总不如""天下三分明月夜，二分无奈在扬州""二十四桥明月夜，玉人何处教吹箫""十年一觉扬州梦，赢得青楼薄幸名"……于是，数字让扬州神采飞扬，数字让扬州光艳照人。

扬州西郊有瘦西湖。所谓"瘦"，并非水面不宽，而是相较于湖身的曲长。其实，瘦西湖本是一条河，原名"保障河"，因水流平缓，且两岸花木扶疏，园林广筑，四季游人不绝，所以扬州人干脆便把它叫作"西湖"。湖前加一"瘦"字，以示对杭州西湖的区别，同时也是尊崇之意。这是扬州人的可爱之处。

"两岸花柳全依水，一路楼台直到山"是瘦西湖风光的写照。这座瘦西湖，是花的长廊、水的长廊，也是亭台楼阁的长廊。就连跨湖的一座长桥，也被修成亭阁，名谓"五亭桥"，黄瓦青脊，翘角飞檐，富丽堂皇。一路走去，便是从一座座风情无限的园林中走过。

时值6月，琼花盛开，这种花，花朵很小，也无特别的香味，但枝柯交缠，白花密密簇簇，织成了一片片绚烂的图案，让人感受到一种繁茂的生机。这种花，不是因为单朵花瓣的美丽，而是以群生的热烈和繁复的璀璨，繁花似海般铺满枝头。琼花开在人们的头顶上，无论是走在公园的小径，还是街道两旁，一抬眼，就是连绵不断的花的织锦。于是，扬州6月的天空，便被这洁白的小花铺染得格外动人。

据说历史上扬州琼花只有一枝："维扬一株花，四海无同类。年年后土祠，独比琼瑶贵。"（宋韩琦句）欧阳修任扬州太守时曾筑无双亭于这株琼花之侧，"无双"便成了琼花的别称。欧阳修写过许多赞美琼花的诗，其中有："琼花芍药世无伦，偶不题诗便怨人。曾向无双亭下醉，自知不负广陵春。"而今，无双亭已不可寻，琼花却开遍了扬州和长江沿岸。"寺里琼花繁若锦，湖中西子瘦于秋。"

扬州和欧阳修的名字不可分割，这位文章太守，为扬州留下多少千秋佳话。在欧阳修去世后 10 余年的元祐七年（1092），苏轼来做扬州太守，他十分敬重自己的老师欧阳修，特地到平山堂凭吊，并作《西江月》一首："三过平山堂下，半生弹指声中。十年不见老仙翁，壁上龙蛇飞动。欲吊文章太守，仍歌杨柳春风。休言万事转头空，未转头时皆梦。"

欧阳修是"唐宋八大家"之一。八大家中，宋占其五；宋五家中，苏氏父子又占其三，这不能不说是中国文学史上的奇迹。而这个奇迹的出现是和欧阳修的风范分不开。作为一代文宗，他力挽狂澜，拯救了行将夭折的北宋古文运动。他以清丽朗健的诗文，一扫西昆体浮艳苍白的文风。但他更重要的贡献，还在于他"奖引后进，如恐不及"。要不是他慧眼识珠，苏氏父子可能湮没终身。

可以说，苏氏父子三人的成名和发展与欧阳修有着直接关系。宋嘉祐二年（1057）正月，仁宗任命欧阳修为主考官。苏轼兄弟得以同科及第。当看到苏轼的试卷，这位文章泰斗竟大为激动："读轼书，不觉汗出。快哉！快哉！老夫当避路，放他出一头地。可喜！可喜！"以欧阳修的声望，他的一句话，足以影响学子的一生。他一生中，还举荐过包拯、胡瑗、吕公著和王安石。

看着头顶上一大片一大片繁茂的琼花，让人总不由地会想到宋代天空中灿若繁星的诗词文章。想到诗人词客们飘逸的身姿，自然，还会想到欧阳修。

2006 年

缘起山中雨

不大不小的雨，落在天心岩上，落在绵绵芊芊的松枝上。雨珠落处，听不到从接堞的屋瓦上响起的那样一片生脆而急骤的乐声，却弹起了淡淡的烟雾。千树万树，在雨中轻轻地摇晃，仿佛正沉浸在一阙优美乐章的旋律中。氤氲的云气似乎便是此时从每一片舞蹈的叶子间飘浮出来，在树梢聚止，然后升腾而去。于是，一片片淡如棉花的浮云，便粘在远近的峰峦上，粘出了一幅烟雨迷蒙的图景。

我们是经天心岩往观大红袍的。出门时，天虽然有些阴，但不像有雨。没料到，山雨说来就来，簌簌地拍打着每一位游客的肩膀，令人不得不加快了脚步。但因此，却添了一段机缘，得以在永乐禅寺古朴的僧寮下躲雨。

寺僧泽道法师已在禅堂迎候。他双手合十，将雨声轻掩于寺门外。法师亲自把盏，为我们上茶。茶是寺庙自产的老枞水仙，甫开盖，即清香四溢，仿佛有一群妙龄女子，正从我们身旁飘然而过。呷一口茶，顿觉齿颊生香，回甘绵长。大家都说："好茶!"法师微微一笑，于是，一段佛茶的因缘故事在氤氲缥缈的茶香中向我们走来。

唐初，有僧人入武夷山，在五曲溪边的云窝建石堂寺，为了维持生计，他们于寺旁峡谷间开辟茶园。因石堂寺生产出的茶叶品质卓佳，吸引了大批文人前来斗诗赏茶，此地遂被称为"茶洞"。寺院也借此得以生存。

唐德宗兴元元年（784），禅师百丈怀海，整顿禅宗戒律，著《百丈清规》，不但鼓励出家人参加生产，还对禅门饮茶作出专门规定。武夷山佛院的兴盛，便得益于茶。当是时，武夷山三十六峰，峰峰有寺，寺寺种茶。武夷山寺茶还被当地官员作为礼品进献京城，获雅号“晚甘侯”。佛寺中设有专门的茶堂，进山的道中建有茶亭，众僧中也有“种茶僧”“制茶僧”“茶头”“施茶僧”等分工。而坐禅饮茶更成了僧俗交流的千古雅事。赵州和尚有句著名的禅语“吃茶去”，说的便是平常是道、茶中有道。可见唐时佛院中喝茶已为常事。

“清代僧人释超全是永乐禅寺著名的茶僧，他在《武夷茶歌》中这样写道：‘积雨山楼苦昼间，一宵茶话留千载。重烹山茗沃枯肠，雨声杂沓松涛沸。’僧人的苦乐其实都在茶中了。”

在泽道法师娓娓的讲述中，万千禅机似在一盏盏琥珀色的茶汤中隐约闪现。

山雨渐歇。我们重拾行程，踩着湿漉漉的石阶，回头一望，永乐禅寺就像两朵并立于绿色湖波中的莲荷。临别，法师递给每个人一张永乐禅寺的介绍图片，上面便有佛家的“缘启”二字。“缘启”即“缘起”，法师意味深长地说：“譬如下雨，看是雨兴雨止，其实，雨才是开始。”

道路穿由一处峡谷迤逦而行。这是一条新辟的小道，两旁都是森森的峭壁。雨后，空气格外清新，看不见，但感觉得到原始的野气在身边流荡。幽寂的峡间，忽然有了脚步，传来人声，大峡谷似乎还来不及收拾停当，一副匆匆而就的模样：野藤还垂在树梢，乱草还爬在崖前……

峡谷的草木一样被云气轻笼着。看来，云并非都凝结在树梢，更多的云还蛰伏在岩穴间酣眠。大概被雨声敲醒，懵懵懂懂地一窝蜂涌了出来。于是林中生成的云、岩穴涌出的云，渐渐地聚成云团，汇成云阵，而后浩浩荡荡地簇拥出峡。那云阵出行的壮观场面，让人见了怎么也忘不了。

峡谷里的风景似乎是被这场不期而至的朝雨给激活了。路边一弯凝碧的流水，忽然发起性子，冲得水草前俯后仰，迭皱的波痕，像是有几艘快艇同时犁过水面。三两只冬眠的青蛙，迷迷糊糊地跳上石头，互相对视着，有些不知所措。

一不留神，一条壮实的瀑布从悬崖砉然而下。那神气十足的模样，让人想到一位洒脱的舞者在自娱自乐。仔细看，周围崖壁上，似乎没有水流的痕迹。那么，这条瀑布究竟从何方来，为什么选在这处游人稀少的峡谷，选在这个冬日阴冷的早晨？也许是一时迷了路，但也许，只是山雨的即兴之作？

而因了这场朝雨，一切都在不经意中发生，在不经意中成为风景。

小心翼翼地踩着涧中的石磴，而后，又穿过一道逼仄的石门，眼前豁然开朗。这里便是九龙窠，大红袍的原产地。崖壁上的 6 株大红袍老枞，被雨水洗得碧绿晶莹。一道陡壁，锁住了得天独厚的岩韵清香，同时也幽囚着 340 年的悠悠岁月。什么时候，它们已然走下峭崖，同时走出地老天荒的故事？崖下分明就是一畦畦大红袍的新枞，挂珠滴翠，生机勃发。

我们坐在九龙窠的茶寮里饮茶。四围草木的清新气息，让人醺然欲醉。三巡茶毕，胸怀大畅。此时再揣想适才泽道法师说到佛家的“缘起”，顿觉回味无穷。

2002 年

高高的帕米尔

高高的帕米尔，在天边在云间，在一程又一程望不到尽头的崎岖路上，在牧羊人手中挥不停的皮鞭和一支支荡人心魄的缠绵抑或哀伤的歌里。

我曾在高空中俯瞰过它巨大的身姿。那是在飞向欧洲的空中客车飞机上。舷窗下，先是出现漫漫黄沙，间有低地沼泽和雁行的山脉。山脉逐渐聚拢，耸起了一座铁青色的山台。不似其他山峦，有起伏的皱褶以及或柔和或刚劲的脊线，它宽阔浑厚，如同一个巍然端坐于天地之间的山的巨人。后来看地图才知道，这就是著名的帕米尔高原。帕米尔，塔吉克语即为“高而平的屋顶”。它是世界的屋脊更是一个巨大的山结，天山、昆仑山、喀喇昆仑山、喜马拉雅山、苏莱曼山和兴都库什山都集合于此，印度河、阿姆河、锡尔河和塔里木河也发源于此。它是众山之父，也是众水之母。

高高的帕米尔，就这样走出地图，走进我的心中。

终于，我有机会来到这个拥有中国最大疆域的省份，做一次近万公里的南疆行。行旅的起点是乌鲁木齐，终点就是帕米尔高原。乌鲁木齐，这个曾被蒙古人惊叹为“优美的牧场”的地方，早就失去所有的草原风光，现代化的步伐和多元文化的濡染，使它成为一座国际化的大都市。要不是有二道河的大巴扎，很难把它与国内的其他城市区别开来。走进这个“世界第一大巴扎”，才让人感受到新疆的魅力。但真正意味的新疆不在这里，在伊犁河谷，在巴音布鲁克草原，在吐鲁番绿洲，在喀什老城；当然，还在库车的歌舞里，在彩云流动的帕米尔高原。

我们自乌鲁木齐起程，经过风声骀荡的达坂城，翻越苍茫天山，来到博斯腾湖畔的库尔勒。南疆的风吹来，已然有几分苍凉的感觉。这大约是因了唐朝诗人岑参那一首又一首慷慨悲壮的边塞诗。

库尔勒城北的铁门关是经由天山通往南疆的咽喉隘口，历来是兵家必争之地。西汉张骞通西域，东汉班超击匈奴，都曾从铁门关下过。当年岑参跟随唐朝军队来到这里，见空关寂寥，仅一吏独守，不禁叹道："铁关天西涯，极目少行客。关旁一小吏，终日对石壁。桥跨千仞危，路旁两崖窄。试登西楼望，一望头欲白。"据说，清道光年间盘踞在库尔勒的阿古柏就是听说铁门关被左宗棠率领的清军攻破后自杀的。可见此关的重要。

从库尔勒往西便是唐诗中反复出现的轮台："轮台九月风夜吼，一川碎石大如斗，随风满地石乱走……"唐时这里是朝廷设在西域的军事重镇。由轮台向南，便是塔克拉玛干大沙漠，唐代叫作"图伦碛"。在这里，唐诗似已驻足："走马西来欲到天，辞家见月两回圆。今夜不知何处宿，平沙万里绝人烟。"

终于辞别唐诗，踏上一条横贯塔什拉玛干的新路。这条沙漠公路长 540 公里，汽车整整穿行了 9 个小时。道路仍迤逦向西行进。这一路北面是沙漠，南面则是喀喇昆仑山脉。几近干涸的和田河袒露着宽大的河床，艰难地流向沙漠。而在它的上游，喀拉喀什河和玉龙喀什河，正像两位勤劳的搬运工，日夜不停地运送着雪山的融水，然后又眼睁睁地看着它们渐渐消失在远走沙海的跋涉之中。硕大而又干渴的塔克拉玛干沙漠，毫不犹豫地几口就将两条河流无情地吞噬。

这条横贯南疆的高等级公路，寂寞而执着地穿行在漫漫沙漠的边缘。车子从一座城市到另一座城市，中途往往几十公里不见村庄人家。坐在车头的位置，可以看到一幕有趣的景象：风沙在公路上来来往往，游走嬉戏。仿佛听到一声指令，路右边的黄沙赛跑似的忽然拱起身子哧溜一下越过宽阔的路面；只一会儿工夫，又一道指令，路左边的黄沙也一溜烟地跑过来。好不容易，才看到一片白杨，几间土屋，三五缕炊烟，让人的心头一阵温暖。

真正强大的是叶尔羌河，这是塔里木河的上游。它的源头深深地扎进昆仑山脉的腹心，占着帕米尔高原的气势，凭着雪山充沛的水源，它才敢如此放胆地杀入号称“死亡之海”的塔克拉玛干大沙漠，并且几乎穿透了整个沙海。在上游，它织成的密密交错的河网使它看起来就像是一面波光潋滟的大湖。如此丰沛的水量诞生了一片又一片绿洲。于是，叶城、泽普、莎车、英吉沙、疏勒，一座座绿意葱茏而又生机勃勃的城镇，伴着一路小跑着的驴车从车窗前摇过。我们走进喀什。远远地，可以看到皑皑的雪峰，高原的气息越来越浓。

这座帕米尔高原下的千年古城，汉时曾经是强大的疏勒国，也是东汉大将班超经营西域时的大本营。班超率军在这里驻守达 17 年之久。喀什老城洋溢着浓郁的帕米尔风情。老城建在一处高地上，所以又被称为“高台”。高台上一道道土墙围出一处处院落，也围出迷宫般曲里拐弯的道路。有时，石子路就从人家的阁楼下穿过，似乎路已到了尽头，但一个拐弯，面前则又是一个幽深的胡同。胡同串着胡同，围墙套着围墙，倘没人带路，游客自己恐怕很难走出这座高台。

喀什人家的院子一般都不大，但却经营得洁净干爽。喀什人爱花，墙角边、窗台上到处是盛开的鲜花，那摇曳生姿、鲜艳欲滴的各色花儿，让一座座土墙内的素朴生活情趣盎然。

由喀什继续西行，随着车轮与柏油路面的摩擦声越来越急促，帕米尔高原，也离我们越来越近，直到什么时候我们发现自己已经站在高原之上。

一路上，我们不时看到一群群绵羊从公路上经过，它们的身后是两三个头戴白色毡帽、身裹羊皮短袄的柯尔克孜人。柯尔克孜人的帽子很有特色，白色的六边形帽子，帽心高高地耸起，象征着与他们日夕相处的公格尔雪山和慕士塔格雪山。他们是真正的游牧民族。牧羊人逐草而居。在几乎看不到绿树的岩石坡上，他们撵着群羊的屁股，自春到冬，走啊走啊，他们忍受着烈日的炙烤，忍受着风雪的撕咬；岩石磨破了他们的毡靴，朔风扯碎了他们的衣衫。一年又一年的光阴，全踩在他们的脚下。但帕米尔的路却怎么也走不穿，那么，一支支悲怆抑或缠绵的歌便始终萦绕在他们的心尖。

我们去寻访喀拉库里湖，一座苍凉而有些神秘的高原之湖。据说，冰山下的湖水颜色会随季节、时辰而发生变化，从暗黑、深绿、淡蓝到银灰，如梦如幻。此时，我们看到的湖水呈蓝灰色，如同泥沼般的颜色。湖畔，耸立着一列列头顶着白云的雪山，沉默而坚定。大约是因为湖面辽阔吧，还是湖边的海拔已经很高，这些环湖而立的冰峰，似乎并不高峻。湖畔疏疏落落地支着几顶白色的帐篷，就像是牧人们戴的高高的毡帽。帐篷前的泥地上闲闲地卧着几峰骆驼，旁边或蹲或立着三五个身穿羊皮背心的塔吉克汉子。不远的山坡上，建有一排低矮的石头房。通往石头房的土路上，忽然出现一位身材高挑的女子，在她身旁，还有 3 个蹦蹦跳跳的孩子。他们似乎是从身后的大山中走出来，他们此时要往哪里去？他们可以说是居住在离海洋最远的地方，也是离尘闹最远的人群。现代生活的气息到达这里时已显得微弱，可是他们的脸上却都浮漾着微笑。高原的太阳将他们的影子投射在面前的土路上，仿佛是一支巨大的路标，他们便这样微笑着带着橐橐的脚步声向前方走去。

高高的帕米尔，是一程又一程望不到尽头的崎岖路，是牧人手中挥不停的皮鞭和唱不完的哀伤歌曲，或许，还是旅者发自心尖的一声长长的叹息。

2007 年 8 月

写给延平湖

站在游轮的甲板上，放眼浩渺的湖水，心里涌动着的是一种说不出的感情。周围的山还是原来的山，连绵起伏，或雄阔沉稳，或孤僻散淡，或负气争高，或抑郁不平，都各具情性。但水却发生了根本的变化。原先冲涛旋濑的急流不见了，化成了这么一片宏阔的湖面。泱泱湖水，使得闽江已经不是原来意义上的江，也就是说，最具闽江特色的中段，连同它的急流险滩和千年古镇，都被深深地掩藏在茫茫的湖波之下，成为历史，成为记忆，成为怀念和想象。

真是不可思议，那由着性子粗野地奔流了几千年的江水，忽然就改换了性情，让人觉得有几分陌生，乃至几分不习惯。曾几何时，“纸船铁艄公”，这闽江上裹着栗烈的江风铮铮作响的谚语，竟成缥缈的传说；冉蛇滩、折纸滩、蛮斗滩……一连串使人心惊胆寒的险滩名字，也和“三千艄公万人桨”这江上最动人也最令人感慨的景象一起，在一夜之间沉入万顷碧波。

可是我们却因此拥有了一座人工湖，一座供给我们电力、灌溉和舟楫便利的水库，一道水泥大坝这么轻轻一拦，顿时化雄野为温柔，将 90 公里的不羁野水，驯顺成 12 万亩的平和湖面。这样一个超自然力的创造，就在我们面前实现了。

把这座人工湖命名为“延平湖”，实在是对一座古城的礼赞。古城雄视上游，居高建瓴，自古为闽江第一重镇，闽江三大源头建溪、富屯溪、沙溪之水，从万山丛沓中盘旋而下，在此汇聚，而后拍浪东去。江山壮丽，人文荟萃，一江形胜总揽于此。然而，以“延平”之名命湖，实在还有另一层意义，为建水库，6 万多延平人离开了他们祖祖辈辈赖以生养的热土。就在这一碧万顷的水下，有他们艰辛垒筑的家园，有他们美丽的梦想和浪漫的时光……而今这些都和闽江上的号子以及剽疾的浪涛一样变得遥远。

而一座千年古镇正静静地躺在水波之下。樟湖镇，当是闽江边最古老的村镇了。说它古老，不仅有文字可依，单就这里独特的每年农历七月七迎蛇、游蛇的沿古遗风，即可见此地历史文化的悠久。也许，对于樟湖镇人来说，最难割舍的还不是自己的家园，而是这样一片浸润着古老文化的土地。因此，在建设新镇时，他们什么都没有搬，却完整无缺地搬出了一座古戏台。

人们都走到甲板上来了。我知道，他们在看些什么。那是湖边一棵棵已然死去，但仍半露在水面的大树。昔日繁茂的树叶渐渐枯萎，但遒劲的枝干依然直指蓝天，仿佛写着人们在离别故土的瞬间那万分复杂的心绪。我心中涌动着一种悲壮抑或是一种慷慨之情。我不禁对这一棵棵树肃然起敬，因为它们不久就要在水面消失，而代之以湖畔新的万千葱茏。

阳光为粼粼湖波镀上一层金光。无声的湖水强烈地拍打着我的心田。此刻，延平湖显得格外深沉而凝重。

1995 年

琅岐写意

到琅岐的第一天，下着小雨，岛上的山峦、树木、房屋在清亮透明的雨丝中，晕染成一幅幅色调明丽的水墨画，从车窗外缓缓摇过，令人赏心悦目。岛上的山都不高，最高的白云山，海拔也不过 275 米。但即便是这样低缓的小山，也都林木苍郁、流泉潺潺。白云寺耸立云间，气势不凡。附近有观日台，是看日出的最佳处。拾级而上，好像踩着朵朵云彩，那种感觉，直似腾云驾雾而登仙宫。其如九龙山、天竺山，皆玲珑可爱。走在清幽的山道上，一转身、一回头，便是天造地设的一处盆景。各种树木、藤蔓，交织缠绕，中间夹杂着许多不知名的小花小草，勾画出梦幻般的奇妙图案，让人仿如置身一座座空中花园。登临这海中之山，别有一番风味。

当然，琅岐最迷人的还是海。我们下榻的酒店叫“望海楼”，顾名思义，从这里可以眺望水天一色的大海。可惜因为天阴，眼前的大海，被雨雾笼罩，波涛迷蒙。这里地当琅岐岛的东南角，是闽江和东海的交汇处。说是望海楼，准确地说，在我右手方向的水面还是闽江。千里闽江就在这里入海。江心有一块巨礁，叫“猴石”。“白猴锁江”自来是著名的“琅岐八景”之一。不过，站在这里我既无从领略大江入海时的磅礴气势，也根本分不清江水和海水的模样。没有巨浪滔天的激情相拥，也没有涛声震耳的热切呼唤，江水和海水就这样融为了一体。一切都来得那么平静，平静得让人怀疑，眼前的茫茫水面就是大海吗？我忽然想起当地人爱说的一句话：海连江。或许描述的就是这样一种景象。

我曾在多个地段看过闽江。在源头，闽江以激流险滩著称。那百折千转的萦纡河道和穿山透地的不凡气概，无不见证一条江流奔向大海的决心。即便进入闽安门，离海口已然不远，浩浩江水，依然波涌浪翻，豪情不减。只是到了琅岐，当看到那块矗立江心如馒头般的猴石，仿佛游子千里之行，已经到家了。那一份轻松、那一份快乐，顿时化作万般柔情。就在这里，大海敞开胸怀，接纳了它。

这里是闽江入海的地方，一片绵延数里的金色沙滩，一簇簇如戟似旗的礁石，耳濡目染了江水和大海相会的情形。

一夜雨声淅沥。第二天一早，天居然放晴了。虽然还有云层，但黎明的亮色一下就照亮了沙滩。潮水已经退去，露出沙滩的宽阔身躯。沙滩的外面则是大片泥滩，泥滩之外才是江水抑或海水。好像大自然的画笔，将四大块景色，描绘在同一张画板上，在几道弯弯的曲线之间，以金黄、深黄、灰黄、深灰、浅白的色调，画出了沙滩、泥滩和水流，动感十足。在画面的上方是天空，不被云层遮盖的地方，露出一片片瓦蓝，蓝得让人心醉。一群鸥鸟从海面飞来，进入画板，一时镶嵌在天空中，瞬间定格成了我手机中的珍贵影像。

沙滩十分平展，金黄色的沙子细腻密实，踩上去，感觉有微微的弹性。一行行浅浅的足迹印在沙滩上，那是些赶小海的渔人，趁着退潮下到泥滩上收获他们一早的生意。他们的腰上一边别着小竹篓，另一边则挂着收音机。悠扬动听的音乐，在黎明空旷的海边，听起来格外悦耳。

沙滩上散落着一列列礁石，模样十分可爱。礁石的形态各异，石面光滑，身上遍布海浪抚摩的道道痕迹，组成一幅幅斑斓的图案。礁石的排列，无一例外，全都背向着大海，那神态，似乎在闪躲着什么？抑或，只是一次突然转身的定格？即便是沙滩上最峻拔的那块礁岩，它高昂的头颅，也使劲地伸向岸边，像一只引颈报晓的雄鸡。还有，那方形如海龟的大礁石，看它缩头缩尾吃力爬行的模样，令人忍俊不禁。难道坚硬的它们也畏惧柔软的浪花吗？

此时正在退潮，礁石旁还留下一汪汪昨夜未及退走的海水。像是一只只晶晶亮的眼睛，在好奇地打量着周围的世界。沙滩上现出密密麻麻的小洞。据说这些小洞的深处便是小螃蟹们的居所。有的礁石身上还爬着海星、牡蛎、花螺。潮水落去的时候，它们也许还在昏昏沉睡，现在它们只能静静地待在石头上了。礁石的岩缝里还可以看到淡菜和佛手。这里也是它们为躲避天敌而精心选择的寄宿地。

不知是几千亿年的工夫，大海的波浪渐渐撕开了一块块巨岩，把它们变成礁石，接着，又改变了礁石的模样，把它们塑造成了今天的形状。海是最终的胜利者吗？未必。可是谁知道，就在这漫长的水石相搏中，一座生态小岛诞生了。江水带来源源不断的泥沙，因为岩礁的层层阻挡，沉积了下来。日积月累，形成岛上的土地。海水只能一步步退去，退到今天的位置。

这是波浪和礁石的搏斗，也是闽江与大海的对话。琅岐海边的这片神奇沙滩，无声地叙述着这天长地久而又惊心动魄的故事。

琅岐原名“琅琦”，是美玉之义。从高空看，翠色葱茏的海岛也确像一块玲珑碧玉，镶嵌在闽江口，在江海交汇的地方。

到琅岐，看江、听海、登山、赏花……一个生机勃勃、绿意盎然的生态家园，让人不由感叹：是闽江和大海共同创造了这座神奇小岛；还有岛上的居民，世世代代，胼手胝足，精心绣出了这片花团锦簇的土地。

2015 年

听君一曲长精神

唐代灿烂的诗歌星空，辉耀了中国文化 1400 多年。

这是一支足够长的诗歌队伍，他们中有诗仙李白、诗圣杜甫、诗魔白居易、诗佛王维、诗骨陈子昂……众星璀璨，熠熠生辉。我们也许会忽略一位诗人的名字，但他的许多诗句却陪伴了我们的一生，至今仍吟诵不衰。这就是刘禹锡。

一首令人荡气回肠的七律《西塞山怀古》："王浚楼船下益州，金陵王气黯然收。千寻铁锁沉江底，一片降幡出石头。人世几回伤往事，山形依旧枕寒流。今逢四海为家日，故垒萧萧芦荻秋。"历来被认为是唐七律中的经典之作。

刘禹锡的诗句朗朗上口，寓情于景，意象万千："芳林新叶催陈叶，流水前波让后波。""东边日出西边雨，道是无晴却有晴。""朱雀桥边野草花，乌衣巷口夕阳斜。旧时王谢堂前燕，飞入寻常百姓家。"平白晓畅，却意味绵长。大抵古文难背。但刘禹锡的《陋室铭》，我只用了不到半小时就全记住了，直到今天，仍能脱口而出。

但刘禹锡其人其事，我一直不甚了了。或许唐代诗歌的天空太过辽阔，让我仰视不迭；也许，早年在人生之路上跋涉，太过匆匆。谁知道，而今步入古稀之年，我对这位与白居易、柳宗元同时期的中唐诗人的风骨和他的作品，却越来越感兴趣。

这位豪迈诗人的一生竟充满坎坷。21 岁时刘禹锡与柳宗元同榜进士及第。他满怀抱负，人生仕途一开始也确实春风得意，但却很快就卷入一桩政治事件，一辈子在险波恶浪中挣扎、沉浮。

唐贞元二十一年（805），唐德宗李适驾崩。当了 25 年太子的李诵继位，是为唐顺宗。其时唐王朝外有藩镇割据，内有宦官专权。东宫里聚集了一大批有识之士，他们对朝廷弊政不满，早就渴望改革，为首的是王伾和王叔文。时任监察御史的刘禹锡和好友柳宗元一道成为王伾、王叔文革新集团的核心成员。刘禹锡被任命为屯田员外郎、判度支盐铁案，参与对国家财政的管理。唐顺宗甫登基就迫不及待地发动改革，这或许与他已身染重病有关。由于改革触犯了藩镇、宦官和大官僚们的利益，在保守势力的大举反扑下，很快宣告失败。只当了 6 个月皇帝的唐顺宗李诵被迫让位于太子李纯。王叔文被赐死，王伾也死于贬途中。作为二王革新集团的中坚分子刘禹锡和柳宗元等 8 人先被贬为远州刺史，之后，更降为司马。这就是历史上著名的“八司马事件”。

刘禹锡被贬至距长安 800 多公里的朗州（今湖南常德）。从 33 岁到 43 岁，刘禹锡在朗州待了将近 10 年光阴。从此。诗成了刘禹锡心灵的寄托，也是他心路的记录。在朗州时，他听说柳宗元丧妻失母，情绪有些低落，特地寄去一首《秋词》：“自古逢秋悲寂寥，我言秋日胜春朝。晴空一鹤排云上，便引诗情到碧霄。”既安慰好友，也抒发了他对人生的旷达乐观态度。

唐元和九年（815），刘禹锡和柳宗元一起奉召回京。一天他们相约到玄都观游玩。其时观内桃花灼灼，灿若红霞。刘禹锡触景生情，写了一首七绝《玄都观观桃花》：“紫陌红尘拂面来，无人不道看花回。玄都观里桃千树，尽是刘郎去后栽。”但这首诗却给他带来了很大麻烦。刘禹锡遭人攻讦，再次被贬为播州刺史，柳宗元也被贬为柳州刺史。播州远在贵州遵义，山重水复，十分荒僻。好友柳宗元为此上奏朝廷，说刘禹锡老母年事已高，自己愿意以柳易播，与刘禹锡交换贬所。这令刘禹锡十分感激。宰相裴度也帮着说了些好话。最终，刘禹锡被改贬至广东连州。但 5 年后，柳宗元因病在柳州去世。这件事对刘禹锡打击很大，当场精神失常，过了很长时间才调整过来。此后，刘禹锡又先后被贬到四川夔州和安徽和州。“莫道谗言如浪深，莫道迁客似沙沉。千淘万漉虽辛苦，吹尽狂沙始到金。”到夔州时，看沙工淘金，触景生情，又激发出他心中的不屈和不平。

《陋室铭》则是他在和州时所作。贬所狭小简陋，而官场相视则多是冷眼，身后更是暗箭嗖嗖。这篇充满傲气，看似洋洋自得的铭文，其实正是对强权和世俗的激烈反抗。

唐宝历二年（826），57 岁的刘禹锡奉召调任洛阳任职东部尚书省。途次扬州时，他第一次见到白居易。两人同庚，彼此都仰慕对方的才华，但却不相识。这次偶遇，两人只互相看了一眼，便成为至交。白居易写诗赠他：“为我引杯添酒饮，与君把箸击盘歌。诗称国手徒为尔，命压人头不奈何。举眼风光长寂寞，满朝官职独蹉跎。亦知合被才名折，二十三年折太多。”诗中对刘禹锡的才华和遭遇，充满了同情和敬意。刘禹锡十分感动，当即回赠一首《酬乐天扬州初逢席上见赠》：“巴山蜀水凄凉地，二十三年弃置身。怀旧空吟闻笛赋，到乡翻似烂柯人。沉舟侧畔千帆过，病树前头万木春。今日听君歌一曲，暂凭杯酒长精神。”

在宰相裴度的帮助下，白居易和刘禹锡先后回到洛阳。而刘禹锡一到洛阳，第一件事，就是把白居易家隔壁的房子买下来，两人成为好邻居。当他再游玄都观时，见当年人流如织的道观此时却异常冷清，到处长满荒草，一时百感交集，11 年前往事油然而上心头：“百亩庭中半是苔，桃花净尽菜花开。种桃道士归何处，前度刘郎今又来。”

这是一个遍体鳞伤的斗士，一生鏖战不歇。当他左冲右突，看到战场上已无敌手时，却显得那样轻松平静。没有仰天长啸，没有满怀愤慨，流露出的只是淡然一笑。

刘禹锡晚年和白居易一块居住在洛阳，两人互相唱和。“莫道桑榆晚，为霞尚满天”便是他们人生的写照。

这就是刘禹锡，他也因此被人称为“诗豪”。

2023 年

追寻光明而行

1196年的冬天来得格外冷，天上彤云密布，北风一阵紧似一阵，一场大雪即将降临。麻阳溪畔学人荟萃的考亭书院，也早早地失去了往日朗朗的读书声，陷入一片沉寂。

几天来，朱熹的门生正从四面八方赶来。然而他们这次来，不是来赴老师的经学盛筵。他们当然知道，朱熹被当今天子从湖南征召到朝廷任经筵侍讲，也就是给皇帝开讲座。这是朱子理学最辉煌的时光。但许多人并不知道，老师已经被皇帝炒了鱿鱼，而且一场“籍伪学”的大迫害正紧随而来。朱熹邀集他们来，正是要告诉他们事态的严重，同时为他的门生兼挚友蔡元定送行。

朱熹是当朝宰相赵汝愚推荐给26岁的宁宗皇帝的。一开始，朱熹确是信心满满，想把自己的平生学问全部教授予这位新皇帝，让他成为天下圣君，以造福桑梓黎民。但渐渐地他看到朝廷的风气正一天天坏下去。而宁宗皇帝却偏听偏信，任由韩侂胄一帮佞臣拉帮结派、排除异己。

于是，他以老师的身份多次当面责问宁宗，矛头直指韩侂胄。宁宗表面诺诺，心中却老大不快。而韩侂胄一班宁宗的近侍大臣更是又惊又怒，思谋着如何把朱熹驱逐出庭，清除帝侧的道学清议，最终打掉赵汝愚的势力。这正中宁宗的下怀。他实在不愿再被朱熹用“经”“纪纲”和“天理”来束缚自己的手脚了。他下了一道手诏给朱熹，内云：“朕悯卿耆艾，方此隆冬，恐难立讲，已除卿宫观，可知悉。”借天冷，把朱熹炒鱿鱼了。

宁宗此举，引起朝中许多大臣的不满，他们纷纷上书，要求宁宗召回朱熹。并发起一个声势浩大的援救朱熹行动。这批大臣，被韩侂胄定性为“道学派”，他找出各种借口，将他们一个接一个撵出朝廷。

最后，举荐朱熹入朝的赵汝愚也被宁宗罢去右宰相，改授观文殿学士，出知福州。朱熹得知这个消息，十分愤怒，写了一份数万字的奏章，想要弹劾韩侂胄。这显然不是明智之举，朋友们纷纷劝阻，但盛怒之下的朱熹根本听不进。如何让朱熹接受，门生蔡元定想了个办法，他占了一个凶卦——遯，“遯”即是“遁”，预示要退避。这让朱熹清醒了下来，不仅烧了奏章，还决定率众弟子撤出京城，退隐山林。为此，他特地改名号为“遯翁”。

作为朱熹的大弟子，蔡元定其实只比朱熹小 5 岁，朱熹也这样说过：“此吾老友也，不当在弟子列。”但蔡元定却认定自己学生的身份，始终跟随在朱熹左右。朱熹也最信任蔡元定，凡事都要先问过他。虽然蔡元定及时地劝阻朱熹烧毁奏章，保住了老师性命，但自己却逃脱不了厄运，被诬为“佐熹为妖”之罪，编管湖南道州，也就是放逐到偏远地方管制。

这险恶的一招，让朱熹心如刀割。朱熹执着蔡元定的手和众弟子一路向西，走到 20 里外的马伏村，在此作别。朱熹手捧一杯米酒，为他饯行，想到老友一去，从此相隔天涯，不禁泪眼婆娑。蔡元定却神色淡定，当场吟诵了一首诗：“天道固冥漠，世路尤险巇。吾生本自浮，与物多瑕疵。此去知何事，生死不可期。执手笑相别，无为儿女悲。轻醉壮行色，扶摇动征衣。断不负所学，此心天所知。”

此时的蔡元定已年过花甲。陪同蔡元定一同前往湖南道州的有他的三子蔡沉、门生邱崇和刘砥。

走不多远，一匹快马赶来，送来朱熹的一封信，信中有一句话：“至春陵，烦为问学中濂溪书院无恙否？”如同一盏灯，一下照亮了前行的道路。道州虽然偏远，然而，这里也是理学创导者周敦颐的故乡。周敦颐自号濂溪，他的千古名篇《爱莲说》，据说就是启发于故乡遍植的莲花。三千里地的流放，其实，是奔着道学的源头而去。这让蔡元定脚下生风，恨不得早日走到道州，去探访濂溪书院的风采，感受理学源头的气息。

这是一个一生为追寻光明而行的人。25 岁那年，蔡元定遇见朱熹，他们在学问人品志趣上惺惺相惜，亦师亦友，从此，结下了 40 年的深厚情谊。

蔡元定出生于建阳麻沙镇的水南村。建阳蔡氏为闽中望族。唐朝末年，天下大乱。公元 897 年凤翔节度使蔡炉率所部五十三姓南下建阳，择麻沙而居，蔡氏就此繁衍生息。迄今，麻沙水南的蔡氏大宗祠内还立有九贤堂，供奉着蔡家九儒蔡发、蔡元定、蔡渊、蔡沆、蔡沉、蔡格、蔡模、蔡杭、蔡权的神像。祖孙四代九人，终身安于儒学，潜心探究著述授徒，成就 200 多部理学著作，形成博大的学术体系。蔡氏大宗祠门上刻着一副对联“五经三注第，四世九贤堂”，彰显一个家族的学术辉煌。

九儒中以蔡元定的学术成就最大。蔡元定，人称“西山先生”，南宋著名理学家、律吕学家、堪舆学家，朱熹理学的重要讲论者、著述者和修订者。蔡元定自幼受教于父亲蔡发，沉耽于孔孟之学。父亲病逝时，他 18 岁，遵循父亲教诲，他一生不求仕途远离官场，只是孜孜于学问，穷究天道地理。“伐木南山巅，结庐北山头。耕田东溪岸，濯足两溪流。”这是蔡元定咏西山耕读的诗句。正是在风景秀美的西山独居苦读，上究天理，下考人事，让蔡元定的人生学问进入一个全新的境界。对这一段苦修经历的总结，也成为蔡元定留给后世子孙的祖训“独行不愧影，独寝不愧衾”生动诠释了儒家“慎独”的思想。

但在学问上，蔡元定并不是一个保守的独行者。追寻真理之光，从来是他一生的目标和方向。25 岁那年，正在西山埋头读书的蔡元定，无意间听同窗好友谈起在崇安五夫乡间读书授徒的夫子朱熹，引起他的好奇。于是他独自来到五夫的紫阳书院拜谒朱熹。两人一见如故，彻夜对榻讲论，互相吸引，竟不忍分别。于是，蔡元定邀请朱熹到建阳西山，到自己营建的书院讲学。建阳号称“图书之府”，著名的麻沙版善本书籍，自来是天下读书人的所求。

朱熹应约来到建阳西山，深为这里的山川形胜所吸引。他决定将他的理学教育重心由崇安五夫移到建阳。他请蔡元定为他在西山附近选址。蔡元定以堪舆家的眼光，锁定与西山遥相呼应的云谷山。西山海拔 633 米，云谷山海拔 999 米，两山间相距 8 里，有山路相通。朱熹相信蔡元定的眼力，对云谷山的环境很满意。于是他在云谷修建了草堂。为了便于与西山的蔡元定联络，他们想了一个好办法，互相在西山和云谷两山山头建台悬灯，夜夜相望。朱蔡约定，双方灯明表示学习正常，若一方灯灭，则表示学习中遇上难题，急需探讨解决。每当这个时候，第二天，天刚刚放亮，山路上笃定出现一个匆匆行走的身影，那是蔡元定，要赶赴老师的约会。而朱熹已经端坐堂中，虚席等待他的到来。

这个时候，也是云谷山头最热闹的光景。众弟子将草堂围了个水泄不通，听两位大儒一问一答，引经据典，解难释疑。

西山和云谷，也成了学人们探寻学问和真理的圣地，萦纡的山道上，经常可以看见，仆仆于途的负笈学子，他们不远千里慕名前来，只为了得到理学真谛。

静谧的山间夜晚，人们仰头，就可以看到两座山头上的两盏明灯。像是一双智慧的眼睛在闪闪发亮，照亮了南宋理学的天空。

那年，受朱熹之托，蔡元定携门生经湖北进入四川，到青城山搜购阴阳合抱的《太极图》以及湮藏于民间的珍版古籍图书。蔡元定深知他肩负的重任，不辞辛劳，登山、涉水，遍访民间高人隐士，搜集到大量孤本古籍。他还一路访友、讲学，宣扬朱子理学。到常德时，他刊刻了朱熹手书的《易经系辞》，立于常德学府。到武昌时，他应邀在问津书院讲学，湖湘学子纷沓而至，争相一睹闽学大师的风采。数月之后，当他将一捆捆古籍孤本打开展现在朱熹面前，有从民间搜得的《河图》《洛书》，还有只是耳闻却从未见识过的《太极三图》……朱熹捧书竟大喜而泣。这些张珍贵的太极图，不久便用在了朱熹的《易经本义》和《太极图说解》的篇首。“太极八卦”由此规范了下来。完成了老师嘱托的蔡元定也如释重负，一头栽在床上，昏睡了几天几夜才苏醒过来。

这是蔡元定人生中一次难忘的经历，每当遇到困难时，他的眼前都会亮起一盏灯，那是他悬挂在西山的灯，和云谷山上的灯遥遥相望。西山的灯，就是他的理想之光，也是他毕生为之追寻的真理之光。

而今，西山那盏灯还在他心中亮着。想到这里，蔡元定不觉加快了步伐。道州，已遥遥在望。

2015 年

刘刚中的学问之道

南宋庆元元年（1195）岁末，闽北已进入冬季。在阵阵凄厉的寒风中，一位束衣负笈的年轻人正在麻阳溪畔疾行。他叫刘刚中，6天前从家乡建宁客坊出发，要赶往建阳考亭。老师朱熹的一封书信，如同一声热切的召唤。他仿佛看见先生正倚门相望，不觉加快了脚步，600里的崎岖山路，已然抛在身后。

客坊乡地处建宁西南部，与江西省的广昌县毗邻，是建宁和广昌往来的主要门户之一。过去，客商多在这里过夜歇息，客栈林立，故名“客坊”。客坊也是建州刘氏的过化之地。这里虽然僻远，却书院俨然，书声琅琅。

建州刘氏是闽北望族。入闽始祖刘翱于唐咸通七年（866）率部驻守建州，后来又参加了平叛黄巢的战斗。战事结束后，刘氏选择举族在建阳麻沙定居。刘氏历代人才辈出，而刘子翚、刘子羽、刘勉之等一批儒士更为建州刘氏赢得了在宋朝乃至中国思想文化史上的重要地位。他们都是朱熹的老师，刘勉之还是朱熹的岳父。史称：“熹之得道，自勉之始。”而客坊刘氏正是从建阳麻沙迁徙而来。他们秉承建州家风，于是，一脉理学芬芳，飘溢在墨田荷塘。

乾道六年（1170），刘刚中出生在建宁客坊乡的龙门山下。出生前，他的母亲曾梦见一位峨冠博带的老者将一株灵芝插在荷塘里，灵芝瞬间就开出洁白的莲花。刘刚中一生酷爱白莲。故居墨田荷塘中，建有爱莲亭。从小，他就喜欢对着满池荷叶，大声诵读理学宗师周敦颐的《爱莲说》：“予独爱莲之出淤泥而不染，濯清涟而不妖，中通外直，不蔓不枝，香远益清，亭亭净植，可远观而不可亵玩焉。”这篇文章，伴随着他的一生，成为他为人处世的准则。

还在稚童时期，刘刚中的勤学好问就在乡里出了名。他求知欲旺盛，对事物道理总要弄个明白透彻。及长，刘刚中常去父亲和叔父任教的濂江书院，和新结识的师友谈经论道、臧否国策。有时就为了朝廷的和或战，与人争得面红耳赤。在争辩中，他觉得自己的知识太贫乏了，无论是对释家、道家抑或儒家的认识都很肤浅。于是他专程到西山千卷书屋潜心学习佛学和老庄荀杨之学 3 年。

18 岁那年，在父亲的支持下，刘刚中怀抱《周易》踏上了外出拜师和游学的道路，他先到光泽，在西山精舍投刺拜见理学前辈李吕；经李吕指点，又到了江西、湖南、浙江。这些地方都是理学的昌盛之地，他一一造访象山精舍、白鹿洞书院和岳麓书院，心中快意如荡春风。在杭州，经叔父刘克明引导，他如愿以偿，见到心仪已久的硕儒朱熹，随即跟随朱熹踏上了返闽的归程。

在五夫里的紫阳楼，刘刚中怀着忐忑的心情加入朱熹的弟子行列。第一次授课，朱熹不问别的，就问刘刚中平日读的是什么书？治的是什么学问？刘刚中回答说自己接受的是家传儒学，但也对黄帝和老子的清静无为思想以及神仙学感兴趣，读书包含老子、庄子、荀子、杨朱等人的典籍。而近来在学问上遇到许多困惑，往往有所思悟时，就一一记录下来。接着他就递上自己的读书笔记《西汉奇语》，向朱熹汇报了自己读老、庄、荀、杨之书的心得。朱熹对他的学习精神十分赞赏，但对他的学习方法提出批评。短短的几天接触，朱熹已经从心里喜欢上这位朴实好学而且善于思考的年轻人，正式将他收至门下。

朱熹教导刘刚中先把学习《近思录》作为阶梯，循序渐进，还给他改字为“近仁”，让他随侍左右。那一年端午，朱熹正在卧榻休息，刘刚中立在身旁侍候，看到老师醒来，赶忙提出一个问题：“韩愈曾被人批评为腐儒，程颐也被人怀疑奸猾。这样一些大人物尚且如此，那么，我们普通人又怎能成为真正的儒士呢?”朱熹没有正面回答他的问题，而是问刘刚中：“你来跟随我学习，是谁叫你来的呢?”刘刚中走到座席前恭敬跪下，肃然回答道：“是我家曾王父（曾祖父的父亲）刘冀吩咐我来的。”朱熹知道刘冀在北宋徽宗宣和年间曾任开封府尹，宋室南渡之后，他竭力谏阻与金人议和而没有被高宗皇帝采纳。绍兴戊午年（1138）刘冀受奸臣迫害，无奈归隐建宁客坊。刘刚中告诉朱熹说，曾王父在临终之时，嘱咐后人说，自从杨时成为二程的主要传人，在东南倡导道学以来，道学在闽中得到迅速的发展，而未来有希望超越于群儒之上成为一位集大成者，很可能就是我故交朱松韦斋先生的公子沈郎。将来你们中有志于道学的可以前往向他拜师学习。

接着刘刚中又向朱熹诵读了刘冀《云峰诗抄》中的述怀诗：“抚心有恨辜君国，学道无成愧子孙。”朱熹听后，感慨不已。他对刘刚中说：“刘开封就是一代儒士啊!”一句话让刘刚中明白了，在学习的道路上，只要坚持信念，不忘初衷，身体力行，不论大人物、小人物，便都可以是自己效仿的榜样。而刘刚中紫阳楼里的“入门十问”，更被认为是朱子理学思想的经典学案。明末清初理学大家黄宗羲因此将其记载于他编写的《宋元学案》中。

得益于当时的记录，让我们见识了800多年前，朱熹和他弟子们的教学风采。

首先，刘刚中向朱熹问入门之道。刘刚中问，为什么说《大学》一书是初学的入门？朱熹对他说，凡人居处，有门必有路，识得路，方到得门，到得门，方升得堂，入得室。《大学》纲领条目就是门。这里是学者的根基。读书要先明白门径，才能升堂入室。接着，刘刚中再问学问之道。他问，人不学不知道。但是，学习知识在读书上体现，明白道理在做事上体现。那么，一定要读书才可以做事吗？朱熹告诉他，当然是这样的。但不论是读书还是做事，都是为了学习知识、阐明道理，不能将学习书本知识和运用知识来做事截然分开。只会夸夸其谈和只知埋头读书的人，都不可能成为真正的学问家。还有知和行的关系，也就是认识和实践的关系，知和行究竟谁在先谁在后，哪个轻哪个重，这是当时哲学家们争论不休的命题。朱熹首先肯定了知在行先，他同时阐述了“博学之、审问之、慎思之、明辨之”而后“笃行之”的知行关系顺序，但又强调了知轻行重但知不轻的辩证思想：知之愈明，则行之愈笃；行之愈笃，则知之益明。二者皆不可偏废。朱熹更形象地将知和行比喻成人的两只脚，如果一只脚强健但另一只脚无力，也是一步都前进不得。

年轻的刘刚中很快就在众弟子中脱颖而出，与跟随朱熹多年的刘爚、刘砥、刘砺并称“朱门四刘”。

而朱熹自己，也正处于人生的动荡时期。朝廷不断地征召，他也以脚疾不断地上表力辞。年届花甲的朱熹，只想和自己的弟子们在一起切磋学问，而不愿在官场上白白耗费精力。但是，最终拗不过朝令，到漳州任知州一年。第二年，他的长子朱塾病逝于江西婺源。在处理完儿子的后事之后，朱熹再次辞官，来到建阳居住。这是因为建阳地处闽北中心，交通便利，而且他的父母和妻子都安葬在这里。

朱熹在建阳立即着手创办自己一生中最后一座书院——考亭书院。创办考亭书院的绍熙四年（1193）末，朱熹又接到朝廷任命，于是前往湖南潭州上任荆湖南路安抚使几个月时间，旋又于绍熙五年八月五日迁焕章阁待制兼侍讲，成为给宁宗皇帝讲解道学的老师。世事难料，担任皇帝老师职务的诏令下发仅仅46天后，就遭到当朝权贵韩侂胄弹劾被罢去官职。十一月又重新回到建阳考亭讲学著述，从此真正息影山林。

随着书院生员的日增，绍熙五年末，朱熹在清澈的麻阳溪河中心一个小岛的沙洲上建造起一座授课的学堂，起初命名为“竹林精舍”。很快又将竹林精舍进一步扩建，更名为“沧州精舍”，并自号“沧州病叟”。像每一次书院开张都要撰文祭告孔夫子等先贤先圣一样，这次朱熹依然亲撰《沧州精舍告先圣文》，就在这篇著名的文告中朱熹提出了自己的“新道统论”，“新道统论”在尧舜禹汤之上增加了伏羲氏等人文先祖，形成了一个“伏羲—神农—黄帝—尧—舜—禹—汤—文—武—周公—孔子—颜回—曾参—子思—孟子—周濂溪—二程及至朱子本人”的中国道统思想谱系。

由于韩侂胄恣意弄权，在他主政之下借皇权势力不遗余力地打击迫害尊崇程朱道学的朝廷大员。而后更进一步演变成为中国文化史上的“庆元党祸”，道学被诬指成“伪学”加以禁止，朱熹也被列入 59 个“伪学党人”的首批名单之中。

在“党禁”风声最为紧张的庆元元年（1195），朋友们劝朱熹遣散学生，关闭沧州精舍，朱熹一笑置之，他一刻也不想停止沧州办学。除了在考亭讲学，他还徒步往返建阳与崇安之间，到武夷精舍讲学。即便几次危险紧逼，不得不离开沧州精舍暂避危难，朱熹也是明则避祸，实则依然应学友、门徒之请开展讲学活动，足迹遍及古田、泰宁、福州以及江西铅山等地。为朱熹人格力量所感召，四方学子不远千里纷纷负笈而来，他们乐从朱子交游，无怨无悔。

这年刘刚中 25 岁，就在这个初秋的季节，他刚刚通过秋试并获得次年春试的资格。但因受“庆元党禁”的影响，被地方官员列为涉嫌“伪学”的人员。他没有为此后悔，改变自己的初衷，毅然决然地离开了自己开办的云际书院，来到考亭，正式投入朱熹门下，成为“沧州诸儒”之一。

朱熹的女婿黄榦告诉他，刘刚中是主动放弃当年乡荐，丢掉考取进士的机会来考亭求学问道的，运交华盖的朱熹老先生听了更是嗟叹不已。

庆元六年，朱熹去世后，刘刚中回到故乡密林深菁之中的五龙山和严峰山聚徒讲学。从学者络绎不绝。

嘉定四年（1211），“庆元党禁”正式解除。41 岁的刘刚中得以走出深山，参加京城会试，登进士第，历任汉阳军主簿、兰溪县丞。不过，在刘刚中心中，始终有一道春风、一缕阳光，还有那座屹立在麻阳溪沙洲上的沧州书院。宝庆二年（1226），他辞去鄂州令，回乡一边创办琴轩书院，一边专心研究绍兴戊午及庆元文案。他还数度应黄榦之请到福州濂江书院讲学，与黄榦共同创立了“勉斋学派”。

2017 年

依旧青山绿树多

南宋庆元二年（1196），宁宗朝权臣韩侂胄发起一场对理学的大围剿。拟出赵汝愚、朱熹等一干道学贤臣及学者的多条罪状，由国子监上奏禁毁理学之书，朱熹的《四书集注》与《语录》等著作被指为“伪学”，尽在毁禁之列。韩侂胄还列出一份黑名单，将一批道学清流名士共 59 人定为“逆党”，清除出朝，永不叙用。朱熹是当时公认的道学派的领袖，位列前 5 名。这就是席卷全国的“庆元党禁”。这年朱熹 67 岁，已从京城回到闽北。面对一场又一场扑面而来的狂风恶浪，年已垂暮的朱熹没有屈服，他潜心投入道家学说和《楚辞》的研究。几年间，先后写作《韩文考异》《楚辞集注》等一批重要著作，与蔡元定合作完成《周易参同契考异》的初稿。他还应学生们的邀请，名为避祸，实则外出讲学。当他在门人的陪同下，乘舟赴古田，夜泊水口时，恰遇风雨大作，一时波摇浪撼，小舟在江流中起伏颠簸。至晨雨止。朱熹掀帘一看，两岸青山如洗，绿意葱茏。不禁触景生情，脱口吟出一首七绝：“昨夜扁舟雨一蓑，满江风浪夜如何？今朝试卷孤篷看，依旧青山绿树多。”（《水口行舟》）

庆元六年三月，朱熹离世。临终前，朱熹给远在福州的女婿黄榦写信，留下传道遗嘱。同时他要求长房子孙须有一脉在府城建安（建瓯）落籍。府城建安给少年时的朱熹留下了不可磨灭的美好记忆。他于 11 岁至 14 岁在建安环溪精舍生活和学习。环溪精舍是朱熹父亲朱松精心挑选和营建的住所，也是一处读书佳境，三面环溪，满目青山。朱熹一直认为，府城浓厚的文化氛围，是他日后打下学问基础的地方。于是，朱熹长孙朱鑑遵父命，与家人来到建安。

中国有一句老话叫作“否极泰来”。朱老夫子或许想不到，在他去世后仅仅几年，朝廷的风向会发生如此大的变化。这场政治文化大迫害因赵汝愚、朱熹等人的离世也得以快速刹车，嘉泰三年（1203），朝廷就正式下文解除“党禁”，并为赵汝愚等人平反昭雪，凡“伪学逆党”健在者全部复官。

嘉定二年（1209），朝廷昭赐朱熹谥号为“文”。自此之后，朱熹被世人尊为“朱文公”。嘉定五年，在时任国子监司业、朱熹门生刘爚的大力推动下，朱熹的《四书集注》成了官学的钦定教科书。

宝庆元年（1225）赵昀即帝位，是为宋理宗。理学家真德秀成为理宗十分器重的经筵侍讲。真德秀是朱熹弟子詹体仁的高足。他利用经筵讲读的机会，向皇帝讲解了朱子理学的大义。理宗受真德秀影响至深。他调来《四书集注》仔细阅读后下诏称赞朱子对《四书》的注解是：“发挥圣贤之蕴，羽翼斯文，有补治道。”特地追赠朱子为太师。新朝大兴理学之风很快就刮到建安。备受鼓舞的朱熹三子朱在和长孙朱鑑于是联名向知府申请在府城紫霞洲北修建朱文公祠，得到了朝廷的批准。

嘉熙元年（1237），理宗到太学视察后颁发诏令，要求改祀理学五贤：周敦颐、程颐、程颢、朱熹和张载。建宁知府王埜听到这一消息，十分兴奋，立即上书理宗皇帝，报告说朱熹后人现居住建宁府，建安城内并建有朱子祠。第二年，理宗诏书下达：“游（酢）、胡（安国）、朱（熹）、真（德秀）流风未泯，表宅里，以善其民。”要求在这些理学先贤的故乡建宁府地宣扬、表彰他们的事迹，以引导百姓向上从善。

王埜接到诏书大喜过望，说：“天子之所以命者，敢不谨遵？”于是星夜书写朝牒，请求皇帝恩准营建书院，用以主祭朱文公并祀真文忠（真德秀）。宋理宗很高兴，特地题匾赐额“建安书院”。于是王埜选址在府治北、朱文公祠旁的紫霞洲建造建安书院。为了彰显理学道统，他还在书院里建了一座燕居堂，用以奉祀孔孟等先圣。

书院始于唐，盛于宋，是独立于官学之外的教育机构，一般为民办，也有的是民办官助，纯由官办的并不多。因此建安书院在南宋以降的600多年间，一直是闽北一所重要的学府。在宋代，中国南方书院发展尤为兴盛。著名的有白鹿洞书院、岳麓书院、东林书院、鹅湖书院、武夷书院等等。各地书院的出现既弥补了官学教育的种种不足，也为喜欢学术自由的众多学者们提供了著述和讲学之所。一所优质的书院一般有奉祀、讲学、藏书等功能。朱熹生前尤热衷书院学术开放的教育模式。

以朝廷名义兴建的建安书院，也成为国内公开奉祀朱子和传播朱子理学的第一所书院。

书院的最高管理者叫“山长”，也称“长席”。建安书院首聘蔡模为山长。蔡模是建阳人，他的祖父蔡元定、父亲蔡沈，都曾是朱熹的学生。还有一说，山长为知名学者郑师尹。蔡模、郑师尹到书院开始的主要任务是整理、校对朱熹、真德秀的著作。随后，建安书院开馆纳学，书院的教学，以天理人心之正、修己正人之方和致知学问思辨的浓厚色彩，成为学子们景仰之所。建溪江畔、紫霞洲上，书声琅琅，远近少年才俊云集，盛极一时。此后书院的山长均由官府聘请各地著名学者担任，如林翼龙、徐几、黄镛、黄君复等等。

明代，建安书院与建宁府学合并，称“建溪书院”。清初，府学遭兵燹尽毁。时瓯宁知县邓其文深感先儒之学不可无存，于是筹款重建书院，建中堂祀朱子及门下四先生并建州诸先儒。后院建文昌阁，右侧设讲堂，左侧创义学。他并上书康熙皇帝请求赐匾，康熙皇帝准其奏，亲笔御书“建溪书院”匾额。清光绪三十二年（1906），朝廷废书院制，改其为“建郡中学堂”，民国更名为“福建省立第五中学”，依然是闽北最重要的学府。

自宋及清，建安书院一直都由官府承办，但它与同是官办的各县学、乡学不同。建安书院可以择优录取建属七县（建安、瓯宁、建阳、崇安、浦城、政和、松溪）的学生。明清两代，采取逐级遴选生员制。考中秀才者必须进入官学或大书院继续学习，此后参加乡试。建安书院也成为七县秀才继续深造的首选之所。

循着琅琅书声，我们来到位于城东北的一条千年古街——磨房前街。宋淳熙年间（1174—1189），郡守韩元吉修渠导引城北橄榄坑之水入紫霞洲之玉仙池，并在周围植树建亭，供人们游览休憩。当时这里被叫作“紫霞洲街”，商贸繁荣。后来有人利用渠水在附近建造了一座大磨房，久而久之，老百姓都习惯称其为“磨房前”。建安书院和朱子祠的遗址就在磨房前。昔日的建安书院现在是建瓯第一小学。步入学校大门，映入眼帘的就是朱子园，花木掩映中，一道古意浓浓的长廊上，镌刻着朱子的生平介绍，还有朱子自画像和诗词、语录等等。71 米长的廊道象征着朱熹 71 岁的人生。建瓯第一小学的学子们总喜欢从长廊上走过，似在与少年时的先贤同行。

周公得禾，以名其书；汉武得鼎，以名其年。从建安书院到建瓯一小，一脉书香，延续不断。朱子地下有知，宁不欣慰？

2023 年

文章太守足风流

清乾隆二十五年（1760）五月，清廷下诏，着福宁知府李拔调任福州知府。当时闽东交通十分不便，由福宁府署所在的霞浦到福州走旱路一般需要6天，而朝廷诏书催得急，来不及等到接任者，是日一早，李拔便带着家人起轿上路。但不知是谁走漏风声，李拔的轿子才出府衙，街巷上早已聚集了大批民众，大家拦在轿前，异口同声不让李拔走。甚至还有人跪地高呼："李大人不要走，福宁百姓需要您！"李拔一时左右为难。

由福宁府调任福州府，这在官场上被看成是擢升。因为福州为八闽首府，地位殊重，向来有"福郡地大而事繁，古常选用重人"的说法。的确，自宋以降，福州历任知府（知州）中，彪炳史册者如蔡襄、程师孟、曾巩、梁克家、赵汝愚、辛弃疾、真德秀、黄裳等人，皆为当时朝廷重望。乾隆时期的福州知府李拔也是其中出类拔萃的一位。

而福州百姓早就知道李拔清名，正翘首以待。听闻李拔被福宁挽留，士绅们纷纷涌向总督衙门请愿，闽浙总督杨廷璋连忙做出相应处置，声称：福州不可一日无守。让李拔遵诏即日到任。

因秦汉之时，一郡主官称"太守"。魏晋以后，郡守官职名称虽有变更，但百姓仍习惯叫"太守"。福州、福宁两郡争守，一时传为乾隆朝佳话。

李拔是四川犍为人。其高祖为当地大儒，明亡，以身殉国。受此牵连，李拔的祖父、父亲一辈子不能出来做官。一直到清中叶，乾隆皇帝为明代守节臣民平反，时年39岁的李拔才得以考中进士，踏入仕途。

清乾隆二十四年（1759）二月，李拔由湖北汉阳府同知调任福建福宁知府。山一程，水一程，经过数月长途跋涉，风尘仆仆的李拔来到濒临浩瀚东海的福宁府城。映入眼帘的第一幕，就是一道破败将颓的城墙。尽管一周前，他到督署报到时，总督杨廷璋已将福宁的有关情况作了介绍。但进城后出现在面前的景象，比他预想的还要糟糕：街巷冷清，市面萧条；路上不少行人衣裳褴褛，面带饥色。到了府衙，一干属吏前来觐见，言谈中都流露出悲观的情绪。李拔出仕后一直在湖北江汉平原做官。那里是富庶的“鱼米之乡”，官府财税充足，百姓生活安宁。而眼前的福宁府，可以说民生凋敝、府库匮乏、百端待举。

李拔不顾车马劳顿，亲自到各地巡查，经过一番明察暗访，他很快就掌握了郡情，并立即做出相应处置。

首先，是修筑城墙。其时，闽东海盗猖獗，呼啸来去，百姓深受其害。要保一方平安，稳定民心，一座坚固的城墙至关重要。为筹措修墙资金，他带头捐出200两银子，衙署官吏和福宁富绅也纷纷响应。在不花国家库银、不加重百姓负担的情况下，很快就修好了历经百年风雨行将废圮的福宁城墙。此举也提振了福宁军民建设和保卫家园的信心。

当时，福宁长溪河三坝崩塌，水患频发，百姓苦不堪言。他播出专款，组织民众重修三坝，使得水旱从人，百姓安居。《福宁府志》中有关李拔整修的水利设施点，有明确文字记载的不下几十处，如：月池，在南门外，郡守李拔饬县重修。杨家溪，在县五、六都，二十四年，郡守李拔饬县修复。李拔有诗云：“济川伟业本无方，远作樯帆近作梁。溪小不堪容鼓屉，聊成碇步代舟航。”福鼎夹城溪，乾隆二十四年（1759）夏间大水，堤复被冲如平地。郡守李拔因公至邑，亲临阅视，见状大惊：“无此堤无鼎邑也！奈何忽之。”檄饬县令吴寿平、胡建伟督率士民，先生增修，以资保障。福安有东湖，李拔莅任，建议大兴水利。他亲临周视，写了《请修东湖议》："宁郡山高海深，水泉流注，随在可资灌溉，此其善也。然地之高下不一，天之雨晴不齐。晴多则洋田皆槁，雨多则山田鲜固。必多设塘堰沟洫，以资蓄泄，斯为有备而无患焉。"

在短短的一年三个月时间里，李拔的足迹遍及福宁全境，所到之处，大都留下诗文题刻，人称"遍山石"。在他的这些诗文中，涉及的水利点就有霞浦江、砚江、倒流溪等30余处。

福宁濒海，李拔见许多百姓以捕鱼为生，收入微薄，生活困苦。一到严寒的冬季，百姓仅着单衣，甚至有的家庭丁口较多，衣不蔽体。往北边购棉、丝，富人尚且力不从心，更何况寻常百姓家。他想到老家四川桑蚕业十分发达，养桑蚕还是一条致富之路。而福宁的气候也适合桑树生长。但怎样让老百姓接受他的建议呢？于是，他在府衙的后园中移种桑树，并亲自养蚕。太守的亲身示范，引发了周边民众的兴趣，许多人特地到府衙后园，看李拔着草履短褐如同一位老农般在园里弯腰劳作，于是都跟着种桑养蚕缫丝。仅仅过了几个月，"良丝厚茧，俱有成效"。一时远近商贩纷纷前来收购。养蚕成功后，他将从四川采购来的蚕种和缫丝工具分发福宁各县，大力推广。他还写了《蚕桑说》，教授人们养蚕技巧。方志载："闽知养蚕，实自李拔始，功尤伟矣。"

除养蚕外，李拔还著有《种树说》《种棉说》等，呈报上方，希望将四川、湖北的养殖经验在闽地推广实行。针对福宁山多田少的情况，他还写出调查报告："查有包稻一种，闽中名为番豆。种植不难，收获亦易。中斜坡陡山，但得薄土即可播种。夏间成熟，取以为米、为面、为酒，无所不可。皮地壳喂猪，猪皆肥脆，适用甚多。"李拔说的包稻，就是玉米。通过广种副食，推广玉米以解决百姓的温饱，稳定一方民心。

福宁山多路隘，一些偏远的乡村因缴纳税粮运送困难，朝廷同意将税粮折合成钱票缴纳。有的收税官员借机拉高损耗额度，盘剥乡民，从中谋取私利。李拔发现后立即予以制止，并规范了耗损定额。

福宁郡是福建重要的产盐地。盐、茶均属于官营。但由于官府管理松懈，致使大批私盐贩子乘虚而入，私盐买卖猖獗，还引发官商勾结的腐败现象。李拔经过调研，决定在东冲口设卡派兵丁驻守。东冲口是盐贩走私的必经之地。此举彻底截断了私盐之路。为防止兵丁借机敲诈勒索过往客商，李拔同时又制定了哨卡管理条例，百姓拍手称快。

李拔将治民之法，概括为“养”和“教”二字。他曾这样写道：“治世何术？曰养，曰教。教养何道，曰农桑水利，曰诗书礼乐。”李拔自曾祖父起，属教育世家。所以他每到一地为官，特别重视振兴书院。他上任伊始，就带着僚属视察福宁府学，聘请教师，修缮校舍，并亲自撰写重修学宫记。他规定，担任书院教师者必须经过考试。《宁郡五县书院延师课出议》：“一日不学，此生可惜；人生百年，会有穷期。”就是他拟出的考试题。府城内还有一所民办的蓝田书院，应山长邀请，李拔常常于公务之余亲自前往为诸生讲学。

李拔上任后发现《福宁府志》常年未修，他决定重修，并担任总纂。不到一年时间，府志初稿完成。但这时他接到了调任福州知府的诏令，于是将府志书稿带到福州继续完成。

李拔曾这样说自己：“某，西蜀庸才，起自田间，于民生利病之源，知之甚悉。”正因为他来自民间，对百姓民生和痛苦十分了解，所以，为官一任，总是想着怎样为百姓解除困厄，改善民生。李拔在其《福宁府五县志叙》中写道：“考之往昔，都城无过百雉，公侯乃封百里。今之令长，即古之列侯，任大责重。”自感为官一任，责任重大。若心中没有装着百姓，将一府之地当作自己的家，一府之民当作自己的亲人，就做不好知府。为此，他在府衙二堂上撰联：“有己求人，无己非人，责任必先责己；天视民视，天听民听，欺民即是欺天。”

李拔素有雅兴，自称“平生最喜登临，遇高山辄动仰止之思，所在多屐齿迹”。这些屐齿迹，而今仍以诗文和摩崖题刻留于后世，足见一位文章太守的风采。

李拔去世后，岳麓书院山长为其墓志铭撰联：“泽传东南深得民情爱戴，学宗濂洛直探道统渊源。”概括了他勤政为民、兴文重学的一生。

2021 年

书生本色

有明一代，万历皇帝朱翊钧在位最长，达48年。此时，大明帝国已经走过200多年的漫漫岁月，当年太祖朱元璋创立的制度，大多演变得面目全非，而官场以及社会的种种弊端，一一出现，乱象纷呈：科场舞弊，官员渎职自肥；豪强富户，仗势凌弱，兼并土地；江南水灾不断，辽东边患正紧，国家财政窘迫日深。万历之初，张居正执掌朝政，他试图扭转朝纲，实行了一系列变革。他一方面裁减冗官冗费，节制皇室开支，以求节流；另一方面清理赋税制度，清丈土地，以求开源，并综合前人经验，在全国推行新的赋税制度"一条鞭法"，统一赋税，国家财政状况有所好转。但张居正死后，神宗皇帝亲政，改弦更张，穷奢极欲，大肆挥霍，社会陷入动荡，明王朝灭亡的序曲由此拉开。

而万历朝堂上也闪现过几位福州士子的身影，其中就有叶向高和翁正春。他们虽恪守文人操守，正身直行，但却形单影孤，始终难有大作为。

明代福州朱子学盛行，基层教育十分普及，不仅有府县儒学、书院、社学，还有村学、书堂、家塾和教馆等。由于朝廷规定，入朝做官的均应由科举出身，所以，博取功名、蟾宫折桂成为许多读书人的奋斗目标，同时也成为社会办学和学子勤奋攻读的强动力。明代，除强调学历，明文规定"非科举者不得与官"外，还形成"非进士不入翰林，非翰林不入内阁"的不成文规则。科举得到全社会的关注，而进士更是受到推崇。

翁正春就出生在洪塘乡的一个书香门第。父亲担任过建阳教谕和浙江府通判。官职虽不高，但父亲严谨的为人和治学态度，给少年翁正春树立了很好的榜样。这里地处福州西郊，却地近出入会城的重要码头洪山桥，因而来往的人很多。不但有商贾，还有官员和文人。因为是许多学人赴京赶考的中途休息站，读书科考之风，也在这处近郊的乡镇愈发炽烈。以致明代洪塘街名人辈出，乡间文风之盛，冠于八闽。江边有一座四面环水的金山寺，历来是文人墨客最喜登临和游玩之地。明代金山寺为洪塘乡间的文昌阁，也是当地文人聚会之所。因为地方幽静，张经、翁正春等人幼年时都曾在这里读书。金山寺有一株400多年的老樟树，至今枝繁叶茂，相传就是翁正春读书时所植。登楼凭栏远眺，但见九峰环簇，一水奔流，倍觉天地壮阔。张经咏金山寺诗中就有“楼阁几层摩日月，江湖千古集衣冠”的句子，赞美金山寺形胜之佳。万历二十年（1592），翁正春赴京参加会试，一箭中鹄，殿试赐三甲进士第一名。捷报传至家乡福建侯官洪塘村，举村沸腾。

于是，39岁的福州才子翁正春借科举之风，进入万历朝廷，先任翰林修撰，之后是左中允、少詹事，一直处在机要秘书的行列。但这也是历届进士进入内阁的必经之路。

关于翁正春，我们今天能见到的文字记载并不多，但《明史》有传。十分简略的文字，已经勾画出一位忠于职事、作风严谨的正直文人形象。

万历三十八年十一月发生日食，百官惶恐不安，认为国家要出大事。只有翁正春极言不能将国事和天象联系在一起。他还列举了过去也曾发生过日食或月食的年份，但国内并没有发生灾祸的事例。因为翁正春平时“风度竣整，终日无狎语”，说话做事十分严谨，听了他这一席话，朝堂上顿时安定下来。

第二年秋，万寿节时，百官纷纷向皇帝庆贺，阿谀奉承之声，不绝于耳，万历帝听得十分惬意。这时翁正春却满脸严肃地呈上“八箴”。这“八箴”：“曰清君心、遵祖制、振国纪、信臣僚、宝贤才、谨财用、恤民命、重边防。”箴言，就是劝诫。许多人都为翁正春捏了把汗。翁正春却认为，见皇帝一次不容易，此时不说，更待何时。也就不管皇帝老儿高兴不高兴了。祝寿上“八箴”，显然不合时宜。但无疑，这八项劝诫，句句在理。朱翊钧虽然脸上不快，也只能强忍着点头称是。

借着万历皇帝庆寿高兴，吉王朱翊銮上奏请封支子朱常源为郡王。万历正要答应，翁正春却从朝班中出列，明确表示反对。他指出，朱翊銮之封在《宗藩条例》已定之后，其支庶宜止本爵。万历皇帝只得作罢，改封朱常源为镇国将军。

琉球中山王遣使入万历朝纳贡。朝议中翁正春认为中山国实际已遭日本吞并。来的使臣多是日本人，贡品也多是日本物产。如果让他们入朝，等于是承认中山是日本的一部分。这样不妥。而应该让福建地方政府接受他们的纳贡，以此表明我国的立场。万历朝廷最终采纳了翁正春的意见。

由于翁正春，始终保持一位书生本色，敢于说真话，自然得罪了一些人，几次遭到弹劾，但他始终不改初衷。天启元年（1631），翁正春出任礼部尚书，并协理詹事府事。宦官魏忠贤结党营私，朝中一些官员和他来往甚密，沆瀣一气。翁正春不但不趋炎附势，还经常主持正义。天启四年，左副都御使杨涟列举 24 条罪状弹劾魏忠贤。翁正春也附议上疏弹劾。这让魏忠贤又惊又怒，在收拾了杨涟之后，他把矛头对准翁正春，说他是东林党魁。一气之下，翁正春上疏乞归。得到皇帝允准后，已经 70 岁的翁正春回到家乡洪塘。

翁正春文思敏捷，才华过人。相传有一次当朝首辅叶向高到翁正春家探望。叶向高是福清人，与翁正春同是福州乡亲，而且意气相投，很谈得来，闲暇时还常在一起吟诗做对。这天两人谈兴正浓，不觉夜幕已降。叶向高说，今晚我只得在你这里借宿了。翁正春十分高兴，随口说出一句上联：“宠宰宿寒家，穷窗寂寞。”叶向高思索片刻，对出下联：“客官寓宦宅，富室宽容。”上下联 9 字全带宝盖头。第二天，翁正春送叶向高进城，路过一处池塘。叶向高见池中鸭子戏水，随口吟出一上联：“七鸭浮塘，数数数三双一只。”翁正春见塘中有鱼，不假思索便对出下联：“尺鱼跃水，量量量九寸十分。”对仗工整，富含深意。两人会心一笑，继续赶路。

可惜，就像叶向高两度入阁担任首辅而难能有大作为一样，翁正春也只能恪守自己的书生本色，不随波逐流，保持了一个中国文人正直的品行。

家乡的人们没有忘记他，翁正春的逸事在坊间被津津乐道地流传，他故居所在的这条街，被人们称作“状元街”，一直到现在。

2021 年

八尺薯藤

自13世纪开始，世界各地陆续进入小冰河期，于17世纪达到巅峰。小冰河期导致地球气温大幅下降，粮食减产，社会动荡，人口锐减。小冰河期发生灾变之时，是中国的明中期到清中期。这也是中国社会经历的第四次小冰河期，其时就连广东和海南冬季都狂降暴雪，而安徽、江西等地甚至有盛夏飘雪的记载。极度酷寒带来的直接结果，便是粮食大幅减产。因为除了严寒，还有持续干旱，而在旱灾之后，接踵而至的便是蝗灾和鼠疫。前三次小冰河期的到来，都让中国人口锐减超过五分之四，比如东汉末，汉族人口6000万，几十年灾荒和大战乱后，到西晋一统时，人口仅余770万。唐末，汉族人口也是6000万，到北宋初年仅剩下2000万。但明末清初虽也经历了灾荒和多年战乱，全国人口只减少了一半，尚达5000多万。这很大程度上得益于从海外传入的红薯、土豆、玉米等抗旱高产作物的推广种植，正是它们拯救了大批在死亡线上挣扎的灾民。

首次将红薯引进中国的是福建长乐海商陈振龙。但这绝不是一次平平常常的贸易活动，其所冒风险甚至可比希腊神话中以生命代价盗火给人类的普罗米修斯。

正值暮春时节，风和日丽，天朗气清，我来到长乐鹤上青桥村瞻仰陈振龙故居。步入村庄，只见一座普普通通的农家宅院，正静静地沐浴在春天和煦的阳光下，散发着花草的芳香。如果不是故居里展列的图片和文字介绍，可能很多人并不知道，这素朴的泥瓦土墙里竟藏着一个个感天动地的故事。

陈振龙生于明嘉靖年间，自幼刻苦课读，20 岁时即考中秀才，但乡试屡次不获，于是弃儒经商。此时正值隆庆元年（1567），朝廷解除了自洪武年间颁布的延续近 200 年的禁海令，海门一开，百业兴盛，海上贸易日渐活跃。陈振龙也随长乐商帮到了菲律宾吕宋岛。正是在这里，他第一次见到了红薯。红薯原产于南美洲，最初是作为船上的压舱物被西班牙人带到菲律宾的。由于这种作物不仅生吃煮熟吃都可以，而且生产期短、产量高，即使是在沙土地上也能种植，还特别抗干旱，很快就成为吕宋当地人的重要食物。他立刻想到家乡的境况：气候干旱，土地贫瘠，粮食产量很低，常年闹饥荒。于是有了将红薯引种家乡，造福乡梓的想法。一得空，陈振龙就冒着烈日走进吕宋岛的乡间地头，向当地农民详细了解红薯的种植和储存方法。

但让陈振龙发愁的是如何才能将薯种安全地带到自己家乡。当时菲律宾处于西班牙殖民统治之下，对从南美洲引进的红薯管控非常严格，不容许一根薯藤被带出境。为此，陈振龙想了很多办法。第一次，他将红薯混装进其他货物里，被海关查出，受到处罚。第二次，他将薯藤编进箩筐，又被查出，还险获牢狱之灾。但陈振龙不气馁，他在码头不住转悠，发现不少渔船船帮上都绑有粗大的竹筒，顿时有了办法，以重金买通一家船主，而后将八尺薯藤秘密装进系于船帮上漂浮的竹筒里。万历二十一年（1593）春天，陈振龙终于成功地将薯藤经漳州月港带回长乐。

而从第一眼看到红薯，到将薯藤安全带回故乡，其间整整用了 25 年光阴，陈振龙也从满头青丝的年轻人变成一位皤然老者。

回到家乡后，陈振龙开始在自家地里试种红薯，当年就获得丰收。欣喜之下，陈振龙吩咐儿子陈经纶上书福建巡抚金学曾，希望能借官府之力，推广种植红薯，以缓解闽人缺粮之虞。陈经纶向金学曾报告了陈振龙从吕宋引回薯藤的经过，列举番薯的种种优点和种植方法。说红薯有“六益八利，功同五谷”，建议广种，以解粮荒。金学曾对此十分重视，“即觅地试栽。俟收成之日，果有成效”，遂决定在全省推广种植。万历二十二年漳州等地出现严重干旱，金学曾下文要求闽南各县广种红薯救灾，并让陈经纶携带薯种前往闽南，教当地农民如何种植。4个月后红薯丰收，旱饥得解，百姓欢愉。金学曾还在陈经纶提供的《种薯传授法则》的基础上，写了一本《海外新传》，书中对红薯的传播路径、生长习性、种植要求都做了详细记载。这也是中国第一部薯类种植专著。明朝首辅叶向高认为“此乃金公大造之功”。当时福建人感激金学曾，将这种原名“朱薯”的作物称为“金薯”。因为是从海外引进的，后人则普遍叫“番薯”。金学曾也因此被尊为“番薯公”。

这之后，陈经纶、陈邦弼、陈以柱、陈世元以及陈云、陈燮、陈树，陈家六代人，将番薯的推广种植如同接力般一代代传下去。陈经纶的儿子陈邦弼经商往来于江西和浙江，见江西丘陵地带干旱少雨，不适水稻，当地百姓常食不果腹。于是他与儿子陈以柱极力劝说农民种植番薯，并亲力亲为，觅地做出示范。很快，番薯种植就在长江流域推广开来。陈以柱还大胆地选择在安徽的盐碱地和沙地上培育薯苗，并获得成功，这大大提高了江浙一带番薯种植的产量。后来，陈以柱到江苏、山东等地经商，又将番薯种植推广到了黄河流域。

最值得一提的是陈以柱的第三个儿子陈世元。

陈世元年轻时在山东胶东经商，正遇到“旱涝蝗蝻，三年为灾”，粮食绝收，民不聊生。他赶紧从福州招募有经验的农民到胶州来种番薯。他还让长子陈云四处张贴告示，免费向当地农民赠送薯种，传授种植方法，从而成功地缓解了当地饥荒。陈世元自山东种植地回到长乐老家后，还将种薯经验编写成《金薯传习录》一书。尤其让人动容的是，清乾隆五十年（1785）春夏之交，河南大旱。时年已逾八旬的他请命自愿携带种苗与孙辈一道前往河南开封教种番薯。乾隆皇帝为此谕示河南巡抚毕沅："陈世元年逾八十，自愿携带薯子，挈同孙仆，前往教种，属甚急功……"至当年十月，陈世元积劳成疾，不幸去世。乾隆皇帝闻讯叹息并赐匾嘉奖。匾上即题写"属甚急功"4个大字，以表彰陈世元救急赈灾的重大贡献。

番薯在中国推广，不仅仅是陈家六代人的努力，还得到一批有识之士的鼎力支持。山东的王象晋即是其中一位。王象晋出身官宦世家，曾官至浙江右布政使。他热衷农业耕种，自号"农居士"，中年脱离宦海后的大部分时间都是在家乡经营农业。当王象晋听说陈振龙引薯种回闽，便主动联系陈振龙，准备在山东引种栽培，开展试验。后来他将自己的种植经验总结为《群芳谱》，其中的"甘薯篇"对番薯的种植方法、性能、收采、保存、制作等方面都作了全面说明，他认为山东的沙地最适宜种番薯。书中的有关内容被乾隆时期山东布政使李渭转引在《种薯法则十二条》中，对推动番薯在山东等地的广泛种植起了很大作用。

徐光启是明代著名科学家、农学家，官至崇祯朝礼部尚书。万历三十六年（1608），江南发生大水灾，导致谷类作物减产。为解决因灾造成的粮荒，徐光启委托在福建的学生购买薯种，用木桶运至上海，先在自己家的园地里试种，之后推广到各地。他并写下《甘薯疏》，介绍甘薯传入中国的经过和栽培技术等。徐光启为番薯在中国的推广不遗余力，在所著《农政全书》中盛赞甘薯的优点有"十三胜"。他还提出利用窖藏的方法破解薯种越冬的难题。

福州人翁若梅则被人称为"红薯县令"。清乾隆三十二年（1767）他出任四川黔江县丞，在任期间，正值黔江干旱，粮食歉收，百姓饥馑。于是他写信向陈世元求助，陈世元寄去《金薯传习录》，介绍番薯种植方法。翁若梅于是召集各乡里长到县署开会，商议如何推广种植番薯。他还亲手抄录多份《金薯传习录》到各乡，并请陈世元派人运送番薯种苗来黔江，教会农民种植。在他的努力下，黔江番薯获得丰收，有效缓解了灾情。番薯种植也由黔江迅速传播到四川盆地和云贵高原。

清道光年间，何则贤等士绅文人在福州乌石山建先薯祠祭祀巡抚金学曾，附祀陈振龙及其子孙，感念他们造福乡梓的卓著贡献。后先薯祠废。1957 年，经福州市人民代表提案建议，于先薯祠旧址附近建先薯亭。

先薯亭，纪念的不仅仅是陈振龙一个人，而是对陈家六代人以及一批劬劳为民的官员的集体礼拜。正是因为他们的远见卓识和接续不懈的努力，让来自南美洲的番薯在中国大地落地生根，结出硕果，成为百姓主要粮食来源之一。

离开青桥村，告别陈振龙故居，但八尺薯藤依然萦绕在我的脑海中，还有那藤蔓上的芸芸众生、悠悠岁月。

2023 年

走过五里桥

五里桥，一头连着晋江安海，一头连着南安水头。当我再次从安海踏上五里桥头，踩着脚下这一条条千年巨石，走向水头方向，岁月好像正在迅速靠拢，在我的眼前，变幻出一幕幕动人心魄的场景。

安海和水头，自古隔水相望，却是一条大路的两端。未建桥之前，这里还是一片浅海。彼此间来往，靠的是渡船。每日累千上万人，要穿过面前的万顷波涛。一条在风摇浪簸中的海路，让生命变得那样脆弱。最初，是一位龙山寺僧人的动议，要在这片浅海上建一座永久的石桥，让这条生命之路从此风雨不侵、海潮难撼。

这是南宋绍兴八年（1139）到二十二年间的事，一个世界桥梁史上的奇迹，就在这些敢想敢干的闽南汉子们的手中实现。

整整 14 个年头，光着膀子的工匠们，生生用他们的肩头和手中的锤凿，将一根根重达数吨乃至数十吨的条石铺架于茫茫海水之上，造出了这道中古时代世界最长的梁式石桥。

五里桥，五里桥，在闽南汉子们的眼里和心中，已经不是一座普普通通的路桥，它是创造的奇迹、智慧的结晶、力量的体现，更是精神的象征。

500 年后，还是一群闽南汉子，其中自然不乏这些造桥工匠的后代们，劈波斩浪，穿越海峡，一举从荷兰人手中收复台湾。时隔 22 年，又是一群闽南汉子，披坚执锐，豪气干云，让宝岛重归祖国。

走在五里桥上，我想象得出当年戟戈耀日、战马嘶鸣，一队又一队武装军人小跑着通过长桥时的情景。处于闽南重镇和交通要津上的五里桥，见证了这两次辉煌的战事。

夕阳西下，映照在浩浩水面上，五里桥被拉出两道长长的倒影，似乎是两位巨人的身影。这两位巨人，他们都生活在晋江，曾经是一块浴血奋斗的战友，也曾是不共戴天的仇敌。但他们却因为共同做了一件维护民族大义的事业，而永留青史。

郑成功从小生长在安海镇。整个少年时代，他便是在五里桥边度过的，这座五里长桥，留下他太多的足迹和遐思。也正是在安海，他宣布与降清的父亲决裂，而后率军毅然走过长长的五里桥，踏上抗清的征途。而施琅，当年与郑成功反目成仇。情急之下，从安海的军营潜出，乘着月色，通过五里桥仓皇逃命。五里桥，竟成了他们各自人生的转折点。

公元 1661 年，郑成功率两万将士自金门料罗湾出发，经过激战，从荷兰人手中夺回台湾。这一仗，书写了郑成功军事生涯最辉煌的一页。收复台湾后，郑成功慨然赋诗："开辟荆榛逐荷夷，十年始克复先基。田横尚有三千客，茹苦间关不肯离。"诗作既感叹收取台湾的艰难历程，同时也抒发了自己和将士们生死与共的血肉深情。只是不知道，这个时候，他是否想起了曾经的战友施琅？更不知道，当时已加入清军的施琅得知这一信息，又是何种心情？

而面对着这座五里长桥，我只有嗟叹。

在厦门覆船山上建有郑成功的立像，一副儒将风采。而泉州大坪山顶的骑马雕像，更是英姿勃发、气吞山河。施琅的塑像则矗立在他的家乡晋江龙湖的海滨沙滩上。施琅双手仗剑，目光如炬，直视台澎。但眼神里却隐含着一丝忧郁。郑成功只活了 39 岁，一生功过，争议不大。尤其是当郑成功去世后，康熙皇帝亲笔为之题联："四镇多二心，两岛屯师，敢向东南争半壁；诸王无寸土，一隅抗志，方知海外有孤忠。"而施琅 300 年来，却争议颇大。由于施琅降清，在很长一段时间里，被有些人指斥为“民族叛徒”。他收复台湾的巨大功绩，也因此被掩盖。

两位将军站立的塑像是那样伟岸，而此时的长桥却仿佛是他们静静地躺卧的身躯。戎马倥偬，有时难免失之骄浮，乃至铸成憾事。而屏息静卧，则可思接千年，虑及万方。

一部南明史，记录了两位青年将军相知相扶的动人故事。

施琅早年即投身郑芝龙所部，因勇冠三军，战功显赫，升任游击将军、副总兵等职。公元 1645 年，隆武政权在福州建立。

其时，郑成功驻兵光泽县的杉关，施琅与叔父施福驻扎在武夷山的分水关。两地皆为江西入闽的要隘。但掌握军权的郑芝龙暗地里决定降清，下令从仙霞岭前线撤军。郑成功后路被抄，只能从杉关撤退。他先退至福州，无法立足，再退安海。在安海，郑芝龙、郑成功父子之间发生了激烈争吵。郑芝龙不顾郑成功的反对，决意降清。郑成功只好带少数军队下海，继续抵抗。而施琅叔侄所部则被改编为清军，从征广东。

南明永历二年（1648），反清浪潮遍及江南。施琅叔侄隶属的两广提督李成栋也打起“反清复明”的旗号。这时，施琅留在家乡的弟弟施显已率家人投奔郑成功抗清的根据地厦门。在郑成功的感召下，施琅叔侄分率水陆两支部队离开广东，重归郑成功阵营。施琅回归，大大增强了郑成功军队的战斗力。

而对郑成功特别重要的是，在施琅的筹划和帮助下，郑成功在厦门袭杀拥军自立的郑联，收取了他的部队，使得郑成功有了更大、更自由的制海权。

郑成功以“明招讨大将军”的名义号召部众。他的部下，有来自各方面的势力。郑成功将他们分为诸镇，大的镇数千人，小的镇几百人不等。其中，施琅、施显兄弟统领的二镇兵力最强，他们久历战阵，敢战善战，成为郑军的前锋精锐。而随施琅回归的将军如万礼、黄廷、洪习山、甘辉等还先后成为郑成功麾下的重要战将。

郑成功对施琅十分信任，让他出任左先锋，“凡军事必谘商，于楼橹施帜，阵伍之法，皆琅启之”，“军储卒伍及机密大事悉与谋”。二人关系“相得甚”。由于郑成功的处处优渥和事事倚仗，施琅兄弟在郑军中权势很大。施琅也确实起到了郑成功智囊和军队中坚的作用。两人共事 5 年，这 5 年是郑成功和施琅的蜜月期。

郑成功时年二十五六岁，施琅年长其三岁，还不到三十岁。各镇将领也都是清一色的年轻人。年轻将领容易意气相争。而施琅兄弟“俱握兵权，每有跋扈之状，动辄倚兵凌人，各镇俱受下风。惟后镇陈斌每与之抗”。但最终陈斌还是无法在郑军中立足。永历四年（1650）闰十一月，陈斌率兵而逃，后据潮阳降清。陈斌降清，对郑成功震动很大。

永历五年（1651），郑成功与施琅之间，终于发生了激烈冲突。起因是投奔郑军的南明战将曾德因犯事得罪了施琅，躲入郑成功府中。而施琅竟然不经禀告，就擅自带兵冲进郑成功府中，将曾德捉回。郑成功急忙派人传谕，要施琅放人。施琅不但不听还指责郑成功“自徇其法”，遂将曾德杀死。郑成功勃然大怒，下令拘捕施琅。施琅旧部苏茂冒着生命危险将施琅放走。于是郑成功将施琅父亲施大宣、弟弟施显斩首示众。施琅走投无路，投降了清朝。两人因私怨而构成大衅。

郑成功在收复台湾的第二年，即因积劳成疾而去世。儿子郑经率众继续与清廷对抗，成了东南最大的割据势力。

才干超群的施琅在清军中受到重用，由副将到总兵，到水师提督，并成为率军统一台湾的前线指挥官。清康熙三年（1664）、四年，施琅率水师两次出征台湾，两次均遇台风，人仰船倾，致无功而返，还引起清廷的猜疑。

21 年过去了，施琅已经 62 岁，依然壮心不已。其实，对是否以武力收取台湾，清廷里意见并不一致。如宁海将军喇哈达、福建水师提督万正色都认为“台湾断不可取”。康熙皇帝咨询朝臣意见时，也有不少人说：“海洋险远，风涛莫测，长驱制胜，难计万全。”面对这种情况，施琅矢志不渝，力陈收取台湾的重要性。如果说，施琅最初提议攻台，还多少带有为家人复仇的成分，那么，现在，他早已将个人恩怨抛诸脑后。也正因为此，复台之议，得到康熙皇帝的首肯。在大学士李光地的力荐下，他终于披上战袍，等来了进军台澎的时刻。

施琅率军于康熙二十二年（1683）六月十四日由铜山（东山）起航，在澎湖大败郑军刘国轩部，刘国轩乘小快船狼狈逃回台湾。

此役，郑军战船损失殆尽，“精锐全覆”。

清军攻下澎湖后，有人向施琅进言：“公与郑氏三世仇，今郑氏釜中鱼、笼中鸟也，何不急扑灭之以雪前冤？”施琅回答：“吾此行上为国，下为民耳。若其衔璧来归，当即赦之，毋苦我父老子弟矣！何私之与有？”他还郑重声明：“断不报仇！当日杀吾父者已死，于他人不相干。不特台湾人不杀，即郑家肯降，吾亦不杀。今日之事，君事也，吾敢报私怨乎？”

施琅耀兵澎湖而不急取台湾的策略，为和平收复台湾铺平了道路。

澎湖军败，郑氏集团惊慌失措，一片混乱。在这期间，施琅不断开展政治攻势，他发布《安抚输诚示》，专程派人到台湾，张贴布告，明确宣布：郑氏集团若能真心来归，“官则不失爵秩之界，民则皆获绥辑之安，兵丁入伍归农，听从其便”。希望百姓“各自安意生业，无事彷徨惊心”。明白无误地表达了和平解决台湾问题的诚意。同时他还派遣原刘国轩的副将曾蜚到台湾招抚刘国轩，答应他归服朝廷后不仅能得到封赏，还保举他出任总兵。

而逃回台湾的刘国轩，一方面接受了施琅的招抚条件，一方面也为了减轻自己兵败丢失澎湖的责任，大肆宣扬“天命有归”，倡议降清。

在充分了解清廷的态度后，郑克塽派人到澎湖施琅军中，请求纳土投诚。

八月十三日，施琅率舟师抵达台湾鹿儿门，台湾百姓“壶浆迎师，接踵而至”。而施琅到台湾后又做了些什么呢？他一一履行了之前对台湾军民的承诺。然后，“既平海岛，从容坐镇，日与文士诗人宴游酬酢，颇有东山汾阳风度”。

最让台湾军民想不到的是，施琅不念旧恶，不记私仇，亲自率手下将官前往祭祀郑成功庙。

八月二十二日，施琅祭告郑成功庙，祭文曰：“自南安侯入台，台地始有居民。逮赐姓（指郑成功，因明隆武帝曾赐郑成功朱姓）启土，世为岩疆，莫可谁何！今琅赖天子之灵、将帅之力，克有兹土，不辞灭国之罪，所以忠朝廷而报父兄之职也！但琅起卒伍，于赐姓有鱼水之欢。中间微嫌，酿成大戾。琅于赐姓，前为仇敌，情犹臣主；芦中穷士（指伍子胥，逃亡时曾躲在芦苇中），义所不为！公义私恩，如是则已！”整篇祭文，语调平和，有情有义，表明他对郑成功的始终态度，显示出豁达的胸襟。

也许，正是因为这次祭拜，正是因为这篇祭文，改变了许多人对施琅的看法。

走在五里桥上，不知为什么，我总会想起这两位叱咤风云的闽南汉子，想起这发生在中国历史上感人至深的一幕。在他们的剑光之下，一道波涛汹涌的海峡，顿成坦途。一时我觉得，他们自己就是两座无形的长桥。

2017 年

秋风中的秦皇陵

飒飒秋风中，秦始皇陵已然老去。这座用黄土堆起来的巨大陵冢，经过2000多年风雨的洗刷，与渐行渐远的秦帝国的鼓鼙声一样，很难在游人心中再点燃起一种慷慨悲壮的情怀。毕竟，历史翻开的那一页，离我们太过遥远；毕竟，历史发生的片段，已经不再完整。但秦始皇的陵墓还在，墓中的遗留，还在无声地诉说着那个年代的盛景和辉煌。

秦始皇陵墓位于西安临潼东5公里的下河村，北倚骊山，南临渭水，且山南出美玉，山北有黄金，可谓聚天下风水之胜。秦皇陵曾经是那个古老帝国威仪的象征，陵园呈东西走向，同一般陵墓坐北朝南的格局完全不同，显示出秦王雄镇四方、扫灭六合、傲视苍穹的威势。

陵墓的主人嬴政是一位雄才大略的君主，他以无可争辩的铁腕统一了中国，而且统一了中国的封建制度。不知出自何种灵感，还在他即位之初，就开始营造这座陵园。因为这之前，无论是六国君王乃至赫赫的周天子，都不曾建造大规模的陵园，对先王的祭祀也不在墓地进行。而秦始皇则开帝王陵寝制度的先河，他希望死后归宿如山如陵，永世长存，所以称自己的坟地为“陵”，有时就以“骊山”代称，叫“骊山园”。这种预先营造陵墓的制度，为以后历代帝王所效仿，直至明清。

曾经风光无限的秦皇陵，现在看不过是一座青砖围墙圈起来的小土山，高51米。拾级登顶，站在这空旷荒芜的皇帝陵头，人们会有些什么想法呢？秦始皇修筑自己的陵墓，共动用了72万劳力，费时39年，至秦亡时陵园尚未完全竣工。陵园工程之浩大、耗费物力之奢靡，开创了中国帝陵建筑的先例。他聚敛了天下的奇珍异宝，以为死后可以供他在地底下永久地享受。但他决计没有想到，他创建的帝国竟会崩溃得这样迅速。说实在的，秦始皇对如何巩固政权是下了一番苦心的。他对宣传舆论始终保持着高度的警惕，比如把到处摇唇鼓舌、臧否是非的儒生尽数消灭，把不合时宜的文章著作付之一炬，就是他的一项强硬举措。可是事与愿违，纵使是铁幕政治，一样不能令江山永固。不知为什么，站在这位威风八面的大帝的陵头，总会让人想起唐朝诗人章碣的《焚书坑》："竹帛烟销帝业虚，关河空锁祖龙居。坑灰未冷山东乱，刘项原来不读书。"曾几何时，项羽率兵入关，以30万人发掘秦始皇坟墓，将陵内精华洗劫一空，现在位于我们脚下的实际上只是一座空坟。历史就是这样无情地嘲弄了强权和意志，即便是千古大帝的嬴政，也一样不能幸免。

秦皇陵园和从葬区的范围，东西南北均为15华里，总面积达56平方公里。陵园分内城和外城两重。墓冢位于内城南半部，呈覆斗形。2000多年来，秦始皇陵曾遭受多次严重破坏，且被人多次盗掘，陵墓的地面建筑毁坏殆尽。有记载的大规模破坏就有两次，一次是项羽入关后火烧陵园，同时派兵发掘。现在陵园南面和西北还各有一条深沟，当地百姓称为"霸王沟"，相传便是项羽军队掘墓时留下的。另一次则是黄巢起义军经过临潼时对秦皇陵的大规模开掘。

陵园以外是从葬区，现已发现有兵马俑坑3个、马厩坑53个、杀殉墓17座、刑徒墓17座。

秦始皇兵马俑陪葬坑，位于秦陵东侧1500米处，可以说是世界上最大的地下军事博物馆。兵马俑象征着保卫秦始皇的卫戍部队，3个俑坑，共有与真人马等大的陶俑7000多件，这支陶俑组成的队伍阵容齐整、威风凛凛，是秦始皇当年浩荡大军的逼真再现，具有强烈的艺术感染力。现在前来瞻仰的国内外游客络绎不绝，造型生动精美的秦俑群已被誉为“世界第八奇迹”。秦始皇的地下卫戍部队被曝光并展览于世人面前，这显然有悖于这位不可一世的大帝的初衷。因为兵马俑陪葬从未见于文字记载，即使是汉代司马迁的《史记》，对始皇陵的规模、建置和陪葬品的富丽，都有详细记述，却没有提到兵马俑。可知秦始皇对以兵马俑陪葬是做了严格保密的。但由此，人们才得以瞻仰所向披靡的秦兵将车马的军阵威仪。

这些陶俑、陶马制作细腻精致、形神兼备，表现了极高的写实技巧。陶俑人物无不个性鲜明、栩栩如生。而且从表情、神态、姿势、衣着等还可以看出秦兵队伍中不同年龄、不同经历、不同兵种、不同职位的人物的精神面貌和心理状态。陶俑的发髻，身上的甲片、甲钉，甚至连鞋底一道道缀扎的线纹都历历可见。陶马更是造型生动细致、比例匀称、形象逼真。2000 多年来，秦皇陵遭受多次破坏，唯兵马俑基本完好地保存了下来，这本身就是一个奇迹。

自然，秦皇陵、兵马俑、坑儒谷则是因了秦始皇才扬名于世。这位中国的第一个皇帝，历代史家对他毁誉参半，但这后人的评价实在算不了什么。他毕竟是以一位胜利者的姿态一统华夏，南征五岭、东临碣石、封禅泰山。他统一了度量衡和文字，开凿运河，修筑公路，营造陵寝……他的每一条措施，无论后人是称赞还是訾骂，却件件影响了中国至少 2000 年。

“秋风吹渭水，落叶满长安……”渭河上的秋天，总让人发思古之幽情，渭河平原上的这座土山，因为有了这一段厚重的历史，而显得更加庄严。

1990 年

大庙山曾经的岁月

有这样一座山，它兀立于水天之间，山巅高台危栏，俯临江渚，凭栏四眺，视野无敌。2000 多年前，一位王侯无诸，曾在这座山上筑台向着西北方，虔诚地焚香礼拜，接受汉帝刘邦的册封，这座台从此便被叫作“越王台”；又过了 80 年，又一位王侯余善，还是在这座山、这座台，只不过，环簇在他身旁的是如林的戈戟，闪耀着冰冷的寒光。他举起手中的宝剑，同样向着西北方，向着另一位汉帝刘彻，发一声喊。一道略显沙哑而有力的声音，溶入台下的浩浩江水，镌刻在岁月中。

这座山，最初的名字叫“惠泽山”，因为这里是汉高祖刘邦派使者册封闽越王的地方，喻示汉王朝对闽越臣民的惠顾。几年后无诸去世，相传就葬在册封台的后面。但余善不认可汉朝的恩泽，改山名为“南台山”。余善时为东越王，他声称在南台山上钓到白龙。这或许是他要举旗反汉而造的舆论。山上的这座高台，这时候，就被人叫作“钓龙台”。余善筑七城拒汉，后来兵败被杀。汉武帝下令将闽越国军民强制迁往江淮一带。闽越的历史因此空白了 86 年。

星移斗转。待到闽地重新复苏，已是西晋年代。海水逐年退去，露出点点沙洲，沙洲面积渐趋扩大。而这座曾经兀立江心、啸傲江水的石山，也渐渐从江中后退。闽江在山的南麓冲积成两个大沙滩，来往的船只往往选择在这里停泊，装卸货物，成为天然码头。这便是上下杭的由来。“杭”

通“航”。而每年洪水期间闽江更带来大量沃土，三县洲、益泉洲、鳌峰洲、中洲……一片片沙洲就此形成。许多中原民众为避战乱来到闽地，这片片沙洲，就成了他们的新家园。为防每年洪水为患，人们在这一带江边筑堤，称“新丰市堤”。因为堤内不仅开垦出大片的水田、菜地，挖出池塘，养鱼种树，而且出现了贸易集市。

唐朝末年，王潮、王审知兄弟率河南光州子弟兵入闽，顺利取得福建政权。王潮去世后，王审知继任福建节度使，封闽王。他采取“保境息民”的政策，宽刑薄赋，延揽人士，发展生产。闽地因此出现“时和年丰，家给人足”的太平景象。

太平的日子，人们自然会想念当年筚路蓝缕开基创业的先祖。乡人在山上建庙纪念无诸，称“越王庙”。而因了这座气势恢宏的越王庙，远远近近的人便都称它“大庙山”。只是不知为什么，山上的这座高台，民间仍习惯叫作“钓龙台”。或许，在百姓的心中，还始终藏着那位敢于向汉武帝叫板的闽中汉子的位置。

名士翁承赞此时作为唐昭宗的册封特使来到福州，王审知思贤若渴，一连数日设宴款待并诚恳地向他请教治国良策。翁承赞完成使命，要回长安述职，闽王还亲率一班文武大臣，直送到新丰市堤，为他饯行。

王审知在钓龙台设宴。酒方半酣，心存感激的翁承赞当即赋诗：“登庸楼上方停乐，新市堤边又举杯。正是离情伤远别，忽闻台旨许重来。此时暂与交亲好，今日还将简册回。争得长房犹在世，缩教地近钓鱼台。”表达他依依难舍之情。新市堤边钓龙台上举行的饯别宴会，显然深深地触动了这位离乡游子的心绪，为他几年后毅然返乡辅佐闽王埋下伏笔。将一处高规格的接待会馆设在钓龙台，足见闽王时期，大庙山的地位有多么重要。

由于台江一带古时皆是大大小小平展的沙洲，因此大庙山虽然只是一座蕞尔小山，高不到 30 米，但位置格外显目。加之山势峻拔、林木蓊郁、模样可爱，所以历代文人骚客尤喜登临此山饮酒赏月。“钓台夜月”向来为

“台江八景”之首。宋代书法家米芾，登上大庙山，纵览江山形胜，欣然书写“全闽第一江山”，留下一段佳话。而闽越王庙，以及在这座山上发生的千年故事，更能触动游人思古之幽情。文人们为此写下大量诗篇，或赞美，或咏叹，让这座闽江畔的庙山，光彩四射。为躲避中原战乱而来到福州的唐代诗人韩偓曾站在这里，遥望海天之外的家乡，诗句喷薄而出：“无奈离肠日九回，强摅离抱立高台。中华地向城边尽，外国云从岛上来……”寄托乡愁中，也描绘出闽地勃勃开放的姿采。而山上的钓龙台，尤能引发诗人们的缅怀情思。元代诗人范德机为此在台畔徘徊不去：“海角钓龙人杳杳，云间待雁路迢迢。若为借得山头石，每到商秋坐看潮。”明代诗人王偁也有《登钓龙台》诗云：“高台远枕大江流，江上云屏宿霭收……”至今，这些诗句都由后人书写，刻碑立于台旁，令人遐思无限、感慨万端。

山顶上有登高石。旧时，福州民间有“九月九”登大庙山的习俗。到了那一天，大人带着孩子，从 3 条登山小道上山。只见山道上人头攒动，黑发中夹杂着白发；人声如沸，笑声中夹杂着叫卖声。原来，小贩们寻着商机，早早地就在路两旁摆下摊位，有书包、彩绘泥人、状元帽、关公大刀……还有各色糖果。在孩子们的央求下，大人们没有不掏腰包的。山顶上有登高石。孩子们都想站上登高石，希望自己长高，同时也希望学业更高。

登高石旁，矗立着一座福州志社诗人创建的诗楼。诗楼上有陈宝琛题写的“志社”匾额。诗楼是旧时福州诗人们聚会的场所，大庙山也因此被称作“诗山”。这里原为去毒社旧址。去毒社，顾名思义，是收治鸦片瘾君子的地方。去毒社让众多吸食鸦片者得到新生。将去毒社建在大庙山，是因为这里紧邻福州商会，福州商会责无旁贷地承担了全部医药费用。

这样一座山，这样一座台，这样一座楼……拾级而上，自然让人情思难抑、景仰不已。

沧海桑田。没有什么比岁月的况味更耐人咀嚼。悠悠岁月中，一座山在悄悄老去，它息影于高楼阔树中，噤声于车水马龙间。实际上，今天人们从它身边经过，已经很难再感受到一座山的雄姿。但它已然变身，成为一处充满朝气的校园，教学楼顺着山势，高低错落，层层展开，昔日的诗山已成学山。书声琅琅，莘莘学子从台阶上、从环形道上沐着阳光走来，他们的脸上，荡漾着青春的笑意。古老的大庙山，也因此成为一座青春之山。

2016 年

青莲寺时光

我们到青莲寺去。

尽管时令已过“秋风”，泉州的天气，依然有几分燠热。天空瓦蓝瓦蓝，不见一丝云彩。早早升起的太阳，带着毫不掩饰的热情，扑面而来。大家纷纷脱下外套，有的搭在手臂，有的披在肩头，有的干脆系在腰间。于是，一行人便这样衣衫不整地走进青莲寺。

青莲寺，是一座始建于宋代的千年古刹。当地民谣：“未有洛阳桥先有青莲寺。”可知寺院历史之悠久。这座寺院，初名“观音寺”，祀奉观音菩萨。寺院依山面海，当年潮汐可以直达山门。寺院所在龙头山脚下的普济渡，是宋代国内最深的码头，可停靠 200 吨的大海船。其时，附近东门窑的瓷器、染布头的丝绸，乃至百里外安溪的茶叶，都在这里装船远航。丝绸之路，自此扬帆。船队解缆出海之前，船工们总要到青莲寺祈求平安。也因此，一座原本寂寂无闻的乡间小庙，名声大噪。元至正年间，泉州发生一起持续 10 年的战乱，导致曾经盛极一时的泉州海外贸易大幅衰落。尤其是清初，在海禁、迁界的影响下，泉州港口的繁华倏然落幕。青莲寺也归于沉寂。但不绝如缕的诵经声，始终伴着青灯黄卷，在龙头山低回。这座古寺，见证了泉州港的兴衰，它守着千年岁月，也守着一种信念。

时序更迭，今天的青莲寺，已然翻开了全新的一页。与一般寺院不同，青莲寺给人的第一印象是亲切、平和。走进山门，映入眼帘的是一处流水淙淙、浓荫匝地的园林景观，让人心里登时一片清凉。叠石而成的小山，玲珑多姿。仰首而望，山顶一棵茂密的大榕树下，是佛祖趺坐讲经的造像。身边 4 位弟子，环绕而坐。虔诚听经的还有山坡上的野鹿、水塘里的栖鸭，再现的是印度著名佛教圣地鹿野苑的情景。当年，佛祖在伽耶城的一棵菩提树下静坐开悟，之后便来到美丽宁静的鹿野苑，讲经说法。此时，阳光洒满了整座石山，空气中隐隐传来动听的梵音。佛的世界美丽而平静。我们每个人都久久地沉浸在这一份宁谧中，不闻市之喧哗，亦不觉世之炎凉。

不知什么时候，身材瘦小、面带笑容的宗勤法师，悄然出现在我们面前。她说话语调不高，却带着十分亲和力。她说佛的故事，也说自己的故事。她说，人人都可是佛，只需放下。放下，对于凡世之人，并非易事，因为我们每个人都背着世俗的沉重行囊。但宗勤法师说得轻松且诚恳，只这一刻，我们已然放下。

宗勤就是本地浔美村人，从小聪明活泼，是父母最疼爱的小女儿。但她却在弱冠之年，毅然决然选择了出家。她一生注定与青莲寺有缘，也注定要担负起寺院发展的重任。2004 年，马来西亚大善佛堂主持净毅法师多方设法筹集资金，决意恢复泉州青莲寺古道场。他考虑再三，终将这一重任托付给徒弟宗勤法师。他了解宗勤的性格，知道只要她认定的事，就一定会全力以赴，而且坚持不懈。历经 14 年胼手胝足，艰苦创业，她带着一班尼众与工匠们，在荒芜的山坡上，开辟出了一块块绿色的净土。11 棵古榕树，撑持着一面天空，重重绿荫，营造出一处清凉天地。一座寺院，便是一座赏心悦目的公园。

宗勤法师引领我们参观寺院。她带我们走近寺院内一棵棵擎天拔地的大榕树。有的榕须长髯飘拂，有的枝干遒曲如龙，它们都是树的巨人，同时也是一位位阅尽沧桑的岁月老人。在寺庙旧址前，宗勤指着门前镌刻的一副对联“浔海潮通南海水，美山地接雪山春”，说起早期的青莲寺与浙江普陀山观音寺的渊源。明代郑和率船队第五次下西洋暂泊泉州时，就曾慕名来到龙头山。

甬道两旁，排列着一尊尊用青石雕刻的弥勒佛，个个表情生动，或喜或怒，或嗔或思，但皆手臂残缺。宗勤法师说，这些艺术化的弥勒造像她很喜欢，不完整恰如人生，总有缺憾。说话时，她眉宇间流露出掩抑不住的笑意。其实，寺院殿堂里供奉的所有佛像的设计图样和制作材料，都经过宗勤的慧眼识就，佛像的举止神情乃至衣着配饰，宗勤都有自己的审美要求，每一尊都让人感受到佛教艺术的精湛。大悲殿里供奉着一尊高 9 米的千手观音造像，是用台湾阿里山出产的梢楠木刻制而成。观音慈眉善目，俯视人间。造型生动传神。寺院里一尊尊佛的精美造像，都让人流连不尽、赞赏不已。

我们来到尚未竣工的大雄宝殿。站在宽大的回廊上，可以看到横跨晋江的后渚大桥。想见当年后渚港千帆竞发的动人景象。通往青莲寺的盘山小道上，人们络绎不绝，出航前的一丝忐忑，归航时的几分欢乐，他们都需要到青莲寺向观音菩萨诉说。这当是青莲寺一段隽永的记忆。

而今，泉州港正在勃兴，青莲古寺，也再次焕发新姿。

从长廊回望，由寺院的大雄宝殿说到鹿野苑，一个长长的佛教故事，就此绵展在我们面前。

大雄是印度耆那教的创始人和教祖。耆那教徒坚持的是非常严酷的苦行。对耆那教徒来说，要达到解脱的最高境界，就要奉行三宝，实行五戒。苦行 12 年后可逐渐绝食而死。他们称这样的死亡方式为“涅槃”。佛教的创建和耆那教的盛行，大致属于同一时期。在大雄公开宣称得道的前 8 年，即公元前 565 年，佛祖释迦牟尼诞生于印度北部的释迦国。出家前是一位王子。29 岁的释迦牟尼决意出家，追求生命的真谛，并选择苦行。由于受耆那教的影响，人们普遍认为，吃苦有助于人境界的提升，释迦牟尼来到尼连河畔的苦行林里，开始了整整 6 年的苦行生涯。但通过 6 年坚持不懈严酷彻底的苦行实践，佛祖认为苦行不但不能给人们带来精神上的解脱，而且会对身体造成极大的伤害。肉体是精神的载体，一个挣扎在死亡边缘的人，又怎能彻悟真理？于是他毅然放弃已坚持了6年的苦行。

佛祖拖着羸弱的身躯来到尼连河，洗涤身上的污垢。由于过度饥饿，他晕倒在河边。这时，一位年轻的姑娘见状，赶紧拿了一碗乳糜喂给他。佛祖恢复了体力，来到一棵菩提树下。

佛祖在菩提树下开悟之后，便向公众宣讲佛法。于是，一个平和、智慧的佛教很快走向黎民大众，在百姓中生根。

佛的故事，浓缩在青莲寺，在每一棵大树下，在每一尊雕像前，在每一条道路上，在每一位僧尼的述说中……

一座青莲寺，可瞻、可观、可游、可思。

告别青莲寺，告别宗勤法师，我们仍不时驻足回首。因为那里有一脉菩提清香，有佛的故事，有寺院自己的故事，还有一段难忘的青莲寺时光，宁谧而悠长。

2019年

读不尽的灵源山

在泉州平原南部，有一列山脉迤逦相衔，依次是罗裳山、华表山、灵源山……灵源山为其主峰，山势不高而林木苍翠，迁延数里；因山顶有清泉涌流，大旱不涸，故名。关于此山得名，还有一个说法。东汉明帝永平十一年（68），楚大夫沙世坚入闽，奉命建三天竺。一日，沙世坚偶登山头，见丘陵起伏皆发于此山，遂名之“灵源之山”，并镌石以记之。

这个说法颇有些意思。楚原是东汉的十个封国之一，楚王刘英是明帝的亲兄弟，在东汉的王公贵族中最先信奉佛教。但不久，刘英就被人以“编造帝王受命的预言，阴谋造反”之罪名告发，贬徙到丹阳后自杀。因此，沙世坚入闽之行是一次绝密行动，既不敢大张旗鼓，也没有记入官方文书。

当时的福建还十分荒僻。实际上，由于汉武帝时，闽越王余善拒汉，招致汉军大举伐闽。余善兵败被族人杀害。为了防止闽越国再反，汉武帝下令将闽越国全体军民强制迁往江淮一带。闽越的历史因此空白了 86 年。但闽地并没有因这一场劫难而成为一片荒芜，当时就有不少人逃到深山老林躲藏起来。到东汉末年，由于中原战乱频仍，而闽地相对平静，人口不断增长，除东冶外，又相继出现了如侯官（今闽侯）、建安（今建瓯）、建平（今建阳）、南平等重要城镇。

闽南之地的开发，似乎要晚一些，而且跟两晋及以后中原士族大举南迁有很大关系。有关晋江的人文记载，起点多溯于东晋。明庄一俊有《晋江歌》，歌曰："晋江之水奉天津，相传渡江东晋人……"那么，沙世坚入闽之事如属实，则将这段记录提前了300多年，同时也填补了福建历史中的这一段近百年的空白。

楚的首府在彭城，即今江苏徐州。沙世坚显然是乘海船而来的。他扬波数千里，历尽海上艰辛。风向忽转，眼前现出一片平畴旷野，参差三两茅舍。舍舟登岸后，他看到的第一座山峰就是灵源山。此山高305米，势若展翅大鹏。沙世坚欣喜至极，认为替楚王找到了传说中的天竺之地。

沙世坚来去匆匆，仅留下雪泥鸿爪，让后人遐想翩翩。此后500年间灵源山重归寂寥。

隋初，随着佛教的脚印南行，灵源山顶出现一座祀奉观音大士的庙宇，因山顶常有紫云萦绕，故号"紫云寺"。高僧一尘于此挂锡授徒，一时寺名远播。唐时，道士蔡明浚在此炼丹，寺院也得到进一步扩建。宋仁宗嘉祐元年（1056），御史吴中复、吴中纯兄弟到灵源山中隐居修道，乡人遂将此山改称"吴山"。明初，陈友谅兵败后，其麾下骁将张定边避难入闽，遁于此山，削发为僧，号"沐讲禅师"并建新寺于山腰，这就是今天的灵源寺由来。

相传蜚声海内外的灵源万应茶就是张定边研制出来的。这位身经百战的沙场宿将，将匣中沾满血迹的宝剑远远地掷下山崖，在观音塑像前发下治病救人、普济众生的宏愿。从此，他起早贪黑，踏遍青山，采集了红茶、鬼针、青蒿、飞扬草、爵床、野甘草、墨旱莲等17种灵源山独特的青草，再配上多种中药，加入上等茶叶，制成菩提丸，以备僧众用于中暑痢疾、感冒发热、腹痛肚泻等症的治疗，成为灵源寺600年秘传的特效良药。1951年，灵源寺僧王广雨又将菩提丸改制成灵源万应茶饼，使之疏风解表、调胃健脾的功效更其显著。

与放下屠刀、立地成佛的张定边不同，也与修道求仙的吴氏昆仲不同，自唐以降，及宋元明清，不少文人名士相继来灵源山结庐读书。他们中有唐代首开八闽科第的欧阳詹，宋代名士林知、林外、刘涛。元亡后，诗人王翰不但盘桓此山，还自称“友石山人”。

林知在山头筑有望江书室。关于林知，有一段佳话。林知到汴京向神宗皇帝上书，屡受冷遇，心情十分郁闷。好友林迥前来拜访他，不遇，题诗壁上：“先生平昔命何非，万卷诗书一布衣。回首长安成底事，吴山苍翠几时归。”林知回馆舍，读诗后，大悟而归，在灵源山筑室读书并终老于此。

林外是林知的裔孙，也是一位风流倜傥的名士，他的《题临安邸》：“山外青山楼外楼，西湖歌舞几时休？暖风熏得游人醉，直把杭州作汴州。”鞭挞了当时南宋小朝廷苟安耽乐的心态，流传甚广。林外的墓庐就在灵源寺旁。

这一个个真实感人而又灵动飘逸的身影，隐约在灵源山悠远的鼓磬声里，让人着迷，引人向往。

都说“深山藏古寺”，在我的想象中，这座千年古刹，或许应该隐于千山之中、万松之间，鸟道迂回，足音跫然，清泉幽鸣，禅房深寂。这有前人诗篇为凭：“丹崖玄室倚天孤，一径迂回万壑殊。有客入门苔不扫，无僧说法鸟相呼。胸吞渤海栖三岛，手拍浮丘倒百壶。夜静钟声醒客梦，天花渺渺出仙都。”（明苏浚《咏灵源庵》）

然而，世事千年，景象大异。今天的灵源山，已经成为泉南最负盛名的禅林之一。盛名之下，焉有宁静？何况，公路可以直达灵源寺前，省去跋涉之苦，古寺却已不藏。走进山门，入眼便是一座五开间三进深、重檐歇山顶的巍峨大殿，金碧辉煌，规模宏丽。寺院前的广场上，信众如织，香烟弥漫。熙熙攘攘的场面，让人仿如步入天竺境中。

不过寺院本身倒也值得一看。灵源寺居全山绝佳处，碑志谓其“寺院居山之南，秀岳耸于后，佳木环其旁，浯屿前列，井江横亘，烟霞变幻，气象万千，洵佳景也”。经过扩建，寺院内殿廊亭阁高低错落、布局有致。尤其是雕工精美的青石盘龙柱上，镌刻着历代名士的对联，颇堪品赏。

而灵源山更以美石秀木、松声鸟语著称。明王慎中有《灵源山诗》：“奇峰千万叠，一片飞泉洒。飒飒天风来，松声如雨下。”

何妨步入山间，去见识见识那一块块独具情性、令历代文人墨客盘桓难舍的幽岩怪石、松涛花雨，或许，能寻回那一方清净、那一片悠远？从寺院后的小径上山，最先映入我们眼帘的是一块方广丈余的巨石，石面平整如削，上镌明万历四十六年（1619）泉州府守颁布的禁毁林木告示，全文200多字，至今保存完好。由此向北，顺山径而行，有两方巨石相峙对立，势若关隘，这就是步云关。再行200米是望江石。此石如台，可立六七人。站在石台上，纵目远眺，泉州湾波涛隐约。石台悬伸的斜面上镌有明万历二年（1575）吴可承手书的“望江石”3个行书大字，字均5尺见方，圆润洒脱。还有石形如碑的。丛岩间，一石凛然竖起，朝南的一面好似经过刨磨，光滑如砥，上刻“石镜道人之塔”6个楷书大字，为明正统年间所立。望着这一块块情态各异的石头，仿佛看到那一个个灵源山间曾经的人物：沙世坚、一尘、张定边、吴氏昆仲、林知、林外、王翰……还有他们的足迹，还有他们的沉吟和歌啸。

一路行去，“狮球石”“公婆石”“老蚌生珠”“金蟾望月”等形形色色的灵岩奇石，都纷纷从满山的松柏中探出身姿，引人遐思。而山的南坡上还生长着一片罕见的青岗栎、格氏栲和巨大樟树组成的阔叶林，风过处，如波浪般起伏。

几次上灵源山，似乎都还只是看到它的一角。只是这一角正在不断延展，从昨天、今天到明天，延展成一部读不尽的山川大书。

2011年

姬岩之魅

记得是2007年春，我参加编选《作家笔下的福州》一书，在查阅《永泰县志》时，看到明代的一封书信，即黄文焕的《与僧善缘书》，引起我浓厚的兴趣。

一封普通书信，能被郑重载入县志，绝非偶然。

黄文焕是明代天启年间进士，时在广东番禺做官。这封信是他写给家乡姬岩寺僧人善缘的。信的通篇内容就是要求善缘担负起保护姬岩山林的责任，同时还对姬岩园林的整体规划做出安排。这封信，晓之以理，动之以情，虽为普通家书，同时也是一篇文情并茂的散文佳作。

一个客宦他乡的游子，何以对故乡的山水如此牵系于怀？由是，300多年前的这封书信，连同一片佳山秀水，叠印在我的脑海里，挥之不去。

2012年，我接手《闽都文化》的主编工作，刊物开设有一个栏目“古文今读”。我又想起这篇《与僧善缘书》，便嘱咐编辑组约永泰当地作者撰写一篇解读之文，在2016年第5期的刊物上刊发。

于是，《与僧善缘书》，又一次来到我的案头。如同一阵起自远方山林的清风，带着草木的气息，注满我的心头。

“山水之奇，艳者多幽峭，不峭不幽，不能生奇。峭近隘，幽近惨，使人喜畏参半。独姬岩从绝顶中舒发阳光，轩豁天开，错落散布。峭不入隘，幽不带惨。真足以俯群胜而只立。”这是一位熟悉且钟爱自然的园林大师的直情告白。“峭不入隘，幽不带惨”，应该就是姬岩山水独具的魅力。黄文焕还认为，姬岩之胜在于石奇而林幽。石头是山的本体，是不可再生之物。而滋生于石头间的林木，生长条件十分艰难，则应视为珍宝。大概是知道了有乡人进山偷伐树木，他在信中流露出对姬岩山林保护的深切担忧：“山体以石为本质，以林木为靓妆。林木之滋生于石上者，艰辛殊甚。虽或一卉，皆可爱玩，如得珠玑。其略大者便若数丈珊瑚，烂然国宝。且其生长皆经数百年，神灵呵护，方有今日。奈何轻付斧斤！”

对于有人想在山门外盖“静室”修身养性，黄文焕这样写道：“然岩宇中起盖，大非易事。安排泉石，料理花草，非大经济人不办。倘俗气粗笨，布置不雅，即为山水之累。”接下来，他还阐述了园林营造的理念：“然宜小不宜大，宜雅不宜俗。宜参差作静室，不宜围墙。又须稍离石下，不宜近石数十步……”

一封近千字的书信，有理、有情、有节，寄自千里之外，飘落在家乡的山林之间，言之凿凿，令人动容。我甚至想象得出，当年黄文焕书写这封家书时的情态。他蹙眉敛神，援笔展纸，伏案疾书，下笔千言，一挥而就，但平静的语气仍难以掩抑焦虑的心情。我不知道，姬岩寺住持善缘收到信后，心里有了怎样的震动并采取了何种有效措施，但他一定是将这封书信公开刊布，且取得乡人的共识，姬岩的山林因此避开无情的斧斤，避开粗野的开发，被完好地保护下来，一直到现在。而这封 300 多年前的书信，也成为白云乡民世代遵循的山林原则，成为姬岩不灭的精神财富。

“高峰气魄多相似，怪石胸肠定各殊。”黄文焕留在姬岩仙公殿上的这副楹联，凸显一位古代文人的气度和眼光。

永泰被称为“福州的后花园”，全境山清水秀、风景怡人。我曾到过永泰多次，对青云山水、嵩口古镇、赤壁温泉，均留下深刻而美好的印象。但对这座姬岩，虽向往已久，却始终未尝登临。一座秀美的山峰，合着一个感人的故事，就这么缥缈在百里开外的云天之上，令我时时翘望。我知道，这是缘分未到，我还需等待。

直到 2019 年初夏，我再一次来到永泰。这次出行的目标便是姬岩风景区。姬岩位于白云乡，属戴云山北麓。白云乡素有“七十二麟峰”之说，可知这里的山多。气势磅礴的戴云山，向北直插闽江边。大山将行又止的身姿，总是格外飘逸动人。正值小满时节，江南多雨。汽车在淅沥的雨声中，沿着绿意葱茏的山道，不断盘旋向上，直朝云天深处驶去。车窗外，是一重又一重山的剪影，在缥缈的云气中若隐若现。满眼都是醉人的绿色，沿着山势，层层铺染。时而，车旁闪过一道飞瀑，如同一位深山隐者，从云端里飘然而下，朝我们淡然一笑。一时让人神思恍惚。

车子戛然停在姬岩风景区管理处所在的桃源。

桃源是山上的一片开阔地，众山拱峙，有房屋数楹，参差于山峡间，下临一面平湖，碧波粼粼。此时雨势仍然很大。一层层烟气，不断从湖面上升起。风景区负责人黄烨带着几分遗憾告诉我们，这样的天气，是上不了山了。于是，他领着我们沿着湖边栈道走走，看看雨中的桃源景色，以及在云气中缥缈隐现的姬岩。黄烨指点说，湖畔的小山唤作“仙桃峰”，5 座簇拥着的玲珑小山恰似 5 颗鲜嫩的碧桃，而湖水则如同一面水晶托盘，苍翠的山影倒映在湖中，风情万种。山麓下万竿修竹，随风摇曳，姗姗可爱。

黄烨 2004 年大学毕业后，就来到姬岩，在这里已经工作了整整 15 年，从原先稚气的小伙子，成长为一个干练的中年人。他对姬岩充满了喜爱之情，与姬岩相依相守。尽管景区目前面临诸多困难，但他从未想到离去。

从桃源一抬头，就能望见姬岩，是山峰上一块秀美的大石头。

关于“姬岩”的得名，有许多说法。一说飞岩，古闽人疑为天外飞来之石，故名。还有说，因山巅 5 块巨石状若雏鸡，名“鸡岩”，或“白鸡岩”。传说有仙人炼丹于此，丹成白鸡飞来守护。明代官员谢肇淛来游览时，就在山中立下“古鸡岩”的石碑，并在诗中吟道：“药灶丹成鸡已去，洞门石老藓全封。”黄文焕也有“天作高峰列五鸡，峰头咫尺与天齐”的诗句。不过，这时的鸡岩早已改名“姬岩”。据说五代时，闽王王审知偕爱妃来过这里，王姬喜爱鸡岩山水静幽，愿百年之后长眠于此山。后人遂更名。但黄文焕似乎不采纳这个说法。他认为姬岩是因为山色秀丽，可比名姬。在《姬岩》诗中，他这样描绘：“晴光半拥芙蓉髻，远照斜分翠黛眉。”

姬岩与方广岩、高盖山、方壶岩，并列“永泰四大仙山”。而姬岩更有“神仙第一家”之誉。站在姬岩之巅，但觉天高地阔，宠辱皆忘。历代文人墨客由是纷纷登临，并留下优美的诗词歌赋。这也是黄文焕格外赞赏姬岩的缘由。

不过，写下《与僧善缘书》的黄文焕身前并未实现亲手营建姬岩园林的夙愿。由于身陷官司，出狱后，黄文焕筹不到回家的路费，最后竟客死他乡。他的灵柩，在20年之后，才辗转回到故乡。

83岁的白云中学老校长黄修朗，说到这里，慨然长叹。来白云乡之前，我不知道，这处偏远的山乡竟有一座由乡民自发出资创办的“白云人家博物馆”。馆长便是黄修朗。这个民间博物馆在短短数年间已经收集整理了1000多件藏品，还编辑印刷了《麟峰黄氏艺文》《姬岩诗文选》等诸多图书。

因为旬月大雨，我至今没能攀上姬岩峰巅，一睹前人诗文中描述的山水胜概。但我心里沉甸甸的，我已经走进姬岩的天地，那里既有神交已久的黄文焕，还有一位位矢志守护姬岩山林的白云人。

这应该就是姬岩的魅力。

2019年

云归沧海碧云深

上金贝位于宁德市区的北郊山上，原是一座寂寂无闻的畲家村寨。2008年春，村民在修建登山道时，在宋代古寺金鄁寺左下方的山包上发现了一座奇特的墓葬，遂向区里和市里报告。

这座掩映在茂密树林间的陵墓形制确实奇特。它不同于寻常的古墓，显示出一种缩小了的明初皇陵的气派。比如，它沿袭了明孝陵的宝山明楼制的特点，只是“宝山”被舍利塔所替代，成了一座“亦僧亦俗”的奇特墓葬。舍利塔背面的20字碑文已被铲去，上面写了什么，又为什么被粗暴地铲去，无人知晓。舍利塔的正面倒是留下令人费解的20字碑铭，上书“御赐金襕福日圆明大师第三代沧海珠禅师之塔”。这果真是一位僧人的墓吗？却为什么要修成明初皇陵的模样？还是其中另有隐情？很快，省市有关专家赶来，省博物院研究员王振镛审视良久后发出这样的疑问：“上金贝的这座古墓，会不会就是失踪了600多年的明代第二位皇帝朱允炆的陵寝？”

这只是一个假想，但这个大胆的假想，激发起社会各界浓烈的兴趣，吸引了国内200多位专家学者，前来一探究竟；同时，也在当地民众心中点燃了一支火把。毕竟，建文帝的生死之谜曾是大明朝的第一疑案。此前，关于建文帝的行踪，从未与这个不知名的小村寨名字联系在一起过。忽然，让史学界苦苦猜测和寻找了600多年的建文帝踪迹就要浮出水面。这可能吗？于是，一个由宁德数位机关干部自发组织的学术团体宁德市建文帝踪迹研究小组成立了，宁德市方志委的王道亨被推举为组长。8 年来，这个研究小组的成员已发展到 130 多人，他们自掏腰包，搜史籍、查族谱、探古迹……所进行的一系列民间考古活动，也让史学界为之动容。

600 年前南京城里发生的惊心动魄而又扑朔迷离的一幕，能被他们彻底揭开吗？

明洪武三十一年（1398），明太祖朱元璋在南京病逝。皇太孙朱允炆即位，年号建文。建文帝一改洪武帝的严刑酷法，诏告天下：“行宽政，赦有罪，蠲田赋。”建文的宽政，一时带来国内安定繁荣，世间鼓乐升平。但同时，为了巩固中央集权统治，他听从帝师黄子澄的建言，决心迅速削除愈来愈炽盛的宗藩势力。

朱元璋立国后相继将 26 个儿子分封各地为王，本意是在国家遭遇外族入侵时，让诸王作为藩篱屏障，拱卫京师。藩王平时没有军权，战时却拥有节制封疆大吏的统帅权。诸王在各自封地建立王府，准许拥有一支数目不等的亲兵。但随着诸王权力越来越大，亲兵的兵力也越来越雄厚，比如宁王所部竟有带甲八万、战车六千。秦王、晋王、燕王因为常常跟随朝廷出征，不仅麾下拥有数万精兵，朱元璋还特许他们掌控边关军务，小事立断，大事才要报告朝廷。而今，朱元璋病逝，诸王以朱允炆的叔父自居，根本就不把这位年轻、文弱的皇帝放在眼里。

黄子澄以汉景帝平“七国之乱”为例，告诫建文帝：“宗藩不除，国无宁日。”朱允炆不由想起祖父朱元璋的一桩往事。一天朱元璋将太子朱标和皇太孙叫到金銮殿上，朱元璋让太子捡起一根长满刺的荆棘。太子不敢。朱元璋伸手捡起，将荆棘上的刺一根根捋掉，说：“你太仁慈了。我只好为你们去刺。”明洪武二十五年（1392），太子朱标去世，朱允炆顺位继承，成了储君。为了让这个更加文弱的小儿继位顺畅，朱元璋加大了“去刺”动作，将功高盖主的大将蓝玉以及一大批“蓝党”剿灭。为制约桀骜不驯的四皇子朱棣，朱元璋还下令将朱棣的3个儿子送到南京学习，并由专人看管，实际上，就是做人质。而现在，祖父去世了，该轮到自己来“拔刺”了。年轻皇帝以为这是一个理所当然的统一王权的好主意，于是头脑发热，轻率地下达了削藩的诏令。由心腹之臣齐泰统率全国军队，展开剪除诸王的行动。不多时，周王肃、湘王柏、齐王榑、代王桂、岷王楩等几位飞扬跋扈的王叔相继获罪，被废为庶人。削藩的一时顺利让朱允炆踌躇满志，将目标对准镇抚北平的燕王朱棣。

燕王朱棣可不是寻常人物，他从青年时代起，便跟随其父朱元璋一起进行反元和巩固明王朝统一的斗争，驰骋疆场多年，出生入死，战功累累，不仅深谙军事韬略，而且极富政治手段。

建文元年（1399）六月，燕王手下的百户长倪谅密告燕王阴造兵器、蓄养壮士，图谋不轨。齐泰、黄子澄急派锦衣卫潜入北平，抓捕燕王帐下大将于谅和周铎，以乱刀砍死。建文帝下诏，严词指责燕王。朱棣十分恐慌，以装疯卖傻躲过一劫。对朱棣的诈术，建文帝居然深信不疑，为了抚慰生病的叔叔，他不顾群臣反对，下旨礼送燕王留在南京做人质的3个儿子回转北平。于是朱棣与高僧道衍、指挥张玉、朱能等人密谋，援引《祖训》，以“清君侧”为由，指斥齐泰、黄子澄等为奸臣，于建文元年（1399）七月，在燕王府发动了震惊天下的“靖难之役”。朱棣驱使燕赵虎狼之师，剑指南京。南北两军在河北、山东、江苏等地历经多番鏖战，最终，北军击溃南军，仅仅3年，剽悍善战的朱棣大军便兵临南京城下。

得知金川门失守后，朱允炆长叹一声，命身边侍臣各自出走。听到皇帝的指令，大臣们好像得到大赦令，立刻四散逃走，此后皇宫里究竟发生了什么，谁也顾不上了。

燕王亲率精锐，团团围住紫禁城。但他并没有下令即刻进攻。他是在等待。等待朱允炆要么自我了断，要么束手就擒。毕竟，朱允炆是自己的亲侄儿。围城的间隙，他甚至还抽身到孝陵祭拜了朱元璋。

第三天，皇宫中忽然燃起大火，浓烟滚滚，烈焰冲天。城楼上也已经不见守卫的士兵。围城的燕军，发一声喊，击破城门，潮水般蜂拥而入。朱棣进入内城，只见昔日繁华的宫苑已烧成一片废墟，只剩下一座残败的奉天殿。士兵们搜捕到躲藏在皇宫各个角落里的几百个太监和宫女，大家异口同声说皇帝皇后已投火自焚。可是在瓦砾中只找到被烧焦的皇后尸体，却怎么也寻不见建文帝的遗躯。生要见人，死要见尸。朱棣下令严刑拷打，3天中，竟打死了500多名宫女与太监，但依然没有一点线索。

于是朱棣广发布告，宣称朱允炆已经自焚。建文年号废除，仍沿用洪武年号，他顺应天下，即皇帝位。

朱棣虽然顺利登基，也已诏告全国，宣布朱允炆的死讯。但他一直心存疑惑。他怀疑朱允炆已经出逃。至于如何从铁桶般的围城中逃脱，又逃往何方，却没有谁能告诉他明确的答案。建文帝失踪之谜，遂成为明代第一疑案。

但朱棣并没有因此放弃搜索朱允炆。《明史》记载："成祖疑惠帝蹈海去，欲踪迹之。"于是他派出太监郑和率船队南下，不仅有寻找的任务，还有震慑天下之意。同时又密令户部官员胡濙借访张三丰之名，一路遍寻。这竟成了胡濙毕生的唯一工作：寻找并监视朱允炆。

明代著名学者钱谦益曾这样写道："明知孺子之不焚也，明知亡人之在外也，明知其朝于黔而夕于楚也。胡濙之访张邋遢，舍人而求诸仙，迂其辞以宽之也；郑和之下西洋，舍近而求诸远，广其途以安之也。"他认为，朱棣最终是知道了朱允炆的行踪，只是因为成为出家人的朱允炆已经不对他的皇位构成威胁，所以没有痛下杀手。但历史的真真假假、虚虚实实、是是非非，构成了一副万花筒，看得人眼花缭乱。

上金贝的这处古墓葬，同样是一副万花筒。

研究小组的成员们，考察了全国各地多处明陵，以明皇陵的规制、样式与上金贝的这处古墓，做了反复比对，发现了许多共同点。比如上金贝古墓沿袭了明孝陵与明东陵的5级墓埕的布局，且陵前有金水河和金水桥，虽被洪水冲毁，仍依稀可见遗迹。陵墓采取了与北京十三陵中明长陵的相同坐向，即坐癸向丁，水出巽口。用于连接墓埕的3级台阶唤作“步步高”，是明初刘基为朱元璋定下的金銮殿前丹墀规制，凡人墓葬应不敢随便用。而且陵寝的构件，部分体现了明帝陵的规格。如舍利塔由5块石头组成，须弥座和莲花座分别由9块石头组成；舍利塔前的平台石墙由5层块石叠成，后面的石墙则由9层块石叠成；台阶也是5级和9级，这些都暗合墓主具有“九五之尊”。部分体现了“王”的规格。如只设拜亭未建享殿，地宫的布局虽有墓道与墓室，但尺寸很小。目前的拜亭遭毁，顶盖的残件散落于地，只留一根石柱和三处孔臼。但拜亭两旁的龙形护手仍然完整，且纹饰清晰，左手为波浪状，寓意“潜龙在渊”，或暗示墓主的今生境况；右手为祥云状，隐含“飞龙在天”之意，亦象征墓主来生腾达。舍利塔须弥座菱形图案与莲花座云龙纹图案采用了与明祖陵、明皇陵和明孝陵一样的造型及纹饰。且这种造型和纹饰在南京明故宫中也随处可见。这为古墓的断代提供了依据。拜亭两旁的龙形护手，龙口前有火焰珠，龙嘴微闭，是典型的明初皇朝龙造型，体现了朱元璋“闭嘴做皇帝”的治政理念。这就证明了古墓是明初的建筑物。

从墓主的宗教信仰看，墓顶的火轮珠，是藏传佛教的典型标志，同时也是拜火教——明教的典型标志。明太祖是拜火教徒，崇尚以火立国。而舍利塔下的莲花座也是明教的标志信物，在明朝普通人是不能用的。这些似乎指明，墓主是朱家王朝的子孙。

但遗憾的是，上金贝古墓曾被盗贼光顾多次，墓内随葬物品遭洗劫一空，实证无存。这是不是建文帝墓，首先需要找到朱允炆出亡宁德的依据。这时，金贝山下的郑岐村豁然出现在人们的视线。在跟随朱允炆逃亡的22位亲信大臣中，有一位翰林待诏名叫郑洽。郑洽出生于浙江浦江郑义门。研究小组几番奔走，与浙江郑姓族人共同考证出郑岐就是郑义门八世祖郑洽。而郑洽墓位于蕉城区金涵乡濂坑村，正背靠上金贝古墓，两墓处在同一中轴线上。接着他们又找到了几位建文朝的其他朝臣在宁德及周边地区的行迹。为此，他们查阅了大量史籍和3000多部家谱，从明永乐年间宁德地区的人口增减，驻军调防情况到官场变动异样，一一详查，分析推断，不放过任何蛛丝马迹。

在调研过程中，朱棣的特使郑和与胡濙的寻访路线更是他们关注的重点。他们不仅找到了郑和到过闽侯雪峰寺和宁德支提寺的史料证据，还发现胡濙当年入闽游览武夷山的两首诗作以及在雪峰寺留下的碑文。显然，福建尤其是宁德地区曾是永乐朝廷重点访查的地区。

而深藏于大山中的支提寺，让研究小组有了许多新发现。支提山曾与山西五台山、四川峨眉山、安徽九华山并称佛教名山，这里是天冠菩萨的道场，历代为朝廷所重视，《华严经》里且有“不到支提枉为僧”之语。王道亨他们在寺庙里不仅发现了记载着郑和名字的木刻板，还有一件五爪金龙紫衣袈裟，引起他们浓烈的兴趣。在他们查阅的大量明代史料中，都提到建文帝出亡时，曾从宫中携出一件明太祖所赐的御用袈裟。是不是这一件呢？寺庙住持则称其为明万历皇帝的御赐之物。但根据《支提寺家谱》记载，万历朝廷御赐支提寺的袈裟仅为普通僧用的凤紧条紫衣，这件带有明显皇室特征的织金云锦袈裟或不在其列。因为这件袈裟上大量用金，并用了缂丝技术，加之本色暗花的色彩，都符合明初皇家云锦织造物的特征。如果推断成立，这件袈裟的主人，当有皇室成员和出家僧人双重身份。

那么，建文帝真的长眠于宁德的金贝山谷吗？现在就下结论当然为时尚早。但因了这座奇特的古墓，上金贝已经闻名遐迩。毕竟，那一段血雨腥风的历史，演绎了封建王朝的残忍和权谋，也留给后人一个无尽想象的空间。不过，一个民间考古社团散发出的热力和智慧，一样让人称道。而从整洁平展的上金贝村道前走过，望着蓝天白云下蓊郁的树林、高山流水间碧绿的田畴，悠悠往事，一时注满心头，让人浮想联翩。“龙归沧海碧云深”，据传是朱允炆流亡贵州道上所作的诗句。而疑似建文帝墓的沧海禅师之塔正位于上金贝的碧云崖下，难道只是巧合？

2016 年

大美无言

——记四君子古典家具

莆田涵江有家古典家具公司叫“四君子”。在四君子家具公司的偌大展厅里，陈列着一组组红木家具，无不形制典雅、雕饰华美、端庄沉稳，而又线条灵动。

每一组家具都有一个鲜明的特色，每一组家具都有一个醒目的主题，每一组家具都有一个雅致的名字。

简约如《淡泊》。一案一椅，不假雕饰，切合明式家具稳重大方、舒展简练的风格。其书案选用名贵木材，材质纹理沉静素雅，造型隽秀修长，触感温润如玉。与之匹配的是四出头座椅，靠背曲线柔美，与书案对称、和谐。《淡泊》的灵感出自诸葛亮的《诫子训》：“夫君子之行，静以修身，俭以养德。非淡泊无以明志，非宁静无以致远。”

庄重如《大道》。“大道之行也，天下为公。”这是《礼记》中的一句话。13 件组套的沙发体量宽大、纹饰繁复，具有典型的清式家具特色，彰显五福捧寿的主题。五福是中华传统文化，五福一曰寿，二曰富，三曰攸好德，四曰康宁，五曰考终命，表达了人们对美好生活的向往和追求。

秀雅如《精舍》。一套明式简洁风格的书房，平整光洁的长条书案，四出头靠背椅后陈设一架素面书柜，两旁各立着一个花架，亭亭玉立。其设计要义在精，不贪多堆砌，也不曲意雕琢，只作恰如其分的局部装饰，充分体现素朴的自然本色，同时散发浓浓的书香。流溢出文人追求“清水出芙蓉，天然去雕饰”的淡雅情趣，以数尺空间展现中国书房文化的光彩和魅力。

丰赡如《万荷》。在理学家周敦颐眼里，莲是“花中君子”：“出淤泥而不染，濯清涟而不妖”。而民间世俗，莲是吉祥富贵的象征。荷花罗汉床精选老挝大红酸枝制作，运用三重透雕技法，从正反两面雕刻莲荷花纹。但见荷枝摇曳，莲叶田田，生机勃勃，呈现出荷塘月色的艺术效果。其工艺繁缛、雕饰富丽，让人目不暇接。

尊贵如《祥瑞》。其艺术灵感源于盛唐家具精品。座椅造型舒展凝重，线条流畅生动。搭脑及扶手两端雕饰祥云，寓意祥瑞。靠背以国画丝翎檀雕手法镌刻新几内亚极乐鸟图样。极乐鸟是巴布亚新几内亚的国鸟，又名“红羽天堂鸟”，全身羽毛五彩斑斓，其硕大的尾翼翻卷如云、美丽祥和。

还有《天地》《同梦》《大美》《含韵》等等，各有千秋，不一一尽述。家具皆默然无语，整个大厅安静得听得到人的呼吸。但你分明感觉得到它们在说话，是君子椅在说话，是八仙桌在说话，是罗汉床在说话，是云龙画柜在说话，是回纹古琴案在说话，是榫卯在说话，是雕饰在说话……

与它们相视，便是在与千年文化对话。

正沉思间，一位中等身材、举止儒雅的中年人出现在我的面前，他就是这一组组家具的创作者，国家工艺大师、四君子家具公司的掌门人陈玉树。

陈玉树很健谈。他谈自己从艺的缘起，谈小时母亲对他的教诲，谈3位兄长对他人生的影响，谈古典家具的灵魂——千年榫卯工艺，还谈到文学的魅力和启示……他对中国传统文化的热爱和对古典家具技艺守正创新的追求，都让我受到深深感染。

陈玉树1973年出生在福建莆田鲸山村的一个木工世家。早在明代，陈氏族人中就有了治木大师。鲸山村的木作工艺闻名遐迩。1866年，左宗棠创办马尾船政局，鲸山村宗亲陈岱萃等人应召参加了船舶制作和总理船政事务衙门的建造。同年，族人陈智远在家乡创办了制作家具兼维修船只的木工作坊。从小就在家乡木工作坊里玩耍的陈玉树，耳濡目染，对弹木划线、刨推锤凿的木作工艺十分痴迷。在陈玉树眼里，木头都是有生命的，木头的语言，隐秘而独特，他能从它们的形状、色泽、纹理乃至轻轻摩挲的手感中读出来。有时，观察久了，他甚至闻得出从木头深处透出的些微气息。他觉得这不是一般的劳作，而是一种艺术创造：在大匠悦耳的锤凿声音里，在木丝优雅的舞蹈动作中，一段段沉睡的生命忽然就被激活了。

正是这份自小结下的木作情缘，伴随着他一路成长。早岁他谋生南洋，足迹遍及马来西亚、新加坡、越南、澳大利亚及南太平洋诸岛。这期间，他目睹海外侨胞对中式古典家具的挚爱，从中表达出缱绻的故土之思。由是，他于21世纪初创办满堂红古典家具公司，又于2007年在国内注册了四君子古典家具公司。“四君子”之谓，梅兰竹菊，其清雅淡泊的品质，千百年来，一直受到人们的喜爱，自是一种中华文化的象征。四君子公司精选黄花梨、紫檀、大红酸枝等名木，制造出一批又一批高档仿古家具，声名鹊起。2015年，陈玉树参与了福州总理船政衙门的修复工作。参加这一修复工程，也让他对中国古典家具的守正和创新、发展有了更多思考。

一直以来，国内的古典家具都是以地域来趋分流派的，如京作、广作、苏作、闽作等等。但陈玉树认为，这样来区分，便会受到空间限制。因为每一个流派都有自己的鲜明特点和优势，但也因此存在局限。他的目标就是要以更广阔的国际视野来打破这个地域限制，而要用时间来定义。陈玉树说：“每一个时代的古典家具，都有自己的时代背景和文化烙印，如唐之华丽、宋之素雅、元之浑厚、明之简洁、清之繁复……而我们身处新时代，要有这个时代自己的题材和特色，既要创文化的新，又要守工艺的正。要在这门古老的木作技艺里去努力寻找当代语境。”这就是他要制作的新时代家具，“不是某个地区的，而是这个时代的。是能够向全球展示和分享的中国传统文化和智慧”。

他力图通过古典家具富丽的形态和纹饰来表现这一代人的所思、所想、所悟以及追求。于是，有了《大道》《大雅》《吉祥》《松风》《大美》《停云》……这是他的作品，也是他独到的匠心和语言，自然、本色，生意盎然而内蕴深沉。

他说，木材本身是有生命的。至今，他和木头已经打了30多年的交道。他明白，这些从密林深处斫伐远道而来的树木，是大自然的生命之花，也是大自然未完成的艺术。它们在苦苦地等待着，等待着被发现，更等待着新生。而他来了。他怀着一颗敬畏之心，来接收大自然的馈赠，也聆听大自然的启迪。那如同天籁般的启示原本就在树身里藏着，他静静地端详着它们，努力想读懂其中的奥秘。而艺术的灵感往往只来源于一瞬间，像擦亮一根火柴，火花极其绚丽然而短暂。把握住这一瞬间，便能绽放出艺术的生命之花。

榫卯结构是中国古典家具的形制基础，是它的技艺精髓，也是灵魂所在。它们阴阳交错、凹凸有致、刚柔相济、亲密无间，体现了中华传统文化中相生相克、以制为衡、顺应自然、和谐共处的哲学思想，意境悠远。

纹饰是古典家具的一道道风景，也是人们审美情趣的反映。靠背表现什么，扶手表现什么，脚枨表现什么，皆有深意。如果把家具比作一位位女子，那么纹饰就是她朝你嫣然一笑的面孔，或清丽可人，或粗鄙憎人，妍媸毕现。而纹饰工艺的优劣直接影响到家具被人们喜爱的程度。

“天地有大美而不言，四时有明法而不议，万物有成理而不说。”浸润于这一份中华古文化的瑰丽和深邃中，他深深地为之倾倒、为之痴迷，心中已然酿就万千风情，这些都在他的作品中得到充分体现。

坚持和坚守，是一种精神，同时也是一种品质。

陈玉树说到这里，随口引用了《礼记·大学》里的一句话：“伐冰之家不畜牛羊。”表达了他对古典家具营造技艺最高境界的孜孜追求，不以营利为目的，不以谋生为手段。他要做的是袭古制精髓，集南北大成，一心要创制当代仿古家具的典范之作。

于是他带着他精心打造的中国当代古典家具，走进 900 年的钓鱼台，走进 300 年的圆明园，走进博鳌亚洲论坛，走进国家博物馆，走进人民大会堂，还走进万里之遥的波斯湾畔的阿联酋和浩渺大洋中的巴布亚新几内亚……

临别时，陈玉树赠我他本人著作的《君子 · 大器》一书。以器载道，正是他不倦的艺术跋涉，凝结着陈玉树对传统文化的思悟和践行。由是，“全世界的座上宾”便成了四君子家具的响亮口号。

2023 年

雾里天柱山

入夏以来，接连下了好几天暴雨，天地一片混沌。我们正是赶上雨季来长泰采风的。在长泰的两天，见日纷纷扬扬且韧劲十足的雨水很令接待的主人们发愁，不少有特色的景点因为滂沱大雨而被迫一个个取消。可是临离开长泰的那天早晨，天竟有些放晴了。一大早，旅游区管委会书记老蔡就等在宾馆大厅里，他执意要带我们去看一看天柱山。他说，昨天下午他已经派人上山走了一趟，道路没有问题。老蔡的一片热情，让远道而来的北京作家们心生感动。于是，汽车推开浓雾，向自来有“临漳第一胜处”之誉的天柱山进发。

盘山的道路经过多天雨水的冲刷，变得坑坑洼洼，有的地段还出现一道道裂沟。中巴司机小夏见此不免有几分担心。凭着 20 多年的驾车经验，他对路况的判断有一定的把握。但不仅仅是道路，由于雾气太浓，能见度太低，加之多日雨水的浸泡，他最担心的倒是道路两旁山体的变化。因此行车中他一边紧握方向盘，一边细细地倾听着路旁的声响，有几次，竟将车停住了。小夏严峻的神情一度影响了车厢里的气氛。没有人说话，每一双眼睛都紧张地盯在车窗上。其实窗玻璃上就是一层白茫茫的雾气，什么也看不见。有人提醒说：“快打开车灯！”小夏回答：“早就开了！”可是，车灯发出的微弱光芒已然被浓雾无情地吞噬，吞得人心里空落落的。中巴车孤单无助地在茫茫雾海中颠簸向前。不过，车上的 3 位长者谢冕、阎纲和张守仁先生却显得特别镇定。也许是这一份镇定渐渐释解了车内不安的情绪。

车厢里很安静，只听得坐在前排边座上的老蔡不断地鼓励着小夏："你放心开，我都了解好了，路两旁没有发现滑坡，只倒了一根松树。""再有300米，两个拐弯，就到了。"于是车子在汹涌而来的浓雾中又开了近十分钟，小夏忍不住问："还有多远?""快了，大概200米。"小夏有些不满，认为这完全是山里问路的模式。而这一问一答，加重了车厢里的沉郁气氛。但老蔡依然坚持着："再拐个弯，100米，确实就到了。"老蔡此言不虚，因为在浓雾裂开的一刹那，我们看到了右前方的一面崖石上镌刻着"天柱山国家森林公园"的字样。但这最后一段路，却被雨水破坏得特别厉害，路面上到处是长长的裂沟。小夏不放心，跳下车，用脚来回踩了踩，然后上车加大油门，"轰"的一声冲过裂沟，车子轻轻地晃了晃，而后稳稳地停住了。

下了车，每个人都长长地舒了一口气，老蔡尤其高兴。这两天，因为天气不好，他的脸上始终挂着歉意，现在，他终于可以稍稍开颜了。只是司机小夏脸上的神情依然严峻。或许他仍在后悔刚才没有坚持自己的意见，将中巴车开上了险情莫测的天柱山。

就在这时，奇迹出现了，适才一直严严实实地笼罩着满山满野的雾气竟在我们一行前面渐渐散去，随着我们前行的脚步，露出一段又一段明丽的山景，而后又在我们的身后悄悄聚合。也许天柱山为我们的诚意所感动，竟破例启开帷幔，好让我们看一眼她新沐的娟秀面容。只这一眼，已让我们目夺心摇。雨后的天柱山，身上没有一丝俗尘，一转身、一顾盼，都是那样清新曼妙。到处是沾云带露的花草，散发出幽幽的香气。

天柱山最让人赏心悦目的是石头、是松树，还有蒸腾的云气。一块块或伟岸或奇巧或棱角毕露或光润圆滑的岩石，累累相叠，叠成一座天柱山直入云霄。只是不同的人面对这不同形态的石头，或许会发出会心的一笑。

而一棵棵高山松则纵情展露它们被风剪裁过的身段，有的虬曲如龙，游行在风中雨中；有的欹身峭崖，将一片苍翠别在大山胸襟；有的笔直如削，蓄一股刚气仰望天穹。最好看的当然还是在山谷间款款飘飞的云气，像是有一只纤纤玉手正缓缓舞动着纱巾，导演出万千气象。当你无意回眸，只见层峦堆翠，明丽似沈周的山水图轴；定睛一看，却又成了云气氤氲、缥缥缈缈的米家山水。

由于还要赶路，我们不能在天柱山久留，正望着云山依依难舍之际，忽然，传来一阵橐橐的脚步声，从云雾中竟走下一位手持竹杖的健朗老人。询问之下，老人说是到山顶庙里烧香现在正要返回山下，说着，挥动竹杖继续前行。

车子重又发动，是刚才山上人行雾散的奇观还是被这位徒步上山的老人感染，总之司机小夏的神情显得放松多了，跟老蔡也有说有笑起来。在公路拐弯处，我们又看到了那位持杖蹒行的老人。老蔡提议说，捎他一段路吧！小夏将车子停下了，招呼老人上车。谢冕先生热情地请老人坐在他身旁，问他的年纪，已经 80 岁了。老人说他就住在山脚下，现在还能种菜种地瓜自己养活自己，不要子女照顾。他几十年来坚持每三天上山一次，无论风雨从不间断。老人的话让大家好一阵感慨。

将老人放下车，天柱山也从我们的视线中渐走渐远。这时，雨又下了，黄豆大的雨珠急促地打在汽车顶棚上乒乓作响，天地间又成一片混沌。

2005 年

泉港的三道色彩

记得多年前，那时高速公路尚未修筑，从福州到厦门，走的是 324 国道。因为路上有多处瓶颈，300 多公里的路程，每每要走七八个小时，客车中午大多是在一个叫“涂岭”的地方打尖。涂岭有许多家招徕客车的饭店，快餐业竟一时兴盛。我知道涂岭属惠北，黄壤连片，是一个相对贫瘠的地方。

后来有了高速公路，长途客车也不再过涂岭，但附近却多了一个叫“泉港”的地名。这似乎是一座新生的现代化城市，带着勃勃的朝气，正从大海边冉冉升起。我便开始留意起泉港来。这里原本叫“肖厝”，最初只是一座海边的小渔村，后来建成深水良港，加上大型炼油厂的建设，正迅速发展成现代化的港口城市。包括了涂岭、山腰、南埔等惠北 7 个乡镇的泉港也因此成为泉州市的一个经济新区。

好多年来，我就这样不断从高速公路上透过疾驶的车窗好奇地眺望这座新生的城市，心中油然生起一种向往之情。

去年盛夏时节，泉港区组织一次“特色乡村行”采风活动，我有幸得到邀请，于是与编辑部一行人驱车前往泉港。

车子穿过宽阔的大街，经过炼油厂厂区和港口码头，却没有在繁华地段作片刻停留。原来主人意在让我们更多地关注城市化进程中原始乡村的现实状况。于是日日与高楼大厦车水马龙相伴的我们，猛然间撞见这一幢幢正坚守在风雨中的老房子，那一种心灵的震撼令我久久难忘。我们曾经熟悉的乡村和乡村生活似乎正一步一步远离我们，换言之，是我们在不经意间随手抛弃了它们。

我们先来到后龙镇的土坑村。这座群山环簇的村庄是刘氏的聚居地。600 年前，刘氏的一支辗转来到惠北，见这里枕山襟海、三溪汇流、土地膏腴，于是停下匆行的脚步。一个古民居群落自兹诞生。随着海上商贸活动的兴盛，土坑村也迎来了自己的黄金时期。从土坑村里走出的不仅有富甲一方的茶商、盐商，还有蟾宫折桂的文武进士们。他们成功后在家乡做的第一件事就是盖一栋与自己身份相符的大厝。他们从福州购来木材，从泉州购来石材，用白花花的银子打造起来的各式大厝，饰以精美的砖雕、木雕或石雕，在 200 年间尽情地炫耀着富足和成功。大厝与大厝比邻，大厝与大厝连排，一条条纵横交错的巷道，将一段美好的百年时光尽数圈拢在这雕梁画栋之中。由此，2003 年土坑村被列为“福建省历史文化名村”。

如今，昔日风光无限的土坑村已然洗却铅华，露出几分破败。老村老屋老田毕竟难敌外面世界的精彩，随着城市化进程步伐的加快，村里的年轻一族大多迁往城市定居。走在静寂的村道上，随处可见空巢般的老屋，在风中雨中瑟瑟发抖。断壁残垣，野草侵阶，门轴喑哑。高大茂密的榕树下，曾是村民们聚会的场所，如今已见不到喧闹的人群，只有轻轻摇摆的枝条吐出几声寂寞的叹息。我甚至感觉得到这一片空旷中有许多茫然的目光，正无奈地看着村庄渐渐老去。

我们显然无法让所有的村庄都留住青春和繁华，但我们总要留住一段历史，一段足以让后人触摸得到的坚实岁月。因为，历史是不可能复制的。我们今天随手抛弃了的，也许将在许多年后追悔莫及。重要的倒是，现在我们需要而又能够为这些昨日的村庄做些什么。

带着沉甸甸的思绪，我们访问了地处崇山深处的涂岭镇樟脚村。与沿海的土坑村一样，年轻人纷纷走出大山，去寻找属于他们的新生活。但这里仍保存了一份古老的宁静。喧闹的市声离这里尚远，石头叠垒的村寨，以一份厚重，扛住了悠悠岁月。石头叠垒的村寨，也将一份奇特的美丽展现给世人。

这个村庄的建筑材料几乎全部取材于山上的片石。据说，聪明的樟脚先民，是从山头上收集到原石，接着挖一个大坑，在坑里堆放木柴，将石头烧软后再劈成石片，然后背回村，一片片、一层层砌起家园。这些不加修饰和涂抹的原始石片，叠垒起一栋栋色调杂陈的房屋，逐渐绵延成一座五彩缤纷的石头村庄，简朴而坚实，粗犷而生动。石墙、石窗、石阶、石道都以最原始的面貌组合成一幅幅质朴的风俗画，让人目不暇接。于是粗犷也能显示美丽，简朴也能成为风景。画家、摄影家开始从四面八方循迹而来。樟脚的石屋、石墙、石窗、石阶、石道都成为油画板抑或摄影框里的主题。当然，还有村里的老人，往古朴的石墙边一站，就是一首沉郁而悠远的诗篇。

这个远离尘嚣的村庄，也曾经是战争的避难地。村里有六分之一人口是蒙古族人，他们的祖先在元末明初的朝代更迭之际，为避乱迁进深山老林。他们或许是驰骋马上的战士，或许是弄潮江海的商贾，却一下变身为农人樵夫，一扇无形的大门在他们身后轻轻掩上，这一掩就是600年。他们自身的历史也是樟脚让人沉迷的一道色彩。

泉港之行的最后一站是惠屿岛。

湄洲湾内的这座小岛，因为保持了原汁原味的海岛气息，而入围“福建最美的乡村”。进出岛屿，依然要依靠渡轮。下了渡轮，迎面便是一道陡峭的石阶，引领我们穿过村庄，拐过山隈，小岛风光如画，一步一步似入蓬莱仙境。岛上没有机动车辆，甚至没有自行车。可是无论是老人、孩子，都会兴奋得收不住目光和双腿。洁白的沙滩、蔚蓝的大海、清新的空气，让人心旷神怡、悠然忘机。

隔海就是肖厝港，一座新兴的还在迅速拓展的现代化城市，只是一道窄窄的海湾，惠屿岛，你还能守住你的原始风味和质朴吗？

于是，泉港的3座特色村庄，像油画板上的3道色彩，深深地留在我的记忆里。

2008年

一条溪流的等待

汽车从万山丛沓中盘旋而下，前面不远就是霍口了。这里属鹫峰山的东南麓。这座雄踞于闽东北的大山，千峰林立，连绵起伏，如同汹涌的海浪，一波推着一波，峰峦直逼海隅。霍口，恰是大山间的一处叶状小盆地。其名字的由来，应该和这里的山形有关。“霍”同“豁”，是缺口的意思。山间有了缺口，自是水的通道。于是，在群山中千回百折的霍口溪，通过这道大山的缺口，直下福州北峰，注入山仔水库，再一路南奔，汇进敖江而后由连江入海。

我之所以关注霍口溪，是因为这条碧绿盈盈的溪流，是福州的第二水源。世界上的城市无一不傍水而居。清洁水源，对于一座城市的生存和发展来说实在是太重要了。从这个意义上来说，霍口溪之于福州，不啻一道生命之泉。未到霍口前，我在地图上，曾多次注视过这条状若叶脉的溪流，陶醉于想象中的那一股丰盈的深碧和激情的奔溅。今天，看到车窗外扑面而来的茸茸绿色，心中不由地荡起阵阵喜悦之情。

霍口是著名的畲乡。据说，畲族的先民是从广东潮州的凤凰山一路迁徙来到群山之中的霍口的。他们相中了这里山环水抱的地势，更相中了这里远离尘嚣的宁谧。霍口给我的最初印象，就是出奇的安静。公路上来往的车辆不多，街上也看不到匆匆的行人，慢生活的节奏在这里延续了千年。大凡山区的村镇，都有一种隘迫之感。霍口却不同，村庄坐落在两条支流汇合处的扇形滩地上，显得雍容而舒展。溪边的茂林修竹，溪上秀丽的拱桥，把个青瓦白墙的村庄映衬得如同在童话的世界里一般。不时可以看到成行的白鹭轻盈地掠过溪面，空气中传来阵阵清脆的鸟鸣，让人感叹霍口的生态之美。多少年来，满贮森林气息的霍口溪就这样静静地流着，如同一条绿色的藤蔓，把一个个畲族村寨紧密地联结在一起。在大山的怀抱中，霍口枕着绿色的涛声，度过如许宁谧的岁月。

此刻，我们正是顺着霍口溪的一条支流走。我们要探访的是这里一处新建的“畲山水”景区。山路迤逦，渐行渐深，溪边环簇着一座畲家小村寨，有个好听而亲切的名字，叫作“山朋”。与山为朋，可知畲族人对山的热爱和对山的倚重。他们自称“山哈”，意思是住在山里的客人。他们在山陬崖畔建设家园，但始终视大山为主人，因此爱山敬山，从而很好地保护了山林。这里果然是山的世界。一座座擎天拔地的大山，肩并着肩，手挽着手，如同一个个巨人，深情地俯视着身下的一条小溪。这道从无数绿叶中流淌出来的溪水，正在陡峭逼仄的峡谷中小心翼翼地行走，不时推开掩苒的众草，避开挡道的巨石，轻溅的水花，带来树林的浓荫，也悄悄传递着大山腹地神秘幽深的气息。

于是，我们一路上穿峡过滩。不过，那峡谷自身就是一道让人神迷的风景，常常一个转身，便会带出一串意想不到的生动画面。山石也罢，树木也罢，溪水也罢，都将一种朴野的美勾勒得那样随意、那样生动又那样丰富，那是大自然不假雕饰的手笔。风从重重壁立的石崖后旋出，而后贴着的急湍的流水一波一波地拂面而来，带着野草清香的森林气息顿时注满每个人的胸间。

险峻的峭崖、蓊郁的森林、葳蕤的花草和流淌的溪流，如同一幅幅水汽氤氲的画轴正渐次展开。我们就行进在这长长的画轴间。

这里也是树和花草的世界。午后的阳光像水似的漫布开来，驱散了林子里的雾气，于是万千草木尽情地展示自己的身姿。红豆杉、刺桫椤、花榈木、建楠，一棵棵、一簇簇珍稀植物，在我们的眼前逐一亮相。还有那片福建省最大的百年红枫林，虽然时令不是秋天，但挤挤挨挨站满一面山坡的树林，依然可以想见秋来枫红似火的热烈景象。

简易的栈道紧贴着悬崖，它们自身也是峡谷的一道风景。因了这条栈道，原先咫尺天涯的峭壁间无端地有了一条路。千年沉默无语的山岩，自兹有了交往、有了亲情。随着栈道的延伸，悬崖峭壁不断变换身姿，时而孤峰入云，时而飞水陡降，愉悦着游人的耳目。

不经意间，一道瀑布飞泻而下。顷刻演绎出一幕惊心动魄的巨岩和激水相搏的故事。这里是一处断崖，溪水进退无路，只能发一声喊，舍命跃下。谁也想不到，那柔弱纤细的溪流，在生命的紧要关头，会有这样的勇气，同时激发出这样的声威。一时群山为之战栗。

整整两个小时，我们就这样伴着一条小溪行走，溪声盈耳，山色娱目，清风入怀。溪两岸连峰叠嶂，略无阙处，溪水便在这窄窄的峡谷间艰难穿行，时而平缓时而湍急。一路上巨崖挡道、顽石塞途，而征途漫漫。溪流不停地喧哗着，似乎在为自己鼓劲，又像是要告诉我们些什么。当我们随着溪流走出山口，进入一座村庄，不禁想起杨万里的那首脍炙人口的《桂源铺》诗："万山不许一溪奔，拦得溪声日夜喧。到得前头山脚尽，堂堂溪水出前村。"心情豁然开朗。

这是一条溪流的跋涉，从高山峡谷间，风雨兼程，不辞辛劳。这也是一条溪流的等待，千年的守望，不曾动摇。青山绿水，终被世人认识。清亮亮的山溪水，自兹流进城市的千家万户。而今，走进霍口，每个人都会发出由衷的赞叹：好一片绿色，好一处山水！

2018 年

好山看不足

去年岁杪，我们去青口时，登临了一座小山。山不高，却草木蕃盛、满目葱茏。环山的车道和登山的石阶都修得很好。记得那天下着雨。雨中登山，别有一番情趣。雨珠扑扑簌簌，在登山的石阶上，弹奏起了一支动听的乐曲。雾气缥缥缈缈，在林梢间无声地流动，山峦时隐时现，恰似一条游龙在云中出没。村人介绍说，这座山叫“千家山”，古时又称“龙山”“仙霞山”，是五虎山余脉。

拾级而上，眼前是一幅幅不断变幻着的山水画卷，墨韵淋漓。主人四下指点着，说天晴时可以看到北面的五虎山、东面的鼓山。山下便是汽车城。环簇在山北山南的是两个大村落：沪屿和宏屿。不远处是七里母亲河濑江。濑江通过乌龙江与大海相通，每天潮涨潮落，带来了鱼虾沃土，水网密布，哺育了整个七里平原。但雨雾中视野微茫，只留下一份缤纷的想象。

我们在山下的乾元宫中避雨。这时来了好几位热情的村民，于是大家一块喝茶聊天。有人找出《淳熙三山志》和《八闽通志》中的有关记载，标明自后梁贞明五年（919）至宋绍圣二年（1095）间龙山周围建有报恩堂院、隆兴院、龙山院、隐峰院等10座庙宇，并说这里过去设有祭祀土地的社坛。热心的村民还带我们去看他们在山坡下挖掘到的已然断为三截的宋代牌坊，还有精心保存的刻有“后土”字样的残碑。而乾元宫就是在龙山院的旧址上复建的。

我看到他们眼神中流露出对土地的崇敬，毕竟千年的农耕文化曾经在这里留下深深的烙印。

令我眼前一亮的还有房前屋后的一小畦一小畦菜地，全都修整得如同绣花般精致，肥硕的菜叶鲜嫩欲滴，诉说着对土地的热爱之情。

我不由想起《左传》里记载的这样一则故事：公元前 637 年，晋公子重耳亡命时，饥肠辘辘，不得已向路边的一位农民求取食物。不想，农民只是随手从地里拿了一块泥土给他。重耳郑重接过泥土，叩头感谢。其实，中国几千年的农业文明，说的就是土地的故事。

闽侯五虎山下乌龙江畔的这一片水网平原称“七里”，且都有一个典雅的名字，如“还珠里”“灵岫里”“永庆里”“方岳里”……而千家山周边的沪屿和宏屿旧时合称“还珠里”，位居七里平原中心地带，史载：“四野沃壤，人便于农，芋、麻、菽、蔬、菜、果、蓏之属，为七里冠。”

我国原有的水稻品种，不仅产量低而且生长时间过长。北宋时期，旅居越南的福州华侨为家乡引进了耐旱、早熟且亩产高的占城稻。这种稻米因谷皮黄色鲜明，遂取名“黄占”。七里平原也因此成为全国最早种植占城稻的地方。宋真宗登基时，正值江淮和两浙大旱，他当即下令从福建取稻种 3 万斛，支持旱区。这 3 万斛稻种，就来自七里平原。

于是，关于这座山，关于这块土地，就这样牵萦着我。只过了一个多月，再次登临是山。

这一天，云开天霁，车子甫到沪屿村，便看到眼前 4 座玲珑起伏的山峰，宛如笔架。据《闽书》记载，这座山峰是五虎山余脉百六峰之一。让我们为之驻足、为之称叹的是满山遍植的花木。步道两侧的山坡上，种植着不同颜色、不同高度的水杉、茶花、月桂、香樟、枫树、杜鹃……层层叠叠，舒枝展叶，环拥着千家山。还有擎天拔地的榕树，满目葱茏。一拾级、一仰脸，迎面便是一树繁花；而一转身、一回首，则是别一样的风景。

时值隆冬，银叶金合欢正在绽放。枝头上开满细密的金黄毛球状花，椭圆形的叶片泛着迷人的银绿色，一株株姿态优雅，如同一群盛装的少女，正结伴向你走来，你甚至听得到她们吃吃的笑声。尚未开花的是台湾相思树，其与银叶金合欢同属，遒劲的根须，紧紧箍抱着脚下的岩石，而优美的树形，则在空中交织出一幅幅美丽的图案。

微风拂过树林，发出悦耳的轻籁，让人胸怀舒畅。不由想起这样一句诗："非必丝与竹，山水有清音。"

我们登上望城台，眺望山下景观。城，顾名思义就是汽车城。由于汽车城的建设，青口已成为重要的工业区，高楼林立，大道通衢。城市节奏正在取代乡村脚步，城市规则也在不断蚕食着乡村风情。但正如哲学家海德格尔所说，城市的繁华始终"难以冻结人类重返大自然的渴望"，每一位精神还乡的游子都可以在这里暂时卸下世俗的枷锁，从鲜香活色的自然生命中感受到慰藉和引发对生命意义的思考。为此村民们特别感念当年的老书记，20 年前，在建设现代化汽车城的同时，就开始谋划筹建这座生态公园。而今千家山已成为青口人最钟爱的一处游玩健身地。

此地旧名"还珠里"，一个饶有诗意且意味深长的地名。"还珠"的典故出于《后汉书》。孟尝出任合浦郡太守，他勤政廉洁，保护生态，造福百姓，遂使远徙的海蚌重返合浦。而让一座荒山重新披上绿装，养护一方生态，展示一处风景，留住一片乡愁，不也正是"还珠"吗？

2023 年

东台的记忆

一个村庄的记忆，总会由道路开始。

古时的福州，西北高山重叠，溪流湍急；南面则大江横亘，给行旅增添了不少困难。因此，自宋代开始在官道上每隔 20 里设立驿铺。据《三山志》记载：福州南出莆田，凡五驿十铺。由莆田北行，第一站为蒜岭铺，之后是常思铺，翻过常思岭（今相思岭），则进入闽县地界。

连绵高耸的相思岭，是戴云山东行的最后脚步，却也是横亘在闽侯和福清之间的天然屏障。《榕城考古略》里有这样的文字："常思岭在方岳里，距（福州）城东南一百二十里，界于福清。高数千仞，袤二三里，又名'相思岭'。"关于这座山岭，民间流传着好几种故事，皆凄婉动人。而东台村的老人，讲述的故事似乎更加深沉。这个故事里的主角就是明代万历、天启年间两任首辅的福清名士叶向高。相传叶向高有一个他最钟爱的儿子，叫叶成学。明万历四十二年（1614），叶成学到京城看望父亲后回返福清，途中暴病死在这处山岭。叶向高闻耗非常伤心。后来，他几次路过这里，都要停下凭吊，悲痛不已。有说，福清地界原划在山岭的南面，因古人忌讳路死他乡，福建官员为宽慰叶相，便将县界移到岭上，且取名"常思岭"，并在这座山岭上设驿铺"常思铺"。由于"常思""相思"福州话同音，渐渐衍变成了"相思岭"。东台村就位于相思岭下。叶向高思子心切，亲自勘察地形后，选择东台村后的一处小山丘作为自己百年后的归宿之地。

这座小山丘正对着相思岭，背后则有七座连绵起伏的山峰呈扇形环抱，风水上称作“七星坠地”。从此，父子两人，在山岚烟霞中，朝夕对望，无言相吊。因了这段前尘往事，相思岭，从此才有了真正的相思意。

原本寂寂无闻的东台村，也因此名声大噪。毕竟，这里有明朝宰相的墓地。而叶向高，历官三朝，两入中枢，人品文章，独步当世。因此，400多年来，前来凭吊瞻仰的官绅士子不绝于途。

东台村是双江陈氏的聚居地。相传陈氏原籍河南固始，是唐末跟随王审知入闽的十八姓之一。陈氏最初辟土长乐鹤上，清康熙年间，由于人口增长，开基始祖陈兴开率一支族人从鹤上迁来东台村。历经20年勤劳创业，东台村五业兴旺，成为一座农商并举的富裕村落。至清乾隆年间，村庄迎来经济繁盛期，一大片建筑群随之拔地而起。这其中便有第四世族人陈永皇建造的一处大厝。它占地5000多平方米，正面两幢毗连，拥有通透二进近百间房，不仅供自己一家居住，还用于接待南来北往的官员和社会名流贤达，民间因之称为“官厅”。在古驿道附近的东台村建这样一处官厅，当然可以看出主人的用心。由于官厅地处要津，加之主人雅好交友，不少僧俗闻人都曾经是这里的座上客。陈氏大宅遂成为一处有着浓厚乡野情趣的地方庄园。宾客们都喜欢来这里吟诗作画，高谈阔论，寓目云天，优游林泉，度过一段无拘无束的浪漫时光。

官厅坐北朝南，带有典型的清代江南建筑风格，红墙碧瓦，高宅深院，雕梁画栋，古朴大气。宅前是一方大埕场，便于来客停车歇马。推开厚重的大门，进入庭院，只见回廊四通八达，连接着大大小小近百个房间。一二进各有天井，用于排水采光。三进为后花园，虽只剩断石残垣，但古木依然，可以想见当年花木葳蕤、曲径通幽的景象。正面大厅，更是布置得富丽堂皇，这里是主人接待达官贵人的场所，也是家族举行重要仪典的地方。

大堂的梁柱上镌刻着一副副对联，它们书写了陈氏家族的历史渊源和崇文重教的传统。如："派衍双江源远流长累代官裳绵世泽，堂依五岫地灵人杰盈厅诗礼振家声。"其中一副是明末画家王叶敏所题："德从宽处积，福向俭中求。"这正是陈氏族人立家的根本。

厅堂里还有一块横铺的斗灯形拜殿大理石，格外引人注目。村里的老人介绍说，过去每逢传统节日时，族里的晚辈都要一一站在这里向长辈礼拜。它又叫作"宽心石"。一旦遇到家族中子女有不规矩的行为，往往会被罚站在宽心石上，令其思过。这块宽心石，也成了走出村庄，旅居他乡的陈氏子弟终身不能忘却的记忆。

关于他们的先祖，陈氏族人流传着一段感人至深的故事。在东台村最初的开发时期，陈兴开结识了附近塘下、坑边自然村的王世盛和刘友道，三人意气相投，遂结拜为异姓兄弟。他们都认为应该靠互助的力量，相濡以沫，才能兴建新家园。从此，三村打破界限，同耕一片地，共饮一源水，一家有事，众人相帮，做到水土资源共享，实现共同富裕。多少年来，三村间来往频密，亲如一家人。三人作古后，根据他们的生前盟誓，后人将他们一起葬在相思岭的矮头山上。好让他们日日守望着山下唇齿相依的三座村庄，守望着他们的田园宅院，同时守望着各自族人和谐绵长的生活。

这是一个有故事有温度的村庄。因为这道山岭，因为这座古厝，东台鲜明的记忆，便不会褪色。

2018年

尤树的传奇

记得早些年从福州乘汽车到闽南，将出闽侯县境时，眼前会兀现一座大山岭，正踌躇间，只见公路已如一条灵蛇般钻进了大山胸腹，洞口上方镌有5个大字：相思岭隧道。这条隧道连同这座大山的名字，便深深地烙印在脑海里。后来，有了高速公路，在两道山岭之间，出现了一座尤树特大桥。汽车驶上大桥时，从车窗下视，峡谷深不可测，令人炫目。这座桥梁的跨度之大、墩身之高，成为我国当年桥梁施工中技术含量最高、难度最大的一座高架桥。而尤树的地名，也引起我的好奇。为什么叫作“尤树”，这里面难道有什么特别的意思？

近日到青口采风，人们告诉我，东台村有条尤街，曾经繁闹一时，有“小尚干”的称誉。我知道，闽侯尚干镇曾是乌龙江南岸最重要也是最繁华的农产品集散地，是远近驰名的商贸中心。能称“小尚干”，而且，当地民谚还有“先有尤街，后有东西台”之说，东台和西台都是大村落，可见尤街名气之大。

我们乘坐的小汽车顺着上升的坡道驶入村子。只见眼前一座白色的高架桥如同长龙般盘旋于村庄上空，仔细端详，分明就是那座尤树特大桥。尤树的名字又一次撞进我的脑海，尤树和尤，它们间有什么关系？

甫进村口，呼啦啦一下涌来了六七位老人，他们是应邀来向我讲述尤街历史的。这些80多岁的老人，回忆起当年尤街的繁华景象，不禁手舞足蹈、眉飞色舞。半个世纪前的记忆，在他们的心中依然那样鲜活。

尤街正当古驿道要冲。这条长三百多米、宽十一二米的街道上密密排列着两百多家商铺，有客栈、钱庄、米店、铁铺、酒楼、理发店、成衣店、青草摊，乃至棺材店，应有尽有。每天过往的行人不下千人，从早到晚，络绎不绝。最多的是各种挑夫，从北边大义渡口过来的，多是丝绸棉布米面和日用品，自相思岭南来的多是盐担和海产品。一上尤街，挑夫们全都来了劲，肩上的扁担上下晃悠，脚步声踩在石板道上，富有韵律般动听。街两边的店铺也各有各的招数，他们要千方百计留住行人，一时街道上，色彩纷呈，香飘四溢。

由于尤街来往的各色人多，便于掩护，中共地下组织遂将支部建在尤村，并利用街上的理发店设立了秘密联络站。

尤街的繁华一直延续到20世纪60年代。因为福厦路的开通，而且有了更先进的交通工具，这条古街就兹沉寂了，只留下一段繁华的记忆，还在这些老人们的心湖里，不时泛起涟漪。

而今，古街虽在，但已难寻昔日旧貌，让人不禁为之惋叹。不过，我注意到，街两旁的房子都钉着两副门牌，旧门牌上标“尤”，而新门牌上则标“尤树”。可知尤树和尤是同一个地方。

可是当我问及他们村名的来历，老人们全都摇头，说他们一出生下来，这里就叫作“尤”。

“1944年秋天福州第二次沦陷时，日本兵来过尤村，他们是从大义方向过来的。”一位老人回忆说，那时他已经10岁，印象深刻。顿时，好几位老人也都打开了记忆的匣子。据他们说，全副武装的日本兵来了大约有一个小队，在尤街驻扎了小半年。“日本兵的大皮鞋踩在石板路上，声音特别响。老远听到皮鞋声，商贩们就赶紧关了店门。南北的挑夫更是避之不及。他们到这里，主要任务就是强征附近村庄的民夫，上山砍伐松树，而后一批批运走。”“当年这里满山可都是好几百年的笔直大松树。”老人们感叹地说。我了解到，其时第二次世界大战已经接近尾声，日军正在作垂死前的挣扎，大量抢掠物资。松木是作坑道的最好材料，于是，相思岭一带的松树林，遭到了日军的无情洗劫。

我似乎明白了村名的来历。“尌”是闽浙一带方言用字，同树，在福州方言里，两个字不仅意思相同而且读音也相同。“尤”在古汉语里是突出之意。尤树，顾名思义就是特别高大的树。古代尤树村正当福州南向的官道上。查史志，宋代福建转运使蔡襄曾在这条道路上发动民众广种松树。松树高数十米，树龄可达千年以上，蔡襄的这次大规模植树，成就了相思岭的大片松林。

蔡襄本是朝廷谏官，因刚直不阿，引起仁宗皇帝的不快，将他外放，回福建出任地方官，先任福州知州，不久改任福建转运使。在任上他奏请修复莆田水塘，减征地方丁口税，重视发展北苑茶，后来在知泉州期间还主持修建了洛阳桥。做到为官一任，造福一方。由福州南下直到漳州的这条道路，是当时福建交通的主动脉，蔡襄经过实地考察，将道路全面整修，同时大力植树，既护路，同时庇荫暑天民众出行。百姓感念蔡襄的德行，赋诗歌颂：“道边松，大义渡至漳泉东，问谁植之我蔡公。岁久广阴如云浓……行人六月不知暑，千古万古长清风。”相思岭一带，更是林密树茂，尤树由此得名。

这个小村庄，也在不经意间，记录了一位古代官员的不凡政绩。

在老人们动情的讲述中，一个村庄曾经的故事，神话般缥缈，童话般美丽，让人咀嚼不尽、感怀不已。

2019 年

面朝大海

我们乘坐的汽车沿着龙高半岛的公路干线向东南一路疾驰。车速够快，但半岛的道路很长，车子驶过龙田镇、三山镇、高山镇而后又进入东瀚镇，道路还在前方延伸。半岛的形状正像一只巨型章鱼，伸出大大小小的触脚，海就在它的触脚下，形成一个又一个港湾。车窗外是迤逦起伏的山峦，大约因为海风大的缘故吧，山上看不到连片的树木，只有一块块大大小小裸露的石头，布满山坡，如同一群群石头的聚会。满山的石头，在蓝天白云下，忽然生动起来。它们或团团围坐一圈，谈兴热烈；或三三两两漫步山间，悠闲自在；或独卧草丛，酣然而睡；或昂首凸肚，仰天长啸……这里是石的家园，也是石的舞台，石们在这里尽情展示它们的个性，却让人看尽世间万千情态。这就是万石山，旧时福清的十景之一。万安村便位于万石山山脚的面海处，天生一个好港湾：两道长长的山隈，像两条柔软的手臂，紧紧地守护着这片大海。海面开阔，水色湛蓝，波平浪静。这里是天然的避风良港，台风来临时，港湾上千舟来集，帆樯如林，如同一次次海上盛会。而平日海上的捕捞和运送的货物，也会在这里交易。山海的际会，让这个小渔村，成为龙高半岛上一处重要码头。独具的地理形势，也赋予了它军事上的使命。在万石山的峰顶，至今可以看到烽火台遗址。万安烽火台曾是沿海 27 座烽火台中最大的一座。烽火台报警的浓烟，百里开外都能看到。而 600 多年前修筑的万安所城，就选址在这里，紧锁着海坛海峡南口。

明洪武二十年（1387），朱元璋找来屡建战功的老将江夏侯周德兴，让他经略福建。朱元璋对他说，现在天下虽然已经平定，但福建沿海，还有海寇时时为患。你虽然年岁大了些，我还是希望你能挑起这副重担，为我到福建走一趟。周德兴是一位军事工程专家，善筑城垣。他来到福建后，按照明朝制度，实行卫所兵制，加强海防。一面按照户籍征兵训练，一面亲到沿海察看，根据福建沿海海岸线曲折、山海相交地势险要的特点，规划选址，并调集福、兴、漳、泉四府匠役，费时10年，建成包括镇东卫城和万安千户所城在内的16座城堡。

万安所城依山傍海，全部以花岗岩方石构筑，十分坚固。筑城石材，就地取于万石山。城墙全长1733米、高5.3米，设有警铺13处、敌楼18座。城内依山势铺设了石板街道，两旁屋舍俨然。因所城的形状像葫芦，旧称“葫芦城”。可别看万安是座蕞尔小城，驻军还不足千人，但确是一座海防坚城。清代邑人涂之尧在其返乡时所著《故乡风物记》中这样写道：“万安城既以海为地，以山为郭，故刘香、郑芝龙盛时，连樯数万，兵甲曜日，屡攻万安不能一克。”尽管文字不多，但令人想见昔日炮火纷飞的激烈战况。当地文史工作者告诉我们，当时，郑芝龙的海上武装集团十分重视万安城的地理位置，重兵围困万安多日，但却始终不能得手。其中一个重要原因，是万安城内有充足的水源。我们从一处杂草丛生的坡地走下去，看到一面以花岗石錾成的巨大圆形井盖，井盖上有5个圆眼。这就是五眼井，又叫“龙井”，可同时从5个井口取水。井水来自万石山长流的泉水，永不干涸。雄奇的万石山，用自己宽阔的胸膛，保卫了家乡的土地和人民。

最让我们称奇的是，城内城外，不大的地方，却庙宇林立，有关帝庙、城隍庙、祝圣寺、观音阁、天后宫、临水宫、侯王宫、海潮庵和文昌祠等等。这是因为过去城内虽驻军和百姓不多，但来自多地，所以各种信仰和崇神习俗并存。而这也影响了附近村庄的百姓。

万安原本是一处繁盛的海上码头。清顺治十八年（1661），清廷实行海禁，万安城内居民被全部内迁，只留下守军，成为纯军事存在。但硝烟散去后，百姓陆续返乡，万安港又渐渐有了生气。

在所城外东南海边的一处小山上，屹立着一座七层八角的仿楼阁式花岗岩石塔，叫作“祝圣宝塔”。该塔于明万历二十七年（1599）修建。石塔历尽沧桑，经海风雨水侵蚀，塔身上的浮雕已经斑驳，抗战时期，还遭受过日本军舰的炮击，被毁去 3 个小角。但石塔巍然不倒，如同一位岁月老人，静静守望着面前的这一片海。

这座石塔也是万安港曾经岁月的见证。当年，这里的码头和渔市热闹非凡。于是，高耸的万安石塔，便成了海上的重要航标。远捕的归舟，过往的商船，只要看到石塔，就知道临近了福清地界。而这里宽阔而平静的港湾，也让船工、海客心间一阵阵温暖。

背枕高山，面朝大海。万安古城，书写了一段海上传奇。

2018 年

林浦纪事

去林浦，是为了看一座千年古村。这座古村落便坐落在南台岛的东北部，隔闽江与鼓山相望。

南台岛真是一片神奇的土地。滔滔闽江一路东去，遇南台岛被劈为两支，分为北港和南港。穿过福州城区后，两江在南台岛东端重聚，而后浩荡入海。有人将福州城区的形状比作一只大蜗牛，而南台岛就是这只蜗牛肥软的腹足。得益于江水的浸润，南台岛鱼肥花香树茂果丰，盛产荔枝、甘蔗、橄榄、柑橘、茉莉。而南台岛上的多处水运码头，更是福州城市达江通海的要津。林浦即是其中一处：洲渚绵延，河浦环绕，村舍俨然，古风悠远。

林浦原名“濂浦”，得名于村旁的一条浦江。后因迁入村内的林姓居民渐多，遂被叫成“林浦”。现今林浦分为 4 个行政村：绍岐、濂江、狮山、福廉。四村屋宇相接，比肩联袂，作为“中国历史文化名村”仍统称“林浦”。尽管只是闽江边一个普通村落，历史却在这里留下不容抹去的一笔。据《宋史》记载，宋德祐元年（1275），元军顺长江而下，占领南京。翌年元统帅伯颜率军攻陷南宋都城临安（今杭州），宋恭帝和太后被掳。德祐二年闰三月，张世杰、陆秀夫带着益王赵昰、广王赵昺到温州会同陈宜中等人浮海南下，到达福州。当时随行的军士有十数万，还有大批百姓。赵昰的船队进入闽江口后，张世杰看中了林浦独特的地理位置，这里江面开阔、河汉纵横，适合船队驻泊，遂下令在林浦的绍岐码头登陆。十万军兵登岸后，几天内便削平一座山头，驻扎了下来。宰相陈宜中手书“平山福地”四字，勒石立碑，期望以林浦为南宋小朝廷的复兴肇始之地。

陈宜中、张世杰、陆秀夫于是拥立赵昰在福州登基，是为端宗。不久，文天祥也赶到福州，共谋匡复大计。实际上南宋小朝廷，就一直设在林浦。林浦现存的泰山宫，相传就是端宗行宫。宫前的两棵千年大榕树，长髯飘拂，似在无声地诉说着前尘往事。当时这里叫“平山阁”，临江而立，堂宇巍然，视野开阔，遂被随驾的众位大臣选中，作为行宫。即便是这个末日王朝最小也是最简陋的帝王宫殿，每日朝会上也仍然充满争斗。历经千年岁月，这一段传奇故事早已湮没在历史的烟尘中，但泰山宫，依旧是羁绊远近旅人脚步的地方，在这里留下一缕思古之幽情。往泰山宫的左边侧门拐个弯，就来到濂江书院，这也是福州地区保护最完好的有近千年历史的宋代书院。南宋理学家朱熹曾在这里讲学，并留下“文明气象”的题匾。书院的主体建筑为文昌阁，红白色调呼应，映衬出濂江书院的古朴庄严。漫步村里，民居错落有致，道路整洁平坦。抬眼可见一座座白墙青瓦、飞檐翘角的古祠堂，它们记录着家族的过往，彰显着先辈的荣耀，也述说着人事的变迁。

让村民引以为傲的是林浦古街上的进士柴坊，自宋至清 800 年间仅林浦一村就出了 18 位进士。狮山村口树立着一面“尚书里”牌坊，这是明嘉靖皇帝为表彰林元美子孙“三代五尚书”“七科八进士”而修建的，说的是林氏一族，三代出了 5 位尚书，7 次会考，中了 8 位进士。在科举时代，留下一段佳话。而林翰还与儿子林庭机、孙子林爈相继担任国子祭酒。《明史》称：“三世为祭酒，前所未有也。”

林寿熙宅邸始建于清末，占地 5000 多平方米，是中西合璧的建筑典型。宽敞的中式庭院里可见高大的罗马式拱券和西式玻璃窗，精致典雅。林寿熙是林浦村的传奇人物。他从一个木材行的学徒当起，由于他聪明伶俐，又能写会算，深得老板赏识，很快提拔为掌柜，之后又被派去天津主持分号。经过几年打拼，林寿熙自己创办了濂记木材商行。他深入闽北林区，以低廉的价格收购木材，经福州中转，运往北京、天津高价售出，尤其是承揽修建颐和园的木材供应，积攒了巨额财富。而后在重修北京正阳门时他捐了一笔巨资，名动天下，被朝廷授予四品顶戴。

林浦村口有座北宋咸平四年（1002）修建的石桥，叫作“林桥”，至今仍是村民进出村子的必经道路。历经千年风雨沧桑的林桥见证了宋代福建石墩桥梁建造的成就。而林浦断桥似乎名气更大，也是游人一定会去造访的地方。断桥建于南宋绍兴三年（1133），毁于一场突如其来的洪水。现存3个桥墩。5条整石桥板长22米、面宽2.8米。桥石板上镌刻有“巨宋绍兴三年……”的字样，“巨宋”一词，也首次出现在世人面前。

村里还有唐代石塔、瑞迹寺、古炮台、古渡口……无不在述说着闽江水造就的一处传奇。而这传奇还在继续。

随着福州城市东扩南进，林浦已然置身于城区中央，周边高楼林立，大道通衢，车水马龙，一派繁闹景象。但林浦依然是村庄。村庄的样貌、村庄的气息、村庄的节奏，还有村庄曾经的故事，都牵拽着人们的脚步，暂时抛却身边的纷扰和烦忧，到这里享受一份宁静时光。更何况，这里有城市的一段历史、一条根脉，还是城市留住记忆的地方。林浦建有四正文化园。四正，源于林氏家训：养正心、崇正道、务正学、亲正人。公园的每一个角落，都流淌着正心笃学的传统文化精神。文化园里镌刻的那副千古名联：“进士难，进士不难，难是七科八进士；尚书贵，尚书非贵，贵在三代五尚书。”总让人为之驻足。

正因为此，这座闽江畔的千年古村，便格外让人珍视。

2024年

大地上的华美乐章

清乾隆丁巳年（1737）十一月的一天，天朗气清，和风轻拂。整个大地村笼罩在一片喜庆的气氛中。这一天，历经两年建设的蒋氏大祠堂落成。在震耳欲聋的锣鼓鞭炮声中，60岁的蒋士熊，神采奕奕，偕同众多乡贤款款步入宽阔气派的大祠堂。面对着众宾的祝贺，他宣布，即日起，要在大地村建一座风雨不移、匪盗不侵的坚固大寨，让蒋氏子孙在大地世世代代安居乐业。

蒋士熊说到做到。他请来风水先生，勘察地理。根据风水先生的建议，他以重金换购原属刘家的蜈蚣山前的全部土地，并弃大寨而改建圆楼。按风水先生的说法，这里为“蜈蚣吐珠穴”，是极佳的风水宝地。蜈蚣山承接东南巨大山体，至此迭落成峦，支脉四张，确像一只耸肩欲跃的大蜈蚣。以蜈蚣山为依托，于山前三分之一处建一座圆楼大宅，面对笔架山，视野开阔，且左右两条曲水回环，阡陌连绵，生机盎然。可谓宜山宜水更宜人宜居。蒋士熊欣然采纳风水先生的意见，将新楼取名“二宜楼”，特地从闽西等地请来一批土楼建筑专家，精心设计和施工。

而今，我就站在北溪仙都镇的大地村，面前就是这一座气势恢宏的二宜楼。听着楼主绘情绘声的介绍，思绪一下飞到270多年前的那个如火的岁月，耳畔似乎响起了热烈持续的夯土声和激越昂扬的号子声，鼓鸣般隆隆擂响在大地上。

我曾到过永定和南靖，一座座圆楼、方楼以及五凤楼，散布在青山绿水间，让人赏心悦目。但第一眼看到如此壮观精美的二宜楼，以及紧伴在它身旁的南阳楼和东阳楼，仍然止不住心旌摇荡。

二宜楼楼主是一位富于激情的老者，对其先祖的仰慕之情，溢于言表。话匣子一开，便如滔滔溪水，不可遏止：

“很快，一船船白银自漳州通过九龙江北溪运抵新圩渡口，而后由挑夫经仙都到达大地。长长的挑夫队伍，行走在蜿蜒的山道上，一眼望不到头。这阵势，轰动了整个九龙江北溪。”

翌年七月，二宜楼破土开建。蒋士熊几乎天天守在工地上，好亲眼看着夯起的土墙一寸寸在增高。蒋士熊时人称“蒋百万”，是远近闻名的大海商。蒋家在厦门和漳州月港建立商埠，从漳州北溪将“泽春茗茶”运往台湾和南洋各地，又从台湾运回红糖。当时，一箱茶兑换一斗白银，利润十分丰厚。蒋氏由此发家。蒋士熊崇儒，经商讲究诚信，人缘关系很好，在北溪一带有极佳的口碑。他的经商要旨是：“异地换货，物丰于民，获利于众，施益于友，讲仁为本。”同时表示遵从官府规定，不与洋人作对。北溪各个码头的头领都与蒋士熊友好。至清雍正年间，蒋士熊已成为北溪富豪。蒋士熊审时度势，善于把握商机，当他得知刘铭传建设台湾遇到困难，便慷慨捐资支持。此举得到清政府嘉奖，赐官袍一套，给予封号，同时准许其自由出入沿海军营重地和港口售卖物资。蒋家的生意也因此越做越大。

在祖居地修祠堂、起大厝、福荫子孙，是蒋士熊的人生奋斗目标。现在，他正朝着这个目标一步步靠近。

“一开始，蒋士熊是想仿照军营的模式，建造一座防御型的坚固大寨。”楼主这样介绍。因为这在当时的北溪一带，是很常见的民居。其实，当时大地村刘张李蒋四姓都各建有一座土寨，不过，由于年代已久，均显残破。而蒋家建的灯火寨，也瓦倾墙圮。蒋士熊当然不满足于这样的居住条件，他希望新起的大厝，不仅外观美观坚固，能避风遮雨、防御匪盗，而且居住宽敞、舒适。而建筑高规格的圆土楼，让蒋士熊的造屋目标得到升华。

根据清代《漳州府志》记载："漳州旧时土楼尚少……嘉靖四十年以来，各处盗贼生发，民间团围的土围、土楼日众，沿海地方犹多。"而这个时期，漳州各地兴建的土楼，和倭寇的入侵抢掠有一定关系。

14世纪初，日本进入南北朝时期，封建诸侯割据，相互攻战。战争中失败的一些南部封建主为筹集资金，于是组织武士、商人和浪人到中国沿海地区进行武装走私活动，后来又演变成赤裸裸的登陆抢劫，史称"倭寇"。而由于海外贸易可以牟取暴利，我国沿海一些豪商大贾也组织起海上武装走私集团，亦商亦盗，及至发展到与倭寇相勾结，联合入侵闽浙等省，荼毒地方。倭寇被剿灭后，九龙江北溪一带，治安依然不太好。有钱人家造屋，首先考虑的还是安全。

二宜楼同样是将安全放在第一位。其外墙墙基以坚硬的花岗岩砌就，墙身上夯土，逐层收分。一般土楼外墙厚1米多，二宜楼外墙厚2.5米，这在福建土楼中也属罕见。而且外墙一至三层都不开窗。只在四层设小窗洞。在第四层还建有内环形通廊。一旦有敌情，楼内家丁们能迅速进入通廊把守窗口，居高临下向外射击，且能通过廊道互相增援。这种环形通廊的设计布局，比一般土楼更有利于防卫。

除此之外，土楼建有异常牢固的楼门，门上方有泄沙漏水的设备，用于灭火。还建有六处便捷的传声洞，用于内外沟通。同时还挖了一个秘密逃生地道，用于紧急关头的人员疏散。

之所以取名"二宜"，即宜山宜水、宜室宜家。二宜楼更将居住舒适，放在重要位置。其设计不同于一般土楼，整体构造兼有单元式和通廊式的特点，安排十分合理。二宜楼占地面积达9300平方米，整座楼分16个单元，共有213个房间。每个单元都有独立的空间和独自的楼梯上下，体现了个性彰显的福佬民系的土楼特征。

楼主的故事还在继续着：

“但蒋士熊没有想到的是，这座巨楼的整个建造时间竟长达35年。清乾隆甲子年（1744）67岁的蒋士熊病逝，由于事出突然，而蒋家4个儿子都在外经商，没有得力的人主事，土楼修建时断时续，加之资金不到位，以致陷入停顿状态。蒋士熊的夫人魏宝珠看到二宜楼的半拉子工程，心急如焚。于是她称病，将在外地的几个儿子全都叫了回来。她带着他们到工地上转了一圈，回来就是不说话，手里则紧紧地攥着一张纸条。纸条上是蒋士熊临终时的嘱托，上面只有一句话：齐心通力建好楼。当天晚上，蒋家召开家庭会议，决定遵照遗嘱，加快土楼建设。蒋家四兄弟，除四弟蒋登兰继续在外主持蒋家在国内外的实业和商埠生意，3位长兄全部回来参加土楼修建工作，由长子蒋登岸负总责。同时从厦门和漳州月港转回白银100担。经过10年的抢建，二宜楼终于在清乾隆庚寅年（1770）落成。接着又进行了3年内装修，于清乾隆癸巳年（1773）全部竣工。在举行隆重的仪式后，蒋家兄弟五代同堂一起住进新楼。”

在楼长的引领下，我们从厚实的正面大门步入二宜楼，展现在眼前的是一个宽敞的内院广场。这里也是昔日土楼人家日常交往和户外活动的公共空间。举凡节日庆典，大家便相聚在广场上进行集体活动。平时，儿童们多在这里结伴嬉戏，孩童们的欢笑声让土楼充满了生气。围绕着广场是一圈内环楼的大走廊，各家的老人们都喜欢在各自门前的走廊上摆张大躺椅休息、聊天，同时看着广场上的生动景象。场中有两口公用水井，水质清冽，至今可供饮用。现在，广场成了村里的流动商场，分布着许多摊位，一些村民在这里向游客出售当地的土特产和旅游纪念品。游人熙熙攘攘，煞是热闹。而今土楼的住户已经不多，但他们似乎乐见这样人来人往的景象，广场依然是整个土楼的活动中心。

二宜楼共分有4个大单元，是根据蒋士熊4个儿子分配的。这4个单元的房间三层以下是隔开的，只在第四层有一个环形大通廊，联结着各个单元。楼主介绍说，虽然房子的结构相同，但由于各个单元是相对独立的，所以各个单元的内部装修风格迥异，有的传统古朴，有的则趋向西化，反映了单元主人不同的审美追求。我们从一处入口进入单元内。入口处是一个独立的门厅，两侧分别是厨房和库房。内外环楼间有过廊，围合出单元内的小天井，过廊和天井之间以透空的木栅扇分隔。二、三层是卧房，四层为客房，中间一个大房间是各家设置的祖堂，也是各家议事的地方。

尤为别致的是，从二、三层内圈的墙上伸出了一道木挑廊，用于衣服的晾晒。而在四层的内通廊上，还有加厚的窗台，既可晒物，还可储物，可谓别具匠心。

200 多年来，二宜楼一直得到很好的保护。1904 年，土楼曾因蜡油失火，烧坏几个房间，但很快得到修复。1934 年，二宜楼遭民军围困 3 个月，但民军的大炮只在土楼墙上轰出几个洞，却始终进不了二宜楼。此后闽南一带到处传说二宜楼坚如铜墙铁壁，而且暗设机关扑朔迷离，谁都无法攻破。

我们还观赏了二宜楼内的诸多壁画、彩绘和木雕。其内容有山水、花鸟和人物故事，让我们领略到土楼主人们的生活意趣。二宜楼尤其重视教育，土楼内还设有专门的学堂。朗朗的书声 200 多年来从未中断过。

告别热情的二宜楼楼主，我们前往南阳楼和东阳楼。

南阳楼位于二宜楼东南侧约 150 米处，为蒋士熊的孙子蒋经帮于清嘉庆二十二年（1817）所建。南阳楼以二宜楼为蓝本，二宜楼建筑设计方面的优点尽皆吸收，所以有人称其为二宜楼的缩小版。但南阳楼在木雕、石刻用材上比二宜楼更讲究，因此也更精美。而且，南阳楼还是福建土楼中最讲究周边景观的土楼，不但门前有青山绿水，而且还有自建的后花园，与环境和谐呼应、相得益彰。

处于南阳楼西侧的东阳楼则是一座方楼，是蒋士熊的另一位孙子蒋宗杞所建。东阳楼与南阳楼阴阳相济，合取“天圆地方”之意。东阳楼与其他土楼最大的不同是窗户宽大，墙上不设枪眼。而且具有厅堂大、厨房大、卫生间大、住房小的特点。这说明土楼的建筑理念已不再囿于防御，而在于追求居住舒适。东阳楼在200年前的华安山区出现，当是土楼建筑史上的一场革命。

3座土楼，出自同一家族，但各有各的特点，让大地上的这一建筑群，更其多姿多彩。

人们都说建筑是凝固的乐章。200多年来，大地上的这3位土楼家族的成员，正以满腔热情演奏着土楼三部曲：二宜楼宏大壮阔，南阳楼深沉抒情，而东阳楼轻盈欢快。令每一个到访的游客，都沉浸在这静穆而华美的乐章中，受到深深的感染。此时我的眼前不由又浮现出270年前的那一幕。北溪大地上，一位闽南汉子的庄重宣言，终让一个美丽的梦想成为事实。

2017年

山长水远知何处

车子离开安溪县城，一路沿着西溪而行，直向戴云山深处去。放眼望去，到处是林立的山峰，重峦叠嶂，连绵不绝。整个戴云山脉给人的最初印象是那样雄浑又是那样质朴。那一座座高耸峭拔的山峰，似乎没有什么特别新奇的造型，好向世人夸耀；而且当峰峦被时浓时淡的云雾缠绕时，山的面孔便有些朦胧，似乎要着意隐藏起些什么。

我们要去的下草埔，位于五阆山麓的青洋村，是宋元时期的冶铁遗址。下了车，一行人沿着古道迤逦而行。山头上云飞云走，春雨淅淅沥沥，将周遭的景色晕染成一幅水墨画。一路上草木的清香，伴着潺潺溪水，让人胸怀大畅。

安溪自来是个神奇的地方。东晋末年，中原板荡，为躲避战火，大批士族望家陆续南迁至晋江，之后又有不断新迁来的家族沿着东、西溪继续前行。戴云山敞开胸怀，接纳了他们。林木郁茂的戴云山脉是众多河流的发源地。也是福建先民寻觅的安全栖息地。

山林深处的安溪，人烟渐稠。五代后周时，儒士詹敦仁不想在泉州当闲官，自请到僻远的南安小溪场任监事。数月后，他向清源军节度使留从效打报告，这份报告的内容被他写进了《新建清溪县记》中："万户置郡，千户置邑……小溪场西距漳、汀，东濒溟海……地广二百余里，三峰玉峙，一水环廻……土之所宜，桑麻谷粟；地之所产，麞麈禽鱼。民乐耕蚕。冶有银铁，税有竹木之征，险有溪山之固，不足县欤？敦仁奉命以来，既嘉山川雄壮，尤喜人物夥繁，请于郡太守县之。”不久，得到建县批复，取县名“清溪”。（北宋宣和年间更名“安溪”。）其时，安溪已有3000多户，近万人众。而安溪银铁矿的开采，也在这篇《新建清溪县记》中显现。

冶铁技术的发明与铁器的使用是人类文明史上的重要里程碑。中国是世界上最早掌握冶铁技术的国度，考古发现，最早的块炼铁铁器出现于公元前14世纪，而性能更为坚硬、耐磨的生铁铁器则出现于公元前8世纪。

而宋元时期，福建泉州是全国重要的铁产地之一。宋应星《天工开物》称：“西北甘肃，东南泉郡，皆锭铁之薮也。”

《元丰九域志》中说，当时泉州有安溪青阳、永春倚洋、德化赤水铁场，其中规模最大的当属安溪青阳。北宋初年，官府即在这里设场置署，派驻官员管理铁务。《宋会要辑稿》里还提到青阳铁场缴纳的商税远高于其他地方，可见这个铁场当时的生产规模。曾有人描绘当时的生产情景：“铁矿石是从四周近山开采出来，且有不少露天矿容易开采，运输路程短，燃料有山林，就近采伐。烟火弥天，铁流滚滚。”

呈现在我们眼前的是一面巨大的人工开凿的梯形山坡，也是一二期的考古发掘地，约1万平方米。板结的土层上坑坑洼洼，布满了古代冶铁遗迹，包括炉底、炉壁、炉渣、房址、锈蚀板结层、废渣护坡、铁水槽以及散落的金属器物、陶瓷器物和建筑构件等等。还有10余处古矿洞遗迹。2019年10月起，在国家文物局的统筹下，北京大学考古文博学院联合安溪博物馆对下草埔冶铁遗址展开考古发掘。经专家考察分析，认为下草埔遗址及其周边区域内，不仅有完整的“采矿—冶炼—加工—运输”的生产环节，且同时存在块炼铁冶铁和生铁冶铁两种技术体系。更让人称叹的是，当时工匠们将冶炼废弃物有序平整成多层台地，使得生产空间最大化。这在国际上为首次发现。通过考古发掘，专家们判定这些冶炼炉属于南宋时期，大多为矮竖炉，以块炼铁技术进行冶炼活动，在冶炼遗迹周边还发现较多炭屑炭块，推测当时使用的燃料为木炭。遗址内发现的铁矿石包括磁铁矿、黄铁矿等。磁铁矿呈黑色，矿石品位多数较高。

但下草埔冶铁究竟始于何年，史籍无考。青洋村98%以上村民姓余。余姓先祖在南北朝和唐代时从江苏下邳南迁入闽。据《清溪青阳余氏族谱》记载：其一世祖为余叔昉，是北宋景祐四年（1037）从漳州迁来青洋的。村里老人们总会津津乐道地讲述这样一个发现者的故事。余叔昉曾是一位驰骋沙场的军官，戎马半生，与金人多次厮杀。晚年离开军队后，他徜徉山水，寻找隐居之地。一次他在戴云山游历时，看到九车溪里漂着一些菜叶和食物残渣，断定附近必有人家，出于好奇，缘溪而上，意外地发现了有人在山中冶铁，炉火熊熊，铁花飞溅。军人对铁器有一种本能的亲近。他踏勘了这一带的山岭后，了解到这里蕴藏着丰富的铁矿石，遂决定举族迁来此地，一边种地，一边发展铁矿业。余叔昉曾写有一首七绝诗：《闲隐青阳》："久抛弓箭作耕夫，闲步青山冶铁炉。信使直须求野草，鸱皮幸不殉江湖。"描述了他择居是地的心情。余叔昉并在山中建一座谏草堂，在山中定居。同时招募四方工匠前来，进一步扩大冶铁规模。

青阳余氏，自兹开始了他们的创业历程。随着鸡鸣犬吠，炊烟四起，课读之声也在村庄上空缭绕。他们不仅带来了先进的耕冶技术，同时也带来了浓厚的商贸文化，在青阳落地生根。

这时，闽铁已经开始向国内其他地区乃至东南亚流通。《淳熙三山记》载，宋时江南地区严重依赖福建盛产的铁制品，称"福建路产铁甚多，客贩于诸郡"，"生铁出闽广，船贩常至，冶而器用"。

自唐五代开始，铜铁等金属器和陶瓷器已成为海上丝绸之路贸易的主要产品。据《岛夷志略》记载：泉州海船行商涉及海外200余处，其中将铁制品作为贸易商品的国家或地区就有48个。

铁材最初的用途一是农具和生活用具，如锄犁和铁锅；二是兵器，如刀、剑、戟等。而当铁与火药结合，就成了威力强大的热兵器。火药发明于隋唐时期。而中国热武器的出现则较晚。南宋开庆元年（1259）宋军与蒙古军在安徽寿春展开一场激战。寿春军民研发了一种装填火药和铁弹的管状武器叫“突火枪”，这是世界上第一种可以发射子弹的步枪。这种武器的出现着实让蒙古人吓了一跳。铁也以子弹的形式第一次跃上中国战争的舞台。

之后又出现了手铳和火炮。在实际使用中，军工们对铁材的质量有了新的要求。

福建出产的闽铁以质量优良著称。在明代的文献记载中，闽铁质犹，为军工良材，似已成一种共识。如《神器谱》载：“制铳需福建铁，他铁燥不可用。炼铁，炭火为上。北方炭贵，不得已以煤火代之，故迸炸多。”“制炮需用闽铁，晋铁次之。”

安溪青阳铁场由于靠近晋江西溪的多个渡口，交通十分便捷。加之矿石资源丰富，山林燃料取之不尽，因此发展迅速。因为铁场的兴盛，还带旺了附近的几座村庄。

明代之后，由于海禁等影响，青阳铁场逐渐衰落。《安溪县志》记载：“青阳铁场，北宋庆历五年（1045）前置，清废。”可知，即便是到了明代，青阳铁场已经盛况不再，但铁业生产还在继续，直至清代废止。

不过，民间冶铁以及制作铁艺的传统已经根植于这块土地中。1000 多年的冶铁光芒一直在青阳所在的尚卿乡闪耀。现在尚卿乡许多村庄生产的精美藤铁制品，远销海内外，这里因此被誉为“中国藤铁工艺之乡”，绝非偶然。

2022 年

树大根深

山长水远，树大根深。

一个地方的繁盛景象大凡展现在城市：高楼林立、车水马龙、灯火璀璨、市声鼎沸……城市如同一棵大树的遒枝茂叶，显示勃勃生机。但它的根仍在乡村，根系绵长，延展在岁月漫长的风雨中，在山一程、水一程，极目无限的远野里。

此刻，我们正是要去探访这样一个小山村，它过去叫“梅岭”，现在分为梅林和隆美两个村落，是闽中田氏的祖居地。我们乘坐的汽车驶出大田县城，往西南方向疾驰。公路傍着一条清冽的小溪，在峡谷间左右盘旋。这条溪发源于戴云山脉，一路向东向北，穿过千山万壑，经过一个个村庄、城镇，而后在尤溪口汇入闽江。1000多年前，梅岭田氏的先人正是沿着这条小溪上溯而行，他们扶老携幼，跋山涉水，直往戴云山深处去，只为寻找一个和平安定的家园。

自“安史之乱”开始，中原板荡，战火遍地燃烧，田园荒芜，百姓涂炭。于是许多人将目光投向山峦重叠的南方，为躲避战乱，舍弃家园，举族迁徙。他们翻过武夷山脉，又进入闽中腹地。和每一个入闽的家族一样，他们的步履艰辛而目标坚定。对他们来说，只有高耸入云的大山，只有茂密接天的树林，才能安抚他们的一颗颗惊魂。戴云山敞开胸怀，接纳了他们。

梅岭田氏，自兹开始了他们的创业历程。随着鸡鸣犬吠，炊烟四起，课读之声也在村庄上空缭绕。这些北方移民不仅带来了中原先进的耕作技术，同时也带来了深厚的华夏文化，在梅岭落地生根。

在梅林村办公室里，我看到了一本因年代久远且保管条件不善，已经被蛀虫严重蛀蚀的宗谱。这里记载着一个家族的历史。细心的田氏后人正是从这本字迹漫漶的宗谱中，整理出田氏入闽的沧桑历程，再现1000多年间的一个个生动故事。而赫然在目的田氏祖训，更是一个家族在这片古老土地上踔厉奋发的见证，也是它生存和发展的秘密。

为规范族人的行为准则，田氏先人制定出严格的祖训家规。田氏宗谱开宗明义，指出："家之有范，犹国之有宪，毋论贤不孝偕束缚于法令中，莫敢逾越也。是故先王治国必先教家。"将教家放到与治国同等重要的位置。而敬祖宗不忘本、讲孝悌和人伦、重师道精学业、为廉吏重政声、睦乡党求平安……这一道道家训，言之凿凿，可遵可循。在这样浓厚的文化氛围里，梅岭成为大山深处的道德之境、义理之乡，同时从这里走出了一个个品学兼优的经世之才。而"梅岭三田"，正是他们中的代表人物。

在梅林村的小广场上，我们看到了3尊石雕像。从左至右是田一儁、田顼和田琯。3位梅岭英才，冠带齐整，静静地站立在群山环抱的古老村庄里。1000多年前，他们各自满怀抱负，相继从戴云山深处走出去，他们的人生轨迹叠印在万里征途。但家乡人民听得到他们远行的每一声脚步，看得到他们为百姓劬劳的每一个身影，并为他们久久地骄傲。

关于"梅岭三田"，乡间至今流传着许多动人的故事。

田一儁少负才名，22岁参加乡试，即取得第一名，5年后赴京参加会试，又斩获头名，世称"解元公""会元公"。他当过明万历皇帝的侍读学士，历任翰林院编修、国子监祭酒、礼部右侍郎及左侍郎，是皇帝身边秘书班子的重要成员。

他一生为官清廉，道德文章，名震一时。在翰林院时，皇帝曾派他出使淮藩，藩王送的礼品一概不收。皇帝称赞其“耿介之姿，渊醇之学……”，给予很高的评价。万历朝张居正为相，雷厉风行地进行改革，推行“一条鞭法”，下令在全国统一丈量土地，增加税赋；同时设立随事考成制度，考察监督各级官员。国家财政及军事局面有所改观。但万历十年（1582），张居正去世后，皇帝亲政，纲纪废弛，朝廷积弊丛生。田一儁心急如焚，他不断向万历皇帝进言，并上呈《回天变正人心疏》《用财疏》等奏章。特别是《用财疏》，针对当时各级官员奢侈浪费的现象，提出“量民置官，量官受事”的精简官僚和节约开支的建议：一曰慎取用，二曰省浮费，三曰汰冗员，四曰惩赃吏，五曰核边费，六曰止侈靡，七曰清异教，八曰议钱币，九曰端好尚。每一条都是他在详细调查后总结出来的。尤其是第九条，在全国树立良好风尚，体现了他一生的追求。田一儁由于操劳过度，死在工作岗位上，终年51岁。他为官20多年，没有积蓄，死后家里萧然如寒士。皇帝感其忠诚，诏赠礼部尚书，谥文洁先生，并派翰林学士董其昌扶柩归葬。可以说，朝廷给予的礼遇，十分崇荣。

家乡百姓感念他，还因为他入朝做官后，仍时时牵挂着大田百姓的生活疾苦。大田因为地处偏远，交通不便，百姓吃盐特别困难，要翻山越岭，到数百里外的产盐地高价购买，然后肩挑背驮运至大田。为此他特地写了《大田盐议法》上奏朝廷，得到皇帝恩准，在大田设立盐行，解决了当地百姓食盐之难。

田顼中进士后，最初当的是户部官员，曾奉命办理九江税务，因廉洁奉公，政绩显著，数月后调任南京兵部主事。但究其一生最耀眼的还是办教育，为国家培养人才。在任湖广提学期间，他先在黄陂扩建二程书院，后又在九江兴办濂溪书院。他亲自制定学院招生细则，为家境贫困的读书人广开大门。前来求学者络绎不绝，成为当时的一大盛事。来自荆州的张居正也在这时候慕名而来，并得到田顼的赏识，后来成为一代名相。田顼博学多才，以诗文名世，他“文崇先汉，诗类晚唐”，与当时福建的张紫溪，湖广的张治、廖道南，并称为“晚明四才子”。他办书院总是亲力亲为，不惮劳苦。为弘扬理学，田顼写下《太素集》二卷，亲自登坛教于学生。

田顼辞官后归隐尤溪。这里是田氏最初的落脚地，也是他青年时踏上宦途的起始点。流经家乡的均溪，正是从尤溪口汇入闽江。山峰穆穆，江水滔滔，先生之风，山高水长。他在尤溪创办了荆山书院，继续他终日诲人不倦的教学生涯。

最让乡人津津乐道的是田琯的故事。田琯一生官职不算高，却是一名始终为百姓办实事的地方官员。他在出任浙江新昌知县时，了解到当地一处重要水利灌溉工程“孝行碶”年久失修，每当干旱时节，水渠断流，严重影响农业生产和百姓生活。为此，他经过深入调查，制定了“均水法”，发动民众投入劳力修渠，以投工多少，作为分配水的根据。他自己还带头捐出俸禄。经过大规模整修，灌区内的农田全部变为膏腴之地。他还发现县城西郊的农田，常被洪水侵袭，大水来临，百亩农田即成滩地。于是，他派员督工修筑河堤，以杜水患。老百姓十分感激。在田琯调离新昌时，为他在城中画像立祠。

梅岭人更喜欢将田琯作为青年人励志的榜样。因为与田一儁、田顼的少年得志不同，田琯出身贫寒，起步也晚，38 岁才中进士，从知县做到云南兵备副使等职。年轻时，他生活十分困苦，在大仙峰崇圣书院读书时，因为买不起荤菜，他便用木头雕刻成一只鸡腿，每日就餐时，躲到一个角落，装出一副啃鸡腿的样子。后来被同学发现了，却由此传为美谈。

田琯 30 多岁了才娶妻，而且还是身体有缺陷的大龄女子。但老丈人不待见他，于是演绎了一出出嫌贫爱富的故事。比如，老丈人的寿宴，大女婿、二女婿因为送了厚礼，都被安排到上席。而只送一副对联的田琯，便只能坐到厅堂的下埕。在厨房帮忙的妻子看到，怒不可遏，一把拉起丈夫就走。作为故事里的主人公，田琯受尽委屈，却从不气馁，依然刻苦努力，终于实现自己的人生目标。在乡人的眼里，田瑄不仅励志，还是一位知恩图报之人。在他困难的时候，大嫂曾经暗地里资助过他。大嫂家取水不方便，他当官后，拿到薪俸，第一件事就是倾资为大嫂住的村子修一条水渠。这条水渠，不仅便利了村民的生活，还灌溉了全村的菜地良田。

“天下无山高戴云，低吟犹恐九天闻”是田一儁的诗歌名句。而今，行走在戴云山间，仿佛看到这一位位从山村里走出的读书人，胸怀大志，意气风发，却始终不忘祖训，一步一个脚印，将自己的人生轨迹，深镌在那一本已然发黄的宗谱里。

山长水远，树大根深。在古老的梅林村，在 3 尊静静矗立的石像前，在一方碧绿盈盈的荷池旁，我如是想。

2018 年

拍天长浪记东冲

黎明即起，我们一行乘中巴车前往东冲半岛。倘若照原先的安排，我们是坐海军的登陆艇绕半岛一匝，可以面对面地观赏半岛美丽的沙滩、树林和古堡。但因此时，台风“罗莎”已逼近台湾，而且根据台风的行进路线，气象部门预测，这只强台风还将在福建北部到浙江南部一带登陆。毫无疑问，东冲半岛正处在台风风圈半径之中。虽说台风未到，但风的气息已越来越浓。天空中布满阴霾，时不时落下几粒豆大的雨点，像是某种警示信号。海上风力开始增大，所有的船只都接到了回港避风的通知。坐船游览半岛的计划只好取消。

东冲半岛，形似一只巨蟹的大螯，在波涛汹涌的东海划了一道美丽的弧线。这道弧线足足有50公里长，竟圈出了将近百万公顷的浩大水面，依次是东吾洋、官井洋、覆鼎洋和三都澳，概称“三沙湾”。有了这只大螯的环护，三沙湾从此波澜不惊。

半岛面积约285平方公里，比一个东山县还要大。但最狭处宽仅一公里，站在高坡上，可以领略内外两面大海的不同风光。半岛上由北向南，顺序排列着4个乡镇：沙江镇、长春镇、下浒镇和北壁乡。

沙江镇位于半岛的北端，景致别具特色。车子先向东行，左边窗外是起伏不尽的墨绿色的荔枝林，树林背后青山耸立，一派山林风光；右边却是一大片一大片的浅海滩涂，滩涂上，遍插着渔人晾晒海带的竹竿，浅海里，则是一口口网箱。

坐船虽然轻松些，可以从海上尽收半岛旖旎的姿采；但乘车也有乘车的好处。汽车穿行于山野、村镇之间，似乎能更多地感受到人和大自然的和谐相处。半岛与海岛不同，半岛依托着坚强的大陆，即便它深深地楔入大海，周身披满浪花，仍然是陆地的延伸。半岛人家大凡来自内陆，他们循着山走，却渐次来到了海边。

半岛的居民们辛劳而快乐地享受着山和海的赐予。特别有趣的是，这一线的村镇名都带有一个“江”字：沙江、竹江、涵江、洪江……“门前流水，可耕可渔。”海流至家门口，便成为温顺的江，成为他们永难忘怀的父母之乡。

过了洪江不远，便是半岛最狭窄之一的渔洋埕。公路沿着半岛的走向陡向南折，车子先后经过长春镇和下浒镇，抵达最南部的北壁乡。

北壁乡位于半岛南部，形似大鳌坚硬的钳嘴，与罗源的鉴江半岛一北一南，拱卫着三沙湾，使偌大的海湾，只留出一道深且狭长的三都澳口，供船只出入。相传宋末，端宗皇帝的船队在南逃途中就曾登陆半岛作短暂停留并补充淡水和食物。端宗登岸的地方原名“驻跸”，后改称“北壁”至今。一段遥远缥缈的历史，一次短暂的落日余晖，却让半岛上的居民为此津津乐道了 700 多年。

由北壁乡治所在地向南行约 5 公里可到东冲口。东冲口位于半岛的顶端，半岛因之得名。这里历来是海疆锁钥。清雍、乾时期，设有千总把守。清光绪年间，设海关总口。1934 年，民国政府在这里设东冲镇。东冲成了出入闽的一个重要口岸，同时也是繁华的集镇。当年东冲海关帮办吴仰贤，目睹洋货如海潮般汹涌而来，民族工业遭受重创，为此痛心疾首，愤而去职。临离开东冲时，他慨然写下“国货救国”4 个大字镌刻在海关旁虎头岗的断崖上。半个多世纪过去了，东冲海关和这里曾经的一切荣辱盛衰都成了历史，但断崖上的大字还在，在猎猎秋风和滚滚海涛中诉说着一个不甘沉沦的民族良知。

按照计划，从北壁回城途中要另道去大京海滩的。据说大京海滩长3000多米，细沙如金，美不胜收。此外，附近还有建于明洪武年间的军事要塞——大京古堡，历经600多年风雨，仍保持完好。可是遇到修路，加之大雨时倾，到处是没胫的泥浆，汽车走了一段，车轮一再打滑，不得不原道折返。

一行人还在为道路遗憾，高罗海滩已出现在我们眼前。天色将暮，在渐渐密集的风雨中，不经意间，我们观赏到东海波涛一番壮阔的景象。这里已是外海，水天相接，苍茫一线。正是涨潮时分，海滩尽没。但见一道道长浪从天边翻卷而来，波涌滚滚滔滔、层层叠叠，仿佛一匹匹烈马正尽情地在无垠的海面上奔腾、追逐、嬉戏。风夹着雨斜斜地抽打着大海，有如一条条皮鞭在驱赶着波浪，于是波浪们纷纷奋勇向前，直向海岸扑来。前面一排波浪近了，已经听得到它们的嘶鸣声和喘息声。但就在接近海岸的一刹那，不知为什么，它们骤然停住脚步，海面上顿时树起一道浪墙。而背后的波浪却一下收不住脚步，只能高高地跃过前面波浪的脊背，溅起簇簇白色浪花，冲天而起，发出轰然巨响。前波尚未歇止，后波又到，于是，又一排波浪被高高地掀起。

大家都忘情地欣赏着这半岛上的波浪奇观，全然不顾雨水和浪花打湿了头发和衣裳，甚至忘记了强台风即将到来。

是东冲半岛，将一阕轰轰烈烈的洪波曲，演奏得这样激越、这样生机盎然！

2007年

大龙的风采

远远地前方田塍上出现了龙的身影，先是高昂着的龙头，摇头晃脑，威风凛凛，嘴里含着一颗熠熠发光的大红珠。接着龙身出现了，糅着起伏的蓝波浪纹样，一节连着一节，蜿蜒盘曲，一眼望不到头。此时鞭炮齐鸣，鼓乐欢奏，巨龙仿佛受到感染，腾挪起伏，活灵活现，顷刻间变化出各种姿态。巨龙所到之处，人们围观若堵。还有不少人群，簇拥在龙的身旁，相随而行。游龙队伍浩浩荡荡达数里之长。巨龙转过山坡田畴，迤逦向着村庄而来，一路穿街走巷，家家门前燃松明、点香烛、摆果茶、放鞭炮，迎接巨龙的到来。最后，巨龙游进镇政府大院。这时，夜幕已经降临。巨龙体内的烛光大放光芒，将大院照得透亮。七八百米长的龙身在院内被盘成几大圆圈。大院内人山人海，人们举着手里的照相机、摄像机拍录下一幅幅大龙的生动剪影。游龙至此形成高潮。

这便是连城姑田每年正月十五游大龙的盛况。

可惜我们来时，还不到游龙时节，自然无法感受到那一种万众欢腾的节日氛围。但在中堡的华氏宗祠，看着四面墙上张贴的游龙照片，听村民们绘声绘色地介绍当时的景况，依然可以想见这一盛大民俗活动给人们心灵带来的强烈震撼。

姑田是连城东部重镇，地扼整个闽西的东北大门。其东面与永安的小陶镇接壤。发源于玳瑁山的姑田溪更是一路向东，汇入闽江最长的支流沙溪，因此，这里自来是闽西客家人东向的出入要津。

连城本作“莲城”，以境内有莲花潭得名。由于地方僻远加之山高林密，一向有绿林啸聚，动乱不止。尤以宋淳祐年间，罗天鳞聚众起事，声势颇大，一度占领县城。朝廷出动大军，才得以平定。朝议以乱起草寇，宜去草从连，遂改为“连城”。而姑田正当玳瑁山腹地，山岭重叠，沟壑纵横，溪流密布，是连城重点林区，有“九山半分田”之说，因此田地十分珍贵。相传当地一少女出嫁，其姑赠田一丘作为陪嫁，一时传为美谈。这也是姑田得名的来历。其中心村庄为上堡、中堡、下堡，显见过去为防匪患，村中寨堡林立，民风亦以剽悍著称。

地处山间盆地之中的姑田还是闽西著名的文化之乡，出产纸质薄韧、颜色洁白、吸水性强的连城宣纸，素为远近书画家所珍爱。由于造纸业发达，产品远销海内外，客商云集，经济繁荣，故有“金姑田”之誉。民间书画社也盛极一时。这些，都为制龙画龙游龙创造了必备条件。

游大龙是姑田最有影响的民俗活动，据说，起源于明万历年间。相传下堡村的邓应在广东潮州做官时，其弟邓恭的儿子到潮州探望伯伯，看到当地元宵节盛大的舞龙表演，十分振奋。于是连夜画成图样，之后带回姑田仿制。翌年，姑田邓屋村在元宵节期间，首次出现游龙活动，从下堡游至中堡，引起极大轰动。但最初的游龙，规模很小，龙身也偏短小。由下堡开始，几年后，中堡、上堡各村也纷纷效仿，一时，姑田的春节游龙，成为各姓氏竞赛式的民间活动。龙头越做越大，龙身越做越长，擎龙的人数也越来越多。游龙时，铳炮齐鸣，声势浩大。演变至清乾隆年间，经过多次改进，姑田的游龙，场面益发壮观。大龙龙身达 800 多米长，游龙队伍绵延数公里。

最盛时，姑田曾有 12 条大龙，分布在上堡、中堡、下堡、华垅、长较等 11 个村庄。近年来，姑田游大龙的条数逐渐减少，只剩下中堡和下堡的 3 条龙，依然活跃。

关于姑田的大龙，乡间历来有这样的评价。邓屋的龙，“老得好”。因为邓屋游龙，年代最悠久。且邓姓和蒋姓合擎，龙头龙尾照轮流，600 年来，迄未改变。中堡的龙，“长得好”。中堡的龙由华、江二姓合擎。随着人口增长，龙身也逐年增长。从清乾隆年间开始，改为一姓擎一年。为了保持“长得好”，两姓还立下规矩，不论江姓或华姓出龙，均需 100 桥（节）以上。姑田游龙曾有 3 次世界之最，都是华氏出龙。2012 年，姑田游大龙以 791.5 米的长度，成功打破台湾在 2011 年创造的 204.53 米最长花车游行吉尼斯世界纪录。华坑的龙，“高得好”。华坑的龙每节大小、长度与其他村一样，但它起游时的高度惊人，比其他村的要高好多。华坑人擎龙特别有功夫，一股狠劲令人叹服。龙头不用绳索牵引，龙腰不用插袋，起脚时靠双手硬擎，擎龙人只在腰间系条腰带，一路昂首阔步游来，实在壮观。因此华坑的龙不仅“高得好”，而且“游得好”。下堡周、黄两姓的龙“画得好”。周、黄原来是游花灯的，后改为游龙。他们的龙画，好似举办农民画展一样，其画面如“双龙戏珠”“丹凤朝阳”“梅兰竹菊”“牡丹芍药”“八仙献宝”“仙姬送子”“雄鸡白鹤”“奇花异卉”“鲤鱼跳龙门”等深受观众喜爱。画工技艺代代相传。所以自古至今他们的龙都被誉为“画得好”。而城兜陈、江、杨、李四姓大龙“抬得好”。城兜的龙要游行于河旁，走很长的田间小道，但始终秩序井然，围观的人群都不断为他们叫好。

姑田的游龙活动，都是两姓、三姓合擎一条龙，这些合擎龙的姓氏之间关系都很好，从未发生过宗族械斗。如华、江两姓，几百年聚居在一起，双方相处关系非常融洽。大龙每节由 5 位青壮年轮流抬举，而硕大的龙头，则需 8 人共擎，1 人前方看路，3 位精壮汉子用力擎住龙头，4 人从四面拉住拴绳，以保持平稳。

春节一过，姑田家家户户就开始忙于抬竹、备龙板、扎龙。大龙制作工序相当复杂，有 15 道之多。龙板每节长 4 米，龙头高达 2.4 米，长 7 米，龙口内含一颗大红珠，龙身上更是色彩斑斓，写上诗词，绘以彩画，或贴上剪纸，让人赏心悦目。

中堡的华、江两姓向来是游大龙的主力。但谁擎龙头、谁执龙尾需由拈阄而定。两姓约定，每 10 年为一届，拈阄一次。各姓选出代表，于正月某日到某姓祠堂拈阄，用筷子从米筒中夹出一个阄，当众展看是何年的天（代龙头）、地（代龙尾），然后记载在红纸上。拈阄结束后，放铳炮表示一锤定音，当即生效，不容更改。

年三十子夜，由龙头、龙尾两村各放三声响铳，发出接公爹的信号。随后，由龙头村组成的锣鼓队，沿途敲打，并带上香烛纸炮，前往上堡公王庙迎接公爹（地方保护神），将公爹安放在自家扎龙头的祠堂里。而公爹要等到游龙完毕，才送回公王庙里。

正月十五下午 3 时后，举行祭龙仪式。祭龙前要在龙头和龙尾前宰猪、杀大公鸡。下午 4 时许出龙。这时，各家制作的龙腰，都到祠堂集中。5 时许，在震耳欲聋的铳炮声中，游龙开始。鼓首班走在龙头前，龙头灯开路，大龙擎起向前蠕动，龙腰则边走边接，大龙时快时慢向上堡方向游去。游龙总时长约 8—9 个小时。

正月十六上午，大龙又从祖祠前起游，经中堡街，直上公王庙。到庙门口，大龙向公爹点三下头，之后逆时针由外向内绕圈子。龙腰则边走边拆，直到拆完。这时龙头再次向公爹点三下头才算落地归根。人们将龙头卸下，与龙腰、龙尾一块烧掉。但龙头和龙尾上的龙珠不能烧，要留下做纪念。至此，游龙活动全部结束。

擎龙也是一项极好的体育锻炼活动。擎龙时迈开桩步，气沉丹田，双腿稳健下蹲，这是擎龙的基本功。而双手、双脚、双眼、双肩和头部，一身都要活动。若遇上刮风，更是对擎龙者身体的考验。一节龙上百斤，此时得双脚用力，叉开八字步，双手紧扶龙棍，使龙不致被风吹倒。因此，为了游好龙，村里的青壮年平时都要进行训练。一场游龙，组织之严密、制作之精细、训练之艰苦、声威之浩大、影响之广泛直如一次体育盛会甚或军事检阅，同时还是宣示乡邻和衷共济的友谊之举。其意义早就超出欢度节日本身。

离开姑田，游大龙的盛大场景依然在我的脑海里不断叠现。这个延续了600年的民俗活动，总让人不禁思绪纷飞，为之动容。

2020年

闽道咏叹调

《山海经》载："闽在海中，其西北有山。"或许，这处文字表述的正是古代闽地的对外交通状况。其实，这一状况，长期未能得到改变。自西汉以降直至民国，中央政府和福建地方当局的政务往来，大多还是通过海路。汉时东冶港是一处重要海港，当时交趾（越南）七郡上交朝廷的贡品，便是由东冶港转运去的。三国时，孙吴政权在福州设典船校尉，负责建造海船并管理海事。公元 910 年，后梁太祖朱温封王审知为闽王，派翁承赞为册封副使，翁便是从汉口坐海船到福州的。他有一首《汉水登舟先寄闽王》的诗："汉皋庭畔起西风，半挂征帆直向东……"完成使命后回去，也是从福州坐海船到广陵（江苏省扬州市）。

然而海上风涛，变化莫测，海难时常发生，让人思之惴惴。连江筱程镇上有一座大王宫，供奉晋代的两位朝廷官员，据说就是死于当地的一次海难。可是陆路呢，更被视为危途。因为福建的自然环境，北有仙霞岭、西有武夷山、南有博平岭，峰峦耸立，蜿蜒边境，形成与邻省的隔绝状态；中有鹫峰山、戴云山两山脉，从东北至西南贯穿腹地，沟壑纵横；东面沿海还有峻峭的太姥山脉。民间素有"蜀道难，闽道更难"的慨叹。

北宋熙宁年间曾任福州知州的文学家曾巩在他的《道山亭记》中这样描绘闽道之难行：道路如同绳索一般弯曲狭小，而且遍布碎石，"负戴者虽其土人，犹侧足然后能进，非其土人，罕不踬也"。即使是当地百姓，踮起脚步才能前行，不是本地人，很少不摔跤的。诗人陆游因得罪秦桧被黜，于公元 1158 年到宁德任主簿，一年后，改任福州决曹掾。从宁德到福州，如果乘坐动车，只要半个小时，可是当年陆游需要徒步翻过飞鸾岭、北峰等多座大山，在路上整整走了 4 天。由于山路多石，以致鞋底都磨穿了。

这是 900 多年前宋代的道路情形，那么到了 300 年前的清代，交通状况又是怎样呢？福州地处闽江下游，除东南方向可以利用海港对外交通外，民众若与内陆或浙赣粤三省来往，就必须登山涉水，艰辛备尝。清代康熙、雍正年间史学家蓝鼎元关于当时福州与邻省的交通路线，作了这样细致的描述：“自浙入闽，以仙霞关为孔道，由浦城泛舟下建宁（今建瓯）过延平抵福州水口，皆崇山狭流，乱石布水面，急滩险绝，篙师失手，铁船亦碎。自浙东海岸温州入闽，由福宁、宁德、罗源、连江至省城，皆羊肠鸟道，盘纡陡峻，日行高岭云雾中，登天入渊，上下循环，古称蜀道无以过也。自江西入闽，一由河口逾崇安，过武夷山，下泛建阳，会于建宁。一由五虎杉关，蹦光泽，下邵武，过顺昌，会于延平。一由瑞金，逾汀州，泛清流，下九龙滩，如高屋建瓴，从山巅跌船下幽谷，奇险甲天下。其欲避九龙滩，则走将乐，与建、邵二溪相须，皆会延平。由汀州陆路至漳州，必经上杭、永定，岭高径危，与福宁道上相仿佛，可由漳州、同安、泉州、兴化抵省城。自广东入闽，由分水关过诏安、漳浦，从漳、泉、兴化一路直达省城，虽不通河棹，又有坡岭弗利轮辕，然闽地坦夷，仅此途千里而已。广东又有小路，由三河、大埔逾石上，入上杭，水浅舟小，满载不过三四人，鞠躬桎足，行者苦之。然经连城，逾小陶，顺流下延平迳达省城，仕宦商旅皆由焉。”

道路甚至改变了战争的结局。1926 年秋，国民革命军北伐进展迅速，吴佩孚、孙传芳相继溃败。何应钦率北伐军一部向福州挺进。情势危殆，北洋第四方面军总司令周荫人急电在漳州的第一军军长张毅率全军立即回防福州。11 月中旬，张部开拔，由于道路不畅，直到半个月后，才抵达乌龙江南岸。然而，北军刚刚渡过一个旅，意想不到的事发生了，江上突然驶来两艘炮艇，朝南北两岸北洋军队猛烈炮击，接着又有两架水上飞机飞来助阵，用机枪向江面扫射。原来驻守福州的北洋海军就在两天前起义，投入北伐军阵营。友军转眼成敌军，张毅只好放弃渡江，改变行军路线，最后陷入北伐军包围，以致全军覆没。要是道路通畅，早到两天，结果可能就不一样。

山峦、河流，是闽道中绕不去的话题。在闽剧和民间说唱词中，更少不了对山川道路绘形绘声的描述。

福州评话中有一段“里京路引”，生动地讲述了古代福州士人赴京赶考必经的线路：

“乌龙过江三角埕，城门、黄山乡下路。后琯直拔白湖亭，下渡红墙十锦庙。梅坞过岭仓前桥，中洲、大桥设税馆，中亭街鱼货两边排……吉祥山下铸铜锣，茶亭粉店多热闹。福德桥边祖庙前，六柱、洗马、九仙铺，斗中街一派做头梳……安泰榜眼坊石座，南街七巷双门前……到任桥过总督口，鼓楼顶挂时辰牌。府前街过渡鸡口，定远桥、皇帝殿、西门街。西峰里直出西关外，眼看就是坂头桥。西门半街卖果子，柴巷行过接官亭。打铁桥过将军山，凤凰池过祭酒岭。举目看见张经墓，再行三里洪山桥。妈祖庙前忙下水，王店、淮安在面前。桐口、甘蔗、竹岐所，叶洋、白沙、大目溪。梅埔十里闽清口，走过瓜园日西斜。大箬、小箬相连里，起站五里安仁溪。转弯牛头、水口站，再进峨洋、古田溪。又过谷口将军庙，跳过双溪到尤溪。九里行过白沙铺，再行三里岳溪桥。经过葫芦山一座，举目看见七里亭。七里过去延平铺，延平过去鸭蛋滩。塔头对面莲花石，梅岭下头老鼠滩。太平桥过是洪口，建宁五日到浦城……”

不仅仅是士子赴京赶考，不少官员上任或致仕，走的也是这条路线。水路从福州洪山桥直到浦城鱼梁驿，最快也要 12 天，而后便是崎岖的 200 里仙霞古道。作为水陆中转站，地处鱼梁山下的鱼梁驿旅店毗连、商号密集，曾经繁闹一时。鱼梁驿、仙霞岭，也因此留下大量文人咏叹闽道的诗篇。比如清代袁枚的《过仙霞岭》二首："乍上仙霞岭，遥山渐莽苍。梯田高下种，环水往来忙。峡束人如小，云封路觉长。舆夫先敛足，取势作低昂。乱竹扶人上，蒙茸但见烟。千盘难度鸟，万岭欲藏天。古树拿云健，重门铸铁坚。分明两戒外，别自一山川。""千盘难度鸟，万岭欲藏天"恰是闽道艰险难行的写照。

但即便是这样一条曲折迂回的山道，还是1000多年前黄巢农民起义军开凿出来的。黄巢为进占福州，率部从浙江衢州开山路700里至建州。这一次大规模的军事行动，成就了一条出入闽的陆上通道。

道路，道路，开辟四通八达的通衢大道，成了几千年来闽人的梦想。

身处海外的福建乡亲，对家乡的道路尤为关切。1920年，在海外华侨的推动下，闽南泉州和漳州间，各出现一条公路，这是福建最早的公路。虽然里程很短，且互不贯联，但产生影响甚远。漳州始兴汽车公司、泉州泉安汽车公司等民营汽车公司也相继成立。而政府路政机构呢？直到福建结束北洋军阀统治，组建第一届省政府时，才在建设厅系统下于1927年8月间，成立了省公路局，下属漳龙、莆仙、延建和泉永4个分局，开始公路建设。福州则成立福峡、福马两个工程处，直属省公路局，分线施工西洪（西门至洪山桥，是福延公路的首段）、福马（福州至马尾）、福峡（福州至峡兜）、福湾（福州至湾边）4条公路。虽然这4条公路里程都很短，却连接四处码头，是福州出城和出省的重要通道。但就是这几条总里程还不到100公里的公路，竟用了六七个年头才修建完成。

因为这一时期，福建政局持续动荡，各地多处在驻军、民军的割据之下，公路建设也四分五裂，形成无政府状态。由于工程没有统一的计划，不特施工因陋就简，而且修路如遇到山岭河流，必须开山架桥，或由于资金不到位，往往就被搁置下来。如福州到莆田公路，中间隔着一座相思岭，就拖延了好多年。通车时沿线还有许多桥梁没有架设，水浅时，在河底行车，浪花四溅；水涨时则断绝交通，让人望路兴叹。

1934年至1935年的两年间，是福建修建公路历史上的一个重要时期，工程进度比之前快了很多。比如由浦城经建阳、建瓯至南平的全程230公里的公路，只花一年多时间就完成了。这其中有重要的军事和政治原因。1933年底，十九路军在福建组织福建人民政府，蒋介石为对付“闽变”，要调遣军队由闽北迅速推进福州，派军委会南昌行营军路处处长陈体诚随军抢修浦南公路。筹款派工，都得到军事当局的大力支持，所以工程进展很快。接着，为着军事需要，陈体诚又主持修建了南平经永安、连城至长汀的公路。当时称这两条公路为“军路”，中央和地方各级政权都全力以赴。

与此同时，省建设厅成立汽车管理处，福建开始出现有官僚资本参与的公营汽车。

但不久抗战爆发。福建沿海一带公路，全部遭到破坏。日军占领福州后，为防止日军沿公路向内地进犯，守军将福州通往建瓯和泉州的公路切断，桥涵被炸毁，路基被掘成壕沟。福州和内地的公路往来交通全部中断。这是“国难日”也是福建公路的“路难日”。至抗战胜利时，福建公路已是满目疮痍。加之管理不善，每逢雨季，公路常遭水患，有时几个月无法恢复交通。当时民间流传着一首关于公路的打油诗：“一程二三里，陷车四五次，沟渠六七行，八九十人推。”

为了修复福厦公路，有关当局报请上海的救济总署拨出美援约值20万美金的物资，包括筑路机车、压路机、碎石机、搅拌机等60多台，由登陆艇运至乌龙江畔。但修复工程进度既慢，质量又低。最后处于半停顿状态。直到中华人民共和国建立后，公路建设才得到飞速发展。

至于福州城区的道路呢，民国之前，福州街道都是狭窄的石板路，最大的南街也只有一丈多宽，交通工具仍然保持着中世纪的马和轿，但骑马的人毕竟不多，能坐得起轿子的人就更少了，一般老百姓就只能靠两条腿走路。由万寿桥至城里，中间会经过一个凉亭，轿夫们常在凉亭里休息，由此带动该处休闲经济，后来这里竟茶馆林立，“茶亭”也由此得名。福州市民习惯称鼓楼为城里，因此早期的福州城区不大。随着城区向南扩展，尤其是台江和仓山的繁荣，呈长条扁担状的市区格局对道路的需求便显得格外迫切。

1914年，许世英任福建巡按使时即倡建从水部门、王庄、南公园到台江万寿桥的马路，这也是福州市区第一条马路。全线桥梁有14座，桥的坡度都比较陡。后来成立的汽车公司招揽乘客的广告词中就有这样一句话：“请尝十四桥风味。”接着又筑了一条从南门沿茶亭、洋头口转经国货路到南公园的马路，把它与从水部到大桥的线路连接起来。有了道路，汽车公司也应运而生。1920年，由官商合办的延福泉汽车公司成立。第一个动作就是向上海购买旧客车8辆，经修整后，其中4辆行驶于南门至大桥之间。这是福州有公共汽车之始。当时的马路既窄且弯，到处坑坑洼洼，坐在汽车里，颇觉颠簸。路面多系沙土，晴天车子驶过尘土飞扬，雨天则泥泞不堪。

到1928年，开辟吉祥山时，修建了鼓楼通往南门的马路，并向南直伸到南台，过万寿桥至仓前山，这也就是今天八一七路的前身。

1930年，延福泉汽车公司因资金缺乏，车辆得不到补充，一度停业。一些商人另组建复兴汽车公司，承办福州市区公共汽车业务，添购新车12辆连同旧车共24辆在城区行驶。抗战期间，因汽油和配件困难，行驶车辆缩减为每天6辆，并改用木炭为动力。1941年，日寇占领福州，复兴公司不愿与日本人合作，将一部分车辆毁坏，一部分退往内地，经理郑劈山因此被日寇杀害。自此之后，福州公共汽车绝迹于市。抗战胜利后，直到1946年3月才部分恢复运营。

翻阅福州交通史，那旧日的一页页，印满了先人艰辛而又坚忍的脚步，显得那么沉重，却又耐人寻味，掩卷既久，仍忍不住发出一声叹息。

2016年

波黑二题

莫斯塔尔

清晨，我们乘坐的旅游大巴离开黑山南部的滨海城市布德瓦，前往一个神秘的国度波黑。布德瓦让我们领略了一个生机盎然的黑山共和国。这个只有63万人口的蕞尔小国，因为山，因为海，以及和睦的民族关系和开放姿采而活力四射。现在，这里成了欧洲人最为青睐的南部度假地。布德瓦有新老两个城区，老城保护得很好，是一处面朝大海的中世纪城堡，低矮的城门洞外就是蔚蓝色的大海，海滩上游人如织，花花绿绿的太阳伞下是密匝匝的躺椅。他们在这里享受着轻柔的海风和和煦的日光浴，一边欣赏着音乐，一边品尝亚得里亚海的珍馐。一处处餐馆则藏身于古城幽深的巷道里，不时可以看到忙碌的侍者端着食盘灵巧地弯身钻过门洞，而后一一送到海滩上游客的手中。海鲜的清香，被轻风吹送着，四处飘散，让人倍感亚得里亚海的丰饶和慷慨。顺着长长的海堤道路，10分钟可达新城。新城街市上人流涌动，酒店、商场林立，显示着一派勃勃生气。布德瓦与黑山的另一座旅游城市科托尔毗邻，只是隔着一条长长的山间隧道。这两座姐妹城，串联起黑山的静好时光。

历史上，科托尔城一直是黑山通往克罗地亚和波黑的重要孔道，也是黑山边防的坚固屏障。洛夫琴山高耸于亚得里亚海畔，雄拔的山体，像是一群浑身涂着橄榄油的巨人正围成一圈角力竞技，巨人们的身下，形成了一个弯而长的峡湾——科托尔湾。峡湾深入内陆达 32 公里。峡湾北岸山势峻峭，山石黝黑，“黑山”由此得名。黑山民族向来以英勇善战著称，得益于峻峭的洛夫琴山，黑山也是巴尔干半岛上唯一未被土耳其征服的国家。科托尔古城墙就蜿蜒在面海的陡峭山坡上，向人们描绘着过往的铁血岁月。此时汽车正是沿着科托尔湾这面陡峭的山崖缓缓盘旋而上，从车窗下眺，黝黑的石灰岩崖壁下是一汪汪碧蓝的海水，波光粼粼。一座座红瓦斜顶的别墅，掩映在青绿的橄榄林间，如同一幅徐徐展开的风光画卷，让人赏心悦目。

离开黑山边境，进入波黑，导游的神情一下变得肃穆，反复叮咛在穆斯林地区要注意的事项。原本喧闹的车厢里霎时安静下来，谁也不说话，只听得“沙沙”的车轮声，急促而单调。大巴穿行在山谷丛林间，窗外的风景很美。正是暮春时节，山坡上野菊花开得热烈，黄灿灿的一片连着一片。不时，还可以看到落玉溅珠般的瀑布活泼泼地在峭崖边嬉戏。但这块山峦起伏、风光旖旎的土地，注定是一处血与火交织的伤情之地。

6 世纪至 7 世纪时，西边的克罗地亚人和北面的塞尔维亚人，先后迁徙至此。而东方的奥斯曼帝国，早就觊觎着这片土地。随着土耳其战车的隆隆推进，跟随军队而来的是大量移民。土耳其人占领波黑后，在这里大力推行伊斯兰教，规定只有穆斯林方能进入上流社会。其他民族则受到不公平待遇。他们被课以重税，只有改信伊斯兰教后才可减免。民族间的矛盾，日益尖锐。近百年来，在这片土地上发生的大大小小的战争断断续续连绵不绝。尤以 20 多年前，那一场惨绝人寰的波黑内战，让人们从此记住了巴尔干的苦难。

自 1991 年 6 月起，南联盟开始解体。作为前南 6 个共和国之一的波黑，3 个主要民族穆族、克族和塞族发生严重分歧。穆族和克族主张脱离南联盟独立，而塞族坚决反对。1992 年 3 月 3 日，波黑议会在塞族议员反对的情况下宣布独立。塞族立即宣布成立波黑塞族共和国，脱离波黑独立。3 个民族间的矛盾骤然激化，并导致波斯尼亚战争爆发，27.8 万人被夺去生命。

由于在边境过关时，耽搁了些时间，我们到达波黑南部城市莫斯塔尔时，已是午后 3 时。我们在老城用餐，天不作美，下起了滂沱大雨。走出餐馆不远就是那座闻名遐迩的古桥。尽管雨势很大，但阻挡不了游人的脚步，更掩盖不了古桥的妩媚。这座通体洁白如玉、曲线轻盈柔和的石拱桥，犹如一位风姿绰约的丽人，正惬意地躺卧在清澈的内雷特瓦河上，魅力十足。只一眼，便让人目夺心摇，不能自已。石桥的设计，匠心独具，仿佛天造地设，与河流两岸的街道自然对接，在碧蓝的河水之上，画出一个满月般的圆。又像一只巨大的宝瓶，一时让人觉得，那浓如醇酒般的河水，正是从这只瓶口里喷涌而出。

位于老城中心的古桥，是当地居民的骄傲。莫斯塔尔，土耳其语即为“桥的城市”，这座小城，一直以来因其古老的土耳其风格的房屋和这座造型优美的单孔拱桥闻名于世。石拱桥由奥斯曼帝国苏丹苏莱曼一世于 1566 年下令建造，是当时世界上最宽也是最高的石拱桥。建桥花了整整 9 年时间，如同一个精心打造的艺术品。关于这座古桥，民间流传着一个个动人的故事。有说，根据奥斯曼苏丹颁行的律令，在建的桥梁如果坍塌，则建筑师须受死。因此，在桥梁将要合龙的最后时刻，建筑师哈杰鲁丁已经做好了心理准备，一旦失败，就从高达 20 米的桥身上跳下去。还有说，石拱桥建成后，当地居民看到高高拱起的桥身却不敢走。于是，哈杰鲁丁在桥下的拱洞里整整待了三天三夜，静听桥梁的动静。最终，他成功了。石拱桥的风貌与周围的山川景色及以石头为主体的房屋、街道和谐呼应，古朴典雅。站在桥上，放眼望去，两岸耸立的教堂和清真寺，还有大粒鹅卵石铺砌的街道，与桥梁融为一体，仿如一幅 16 世纪波斯尼亚的风情画。17 世纪时，奥斯曼旅行家瑟比勒曾这样动情地描述它：“桥从一面悬崖延伸至另一面悬崖，就像伸至空中的彩虹一样……”2005 年，莫斯塔尔桥被联合国教科文组织列为“世界文化遗产”。

发源于大山深处的内雷特瓦河穿城而过。河水清澈而湍急。蓝盈盈的水色，犹如流淌着一河的翡翠，看一眼都让人心醉。而两岸老城的一片片民居，颇富中世纪的情调，斜顶红瓦，比肩接踵，屋墙下挤出窄窄的鹅卵石巷道，起伏弯曲有致。巷道两旁则排列着密密的小商品摊位，挂着当地生产的形形色色的工艺品，其中有一些是用战争时期遗留下的子弹壳制造的。稍宽敞处还设有露天咖啡座。有意思的是，莫斯塔尔虽然只是一座人口仅 10 万的小城，却也是多民族的聚居地，而波斯尼亚人和克罗地亚人的社区正是由这条河流分开。桥头两端，则各建有一座石砌的碉楼，碉楼是战争年代的产物，曾是两岸彼此敌视的眼睛。而今，硝烟已然散去，穆族的碉楼也改其功能为小型桥梁博物馆。但以桥中心为界，穆族和克族平时不相往来。

1992 年波斯尼亚内战期间，作为波黑南部重镇的莫斯塔尔也成为各方势力争夺的目标。一开始，是波族、克族武装联手对抗塞族武装。小城也因此遭到以塞族人为主的南斯拉夫联邦军队的炮轰。在北约的干预下，塞族军队被迫退去。但旋即又演变成波斯尼亚人和克罗地亚人之间的战争。1993 年 9 月 9 日，莫斯塔尔古桥被炸毁。1994 年停战之后，波族和克族人的居住区正式分离，各自居住在河流两岸。人们将沉入河底的桥梁断件一件件打捞上来，损毁严重的，则重新采石，而后细心比对，顺序编号。莫斯塔尔古桥依照原样修复了，根本看不出被破坏的痕迹。但我们注意到，在桥头堡的碑座上有人用英文写有这样一行字：不要忘记 1993 年。文字上方赫然立着一个冲锋枪的子弹匣。

而今，波黑已无战事，但一座古桥，则成为波、克两族的楚河汉界，一水之隔，如同天堑。战争的裂痕已然深深地嵌印在人们的心底，再也无法抹平。

萨拉热窝

我们是在夜幕低垂时分抵达波黑首都萨拉热窝的。奔波了一天，在宾馆早早歇下，第二天，用过早餐，便集合到老城游览。大巴停在米里雅茨河边，对岸不远处就是老城。说实在的，这座中世纪的古城给我的第一眼印象、第一个感觉有些特别，整座城市的基调是灰色的、阴沉的。那天不太晴朗，天空是灰蒙蒙的，乌云低垂，道路是铅黑色的，混凝土路面上几乎没有标志，路两旁的建筑物大多也都披着灰色的外装，规整但单调。大概刚下过大雨，流经市区的米里雅茨河水十分浑浊，灰黄色的河水流过同样是灰色的石桥和堤岸，这么多灰色连成一片，让人有一种沉重感。此前，我到过欧洲的一些国家，不说丹麦、荷兰、德国、意大利、西班牙的许多城市，入目则是大红、大黄、大绿，色彩丰富，仿如童话世界一般活泼动人。就是紧邻的黑山小国的城市，如波德戈里察、布德瓦等也大多色彩明丽而喧闹。而萨拉热窝的早晨，却是如此安静，安静得有些沉闷，一副表情迟滞的神态，好像一个大创初愈的病人。20 多年的疗伤，这座饱经战火的城市，似乎还很难一下提振精神，恢复她往日的风采和笑靥。

远远地，一辆有轨电车从新城方向驶来。电车枣红的车身上倒是髹漆着大块黄色的广告，那近乎夸张的色彩，与眼前城市的景象不很相称。不过，有轨电车也曾是萨拉热窝人的骄傲。1885 年，欧洲全日制的有轨电车在这座城市里率先使用，一直运行到现在。

我们沿着河边走，前面不远处就是拉丁桥。1914 年 6 月 28 日，奥匈帝国皇太子裴迪南大公在参观军事演习后和妻子乘坐一辆敞篷汽车进入萨拉热窝市区，驶近拉丁桥时，汽车转弯减速。这时一位 19 岁的塞尔维亚青年普林西普冲上前去，向裴迪南夫妇开枪，两人双双毙命。就是这场刺杀，导致了第一次世界大战的发生。事件发生的第二天，奥匈帝国向塞尔维亚宣战，并请求德国皇帝威廉支持。而英法俄则坚定地站在塞尔维亚一边，组成协约国军队。

波黑全称为“波斯尼亚和黑塞哥维那”，是巴尔干半岛上的一个山国，也是一个多民族和多信仰的国度。其中穆斯林约占人口的一半，塞族占三分之一，其余为克族。三大民族三种信仰，彼此难以融合。中世纪以来，随着拜占庭势力的扩张，这里成为基督教内部斗争的舞台，信奉天主教的西部和信奉东正教的东部彼此对立。1453 年，东罗马帝国被奥斯曼帝国灭掉，这里又成为基督教和伊斯兰教斗争的前沿阵地。三方为争夺生存空间冲突不断。最终在 1992 年爆发了惨绝人寰的内战。首都萨拉热窝，位于群山环抱的萨瓦河畔，多硫黄温泉。当年奥斯曼帝国占领波黑后，对萨拉热窝的地理位置十分重视，在这里投下重金进行建设。萨拉热窝，土耳其语意为宫殿。1461 年，土耳其人修建了供水系统、带屋顶的巴扎和公共浴场，1531 年，建造了巴尔干半岛上最大的加齐胡斯雷夫清真寺，后来又增建了图书馆和伊斯兰学校以及萨哈特库拉钟楼。萨拉热窝以大巴扎和众多清真寺闻名伊斯兰世界，成为奥斯曼帝国在巴尔干半岛上仅次于伊斯坦布尔的第二大都市。1660 年萨拉热窝人口已超过 80 万人。1992 年，萨拉热窝经历了现代战争史上时间最长的围城战。塞族军队占据了城市周围的山头，并架起重炮。城内的穆族和克族居民为躲避战火，纷纷逃离。

而今战争远去，只留下一段刻骨铭心的记忆。

萨拉热窝老城的商业街至今依然保持着昔日的风采，这也是老城魅力所在。铜匠街、锁匠街、鞋匠街、裁缝街……每一个行当分区，让人很容易便能找到自己要去的地方。这里多是手工作坊，千百年不变的工匠品质，使得老街的每一条巷弄都充满了神奇的诱惑力。

人们在大巴扎，不会迷路，因为有萨哈特库拉钟楼，钟楼的造型，像一把利剑，直插苍穹。但在内战时期，钟楼也成为狙击手们最理想的定位坐标。当时，谁也不敢从钟楼下面经过。因为扑向这里的子弹，都像是长了眼睛似的。

离钟楼不远的街道上，还有一条用白漆刷上的分界线，十分醒目。这是克族和穆族的分区标志。就如莫斯塔尔古桥一样。虽然战争已经过去20多年了，两个族裔的人群仍然保持着彼此的距离。不知要到什么时候，这道鸿沟才会消弭。毕竟那段炮火的记忆太过残酷也太过深刻。

著名的狙击手大厦就坐落在新城。当年，从这座大厦的窗户里伸出的是一支满含仇恨的枪口，望之让人生畏。我们乘坐电梯上了大厦顶楼，想找个地方歇歇脚，顺便俯瞰新城市容。

顶层是一处健身房。不想，在这里值守的只是一位十五六岁的小姑娘。当她听明白了我们用简单英语单词和手势表达的意思后，便领着我们来到窗户旁，那里摆放着一张大沙发。她示意我们可以坐下来休息，接着又主动为我们买来两份咖啡。我们在这里休息了半个小时。直到我们离开，她都没有说一句话，但她的眼神里却充满了善意和对年长者的关切。

于是，在我的脑海中，这位小姑娘的身影便是萨拉热窝留下的最柔美的一道色彩。

2021年

夺自大海的家园

汽车驶出阿姆斯特丹，沿着运河疾驰。车窗外的景色变得绚丽多彩。让我一下想起印象派画家们的画，莫奈的、塞尚的、高更的……那鲜艳丰富、对比强烈得有些夸张的，似乎只存在于童话中的色彩原来并不是画家的臆造，而是大自然的原色。

荷兰是欧洲最美丽也是最富饶的国度之一，但与其他国家不同，这片美丽和富饶并非完全出自天然，而是荷兰人世世代代围堤筑圩垦海造田的结果。荷兰人最引以为傲的一句话就是："上帝造人，而荷兰人造地。"的确，世界上没有哪一个国家像荷兰这样，年年月月和大海搏斗，生生从大海的巨口中夺回将近一半的国土。

荷兰国土面积仅有 4 万平方公里，却有四分之一的土地低于海平面。而占全国人口 60%的人口就在这片低洼地上生活和工作着，同时创造出一桩桩让世人钦羡不已的业绩。

我们是晚上到达阿姆斯特丹的。一打开宾馆的电视机，便是一部荷兰的旅游风光纪录片。虽然听不懂解说词，但蓝色的运河、青碧的牧场、古老的风车和绚丽的鲜花把我们带入童话般的世界里。

第二天一早，我们便登车去阿姆斯特丹北郊看风车村。道路两旁都是一望无际的牧场，三三两两黑白相间的牛群悠闲自得地漫步在广袤的牧场间，如诗如画。谁能想到，这一片平畴绿野原本也是大海的一部分。纵目远眺，眼前是一幅幅天然的荷兰风景画。虽然时令已届初冬，看不到鲜花，但明亮的天际，如茵的草地，悠悠的白云，波光粼粼的湖泊和潺湲的水渠，都让人着迷。围海造地形成了一个个湖泊。风车村便是一座临湖的村庄。3座巨人般的大风车威风凛凛地矗立在湖边，每座风车足有六七层楼高。其实这里的风车已不复使用，但它们站在那里，便是一段历史的见证。

荷兰人与海搏斗，靠的就是这一座座古老的风车。他们先朝浅海里抛下石块，筑成堤坝，而后便用这一座座巨人般的风车将堤围内的海水排干，再种上芦苇，一年后放一把火将芦苇烧掉，开挖排水沟渠，就造成了今天的良田沃野。

而今，大大小小的风车依然耸立在蓝天白云下，它们是荷兰的象征。

这是一个多么顽强的民族，在与大自然的搏斗中，荷兰人锤炼出了坚强的性格和宽阔的胸怀。16 世纪，荷兰曾受西班牙统治，17 世纪成为海上殖民强国。但好景不长，18 世纪初，又在法国统治下成为荷兰王国。尽管历史上荷兰也曾扮演过海上殖民者的角色，然而，一次次遭受强敌侵略和压迫，到底让荷兰人明白了和平和自由的珍贵。

阿姆斯特丹是荷兰的首都。阿姆斯特是河之意，丹是水坝，阿姆斯特丹便是指在水坝上建起来的城市。这座城市的大部分地方低于海平面 1—5米，是一座名副其实的海底城市。当冬季涨潮时，北海海面竟与城内二层楼房齐高。全靠坚固的堤坝和抽水机，才保住城市免遭灭顶之灾。全城有运河 165 条、桥梁 1281 座。纵横交错、密如蛛网的运河把城区分割成许许多多的小岛。城市的街道、商店、教堂和住宅都是建在这些小岛之上。走在大街小巷，随处可见水色悠悠。不经意间，一艘艘乳白色的游艇从身边悄无声息地驶过，像一条条白色的大鱼，掀起微波细浪，让人赏心悦目。

阿姆斯特丹给人的印象是整座城市像座博物馆。人们精心地保护着市中心的 6700 栋 17 世纪时期的建筑物，不使它们受到丝毫损伤。300 多年过去了，这一幢幢比肩接踵的巴洛克式建筑，依然光洁如新。它们站在街道两旁，像是精心挑选出的仪仗兵。没有高低错落、长幼胖瘦、崇卑雅俗之分。不过这些房子的外形看似相同，实际上屋顶的造型和窗户的样式却互有变化而且外墙涂饰着不同的色调，排列在一起，让人感到一种规整、和谐的美。临街房子的门面都很小，显示出谦逊和礼让。其实，这是当年市政部门的绝招：按门面大小收房屋税。于是形成这样的建筑格局。

达姆广场，是荷兰首都阿姆斯特丹的发轫地。整个阿姆斯特丹市区像个巨大马蹄印，这是因为它是以马蹄状的运河为基础发展起来的。而达姆广场正处于诸多运河的交汇点上。这里是全市最热闹的地方，全国性的庆典都在这里举行。广场中央矗立的战争纪念碑是为两次世界大战中的牺牲者而建的。对面是富丽堂皇的王宫。这座1665年建在13659根木桩之上的王宫，被称为建筑史上的“八大奇迹”之一。人们曾抽检过其中的一根木桩，仍完好如初，整座建筑毫无下陷的危险。荷兰王室现在住在海牙，这里只是国王接见外国使节的地方。广场是用30万块石头铺成的，显得非常古朴和典雅。每天，广场上总是游人如织，这里也是街头艺人最佳的表演地。全身涂满油彩的打扮得如雕塑一样的艺人，有的就站在路旁，他们一动不动，而生性胆小的小姑娘却偏偏爱找魔鬼照相。当然，这是要付费的。广场上的建筑物像一个个巨人比肩而立，但却没有谁想过把对方压垮。正是因为它们的谦逊和礼让，才构成了如此巍峨而又如此和谐的景观。

阿姆斯特丹老城的街道很小，大都是单行道，交通却秩序井然，看不到塞车现象。

荷兰是一个只有1500万人口的小国，然而，这个小国之民却常常做出一些惊人之举。填海造地自不用说，即便在二次大战时期最艰难的日子里，荷兰人也能够迅速医治战争的创伤，恢复哪怕只是短暂的和平和宁静。大战初期，荷兰曾遭受德军的疯狂轰炸，鹿特丹、阿姆斯特丹等许多城市陷入火海。但荷兰人以坚忍不拔的精神，重建自己的家园。以致1944年1月，当德军骁将隆美尔接手北大西洋防务来到荷兰时，看到眼前一派和平景象，村镇美丽如画，简直嫉妒坏了。

荷兰人有太多值得自豪的事。荷兰足球的橙色军团不仅在欧洲的绿茵场上大展雄风，而且战胜过巴西等多支南美劲旅，曾经两度打入世界杯决赛。荷兰的郁金香风靡世界，阿姆斯特丹有欧洲最大的古玩市场，而且曾经享有“欧洲文学之都”的美誉。笛卡尔、斯宾诺莎、梵高、伦勃朗等一大批文化巨匠都在这里生活和创作。在第二次世界大战中遭德军飞机轰炸，严重毁坏的鹿特丹港，战后，荷兰人将它修建成世界第一大海港，现在，他们又要将史基浦国际机场建成世界第一流的航空港。

在阿姆斯特丹的大街上，我们看到的荷兰人总是昂首挺胸，充满自信，阳光写在他们红润的脸上，风声响在他们飞扬的衣褶下，这就是荷兰民族。

2005 年

意大利印象

说起意大利，脑海里便会浮现出一个浪漫的地图图案。这个国家的国土形状与众不同：在蔚蓝色的背景中，一条穿着长筒高跟皮靴的细腿正忘情地踢着一只三角形的足球，充满了喜剧的意味。

这里是角斗士斯巴达克斯揭竿而起的地方，是恺撒大帝率领强大的罗马军团征服欧洲的圆点，是天主教皇挑选的圣地，也是欧洲文艺复兴的发源地。但丁、达·芬奇、米开朗基罗、拉斐尔……群星璀璨，照亮了世界的艺术天空。而薄伽丘的《十日谈》、莎士比亚的《罗密欧和朱丽叶》《威尼斯商人》以及电影《罗马的假日》更为这片洒满阳光的土地涂抹上一层多情的色彩。

意大利被描绘成“欧洲的天堂和花园”。多变的地形和宜人的气候塑造了意大利人鲜明的性格。北面是千年积雪的阿尔卑斯山，左边是亚得里亚海，右边是利古里亚海和第勒尼安海，还有威尼斯湾、热那亚湾、塔兰托湾，还有西西里岛、撒丁岛……走到哪里，都是热烈的阳光、湛蓝的海水，还有热情如阳光、波动如海水的意大利人。

意大利人是有巨大创造力的民族。他们两次给欧洲文化带来重大影响，一次是古罗马时期，一次是文艺复兴时期。

不过，隔着高高的阿尔卑斯山，意大利人似乎和他们的欧洲伙伴有着明显的性格差异，在许多方面反而与东方的亚洲人有几分相近。

只有在意大利才可以看到这样的景象，三五成群的小伙子或站或蹲在马路边旁若无人地高声谈笑，有的还用直勾勾的眼睛盯着行人。宽大的街边骑楼摆满了形形色色的小摊，摊主不住地向路人叫唤兜售；窄窄长长的街巷里，未听到喇叭声，却忽然风驰电掣地驶来一辆摩托车，让你闪避不迭。在法国、德国、比利时、荷兰都看不到的高速公路收费站和进城收费站这时也出现了，造型划一、火柴盒状的屋子密密簇簇地挤在公路旁。这时你会恍惚置身中国南方的某座城市。

我们在威尼斯老城的咖啡馆前拍照，刚站好位置，身后立刻伸出一只只擎着咖啡杯的手臂，现出一张张快活而调皮的脸孔，他们也都要加入到照片中来。这就是意大利。

我们在狭窄的罗马街道上等候绿灯过街，这时，一辆火红色的摩托车飞驶而来，旁若无人地闯过红灯。车上是一位打扮时髦的妙龄女郎，而站在路口维持交通的年轻警察居然还微笑着向她挥手致意。这就是意大利。

我们从热那亚充满地中海情调的骑楼下走过，头缠白布帕的阿拉伯人、装扮艳丽的吉卜赛人纷纷围拢过来，争先兜售着他们手中的各种工艺品，稍不留神，一串项链就套在了你的脖子上。不由分说，只能乖乖交钱。这就是意大利。

在意大利的日子里，老是有人提醒我们注意扒手，因为旅游团队遭窃的事件屡屡发生。有时甚至到了草木皆兵的地步。那天，我们到佛罗伦萨，夜幕很快降临。看过广场，有人提议去看看附近的老桥。这是阿尔诺河上最著名的一座古桥，据说当年大诗人但丁经常在桥上散步。年轻的但丁在桥上遇到一位美丽的姑娘贝雅特丽齐。诗人终生爱着她，却最终未能结为眷属。这样一座充满浪漫情调的古桥，能不去看吗？然而只因为导游多了一句话，大家要走在一起，防备吉卜赛人抢包。结果，团友们纷纷打退堂鼓，老桥终于没看成。

在罗马乘电车，中途，上来两位吉卜赛女孩，当地导游便说，这两位肯定是扒手，大家要小心。于是，全车人的眼睛就呼地一下盯在这两位女孩身上。她们显得很不自在，只过了一站，就下车了。

到了意大利，全程陪同我们的领队（导游）便暂时“失业”了。因为意大利文化部规定，在意大利，只能用本国的导游，这样做有几个好处，一是能正确讲解意大利的历史文化，二是增加就业岗位。在旅游点要是发现外来导游讲解，便要处以很重的罚金。这样，每到一处，便要聘用当地的华人导游。这些导游大多来自台湾，都有很好的中国文化背景，他们是因为热爱意大利文化而留在了这里。对他们来说，当一名中文导游，在中国文化和意大利文化中穿梭，不啻一次次赏心乐事。

因了这些个热心肠的导游，我们在意大利几个主要城市短暂的逗留，才得到如此丰厚的收获。

在罗马老城，导游不住地告知我们注意地上，因为你每一步都可能踩在古迹上。这座建在 7 个山头的古城，不因为现代化的进程而减弱它的古老魅力。罗马的不少古建筑已历经 2000 多年风雨，成为人类历史最宝贵的遗产。罗马以广场著称，每一个个性飞扬的广场，既是一段历史，也是不同建筑艺术的展示。

走进佛罗伦萨老城区，眼前就是一个活生生的中世纪。无数狭窄的巷道从沉沉历史中延伸到脚下。导游在昏暗的街灯下，仔细辨认着门牌，为我们数说门牌后的人物故事，那虚掩着的镂花铁门后面，也许便藏着一个显赫的家族，从天鹅绒窗帘透出的灯光，曾照亮整个地中海乃至大西洋。

英俊强健的大卫雕像矗立在可以俯瞰整个佛罗伦萨城区的南山坡上。为了赶在下午 5 点太阳下山前到达山顶的米开朗基罗广场，在当地导游的要求下，司机略略超了些车速，这在欧盟其他国家是万万不可以的。可这是在意大利，只要想得到，便没有什么不可能。大巴抵达山顶停车场时，导游禁不住鼓起掌来，为司机、为全团游客，同时也为自己。我们纷纷跳下车，兴奋地看到了金色夕晖下的佛罗伦萨。

我们是由罗马经阿姆斯特丹飞返香港的。事前，导游告诫大家，意大利人的办事效率如何如何的低，服务质量又是如何如何的差，叫大家要有心理准备云云。但事有例外。当我们抵达罗马机场时，才知道，原来电子机票的时间打错了。本来我们是提前 3 个小时到达机场，而现在实际上离该航班起飞时间已不到半小时。罗马机场紧急为我们开辟绿色通道，仅用十几分钟，我们就顺利通关，上了飞机。如此高效率的服务，让我们对意大利的印象一下大好。

2008 年

踏足维京人的故乡

窗台上的灯光

北欧之行，是从童话世界一样的丹麦开始的。

我们下榻在丹麦首都哥本哈根近郊的一座小镇。这座小镇，附近有一处政府安置低收入家庭的社区。社区环境很好，有大片的绿地。所有的住宅都是两层的楼房，相当于国内的联排别墅。每户人家都有一个小小的院子，院子里养着花草，还停放着丹麦人喜欢的自行车。到20世纪20年代，丹麦已成为世界上最完善的福利国家之一。丹麦人享受免费医疗，直到大学为止的免费教育，退休后还有丰厚的养老金。而这片由一座座联排别墅组成的社区，就是专为穷人修建的。

一早，在静静的小镇散步，几乎见不到人。到处一片静悄悄。最热闹的地方就当属面包店了。五六个人，排着队，在等候购买刚出炉的新鲜面包。

而当夜幕降临，家家的灯光竞放光明，每个窗台上登时现出不同的景色。丹麦人乐于把自己最喜欢的饰物摆在窗台上，让外人欣赏。同时也成为自家显目的标志。于是各家的窗台上，琳琅满目，有各种动物造型的玩具，麋鹿、骆驼、斑马、老虎……还有风铃、花瓶，林林总总。而即便是鲜花，也要选择色彩艳丽的花瓶。放眼望去，爽心悦目。

叮叮当当的有轨电车开来，让人仿如回到中世纪。有轨电车开得很慢，像一个有些岁数的老人在悠闲地散步，目不斜视，旁若无人。因为有自己的专用道，谁都要对它避让。

这里是安徒生的故乡。丹麦首都有安徒生青铜坐像。这位终其一生穷愁潦倒的作家，正仰头侧身，似乎在倾听着周围喧嚣的市声。他是我少年时代最崇拜的作家，小时我曾在笔记本里抄下过整篇的《卖火柴的小女孩》《海的女儿》……久久地沉浸在他描绘的人世间里。读《卖火柴的小女孩》时，我潸然落泪。而《海的女儿》则令我遐想联翩。作品中展现出的人间疾苦，以及对美好生活的憧憬，一直是我的精神慰藉。

而今，我就站在安徒生的铜像旁，轻抚着他早已被人抚摩得发白的膝头，心里得到一份实实在在的满足。我还寻找到了安徒生笔下的那尊美人鱼，她正蹲坐在长堤公园海边两块相叠的岩石上，静静地凝视着大海。她从海中来到人世，为了追求爱情，而选择了痛苦。

不知为什么，我由此想起了丹麦家家户户窗台上的灯光。那在寒冷的北欧暗夜里给人温暖的灯光，当是那位卖火柴的小女孩点亮的。

维京人的故乡

我们是从丹麦赫尔辛格码头乘渡轮渡过窄窄的厄勒海峡，到达对岸瑞典的港口城市赫尔辛堡的，下船后乘坐旅游大巴开往哥德堡。中国人对哥德堡这座城市并不陌生。因为几年前，运载着大量中国明代瓷器的“哥德堡号”沉船被打捞出水，轰动了世界。

过了海峡，就是斯堪的纳维亚半岛。这里被认为是维京人的故乡。在古英语中，维京是指“在海中的人”。维京人以捕鱼为生，在争夺大海资源的争斗中，渐渐形成各自武装船队。其实刚开始，维京人南下是为了海上贸易，他们的多桅船上装载了大量的皮货，这些来自近北极地区的高质量皮毛，颇受英格兰和苏格兰贵族喜欢。公元 789 年，当几艘维京船只在苏格兰一处港口靠岸时，与当地税务官员发生了摩擦。强悍的维京人挥刀杀死了收税官。血腥事件接连发生后，维京人被视为“北欧海盗”。而且，随着小冰河期的到来，气候变冷，动物大量死亡。维京人的生存环境恶化。真正的海盗也就这样出现了。以后 200 年间，维京人不断组织武装船队强行进入欧洲各国，进行公开抢掠。开始只是打劫波罗的海和北海沿岸的修道院，后来从爱尔兰到不列颠，从法国到东欧，到处可见维京人高大粗犷的身影。他们乘着桅杆林立的战船，驰骋大海，蜂拥上岸，攻城拔寨，抢掠妇女和财物。因此被称为“北欧海盗”。除了征战，维京人还是航海家，向西向北，他们发现了冰岛和格陵兰岛，向东，他们一度到达里海和地中海。维京人对于欧洲历史尤其是英格兰和法兰西的历史进程产生过深远影响。

翌日，我们即由哥德堡沿瑞典西海岸前往挪威首都奥斯陆。

奥斯陆是个起步很晚的城市，只有 900 多年历史。1050 年，挪威最后一位海盗国王罗德·哈德拉德把他的政府建在了艾卡堡山脚下奥那河与峡湾汇合处的一处林间空地上，并命名“奥斯陆”，意思是“上帝的山谷”。这里真是上帝眷顾的地方，城市一面临海，三面被群山丛林和原野环抱。整座城市，没有鳞次栉比的高楼大厦，也不见车水马龙的繁忙景象。街道不宽，铺着小石子的路面，依然能让人感受到中世纪的浓浓气息。这是一座美丽的北国都市，它的美丽在于天然怡人。曲折深长的峡湾，挽一泓蔚蓝的海水。崖岸上，蓊郁的树林掩映着一幢幢方形尖顶的红房子。码头旁，歇泊着几艘大型帆船，樯桅如林，细细的海浪亲热地咬啮着白色的船身，似乎有说不尽的话语。

我们前往参观冬季奥运会滑雪场。汽车沿着盘旋的道路向前，我们感觉得到，奥斯陆城市的脚步正悄悄而坚决地向山地迈进。地势越来越高，可是道路旁依然可以看到一幢又一幢造型各异的别墅。这里别墅与别墅之间总要保持相当距离，奥斯陆位于北纬 60 度，离北极圈很近，冬季十分漫长，山道往往冰封雪锁。可是，别墅里的居民偏偏耐得住寂寞，可以几个星期不下山，只是蜷在自家屋里读书，读得地老天荒。

这自然是得益于北欧地区的富足。北欧斯堪的纳维亚半岛上的挪威和瑞典以及与他们相邻的芬兰和丹麦，是世界上数得上的最富有的国家之一。同时也是产生众多科学家和作家、艺术家的地方。举世瞩目的诺贝尔奖的颁奖地就在这里。

“瓦萨号”沉船

由奥斯陆到瑞典首都斯德哥尔摩的公路被称为斯堪的纳维亚半岛的黄金线路，300 多公里的公路两旁遍布繁华村镇。

斯德哥尔摩濒临波罗的海，在英语里意为“木头岛”。13 世纪中叶，由于当地居民经常受到海盗侵扰，于是在梅拉伦湖入海处的一座小岛上以巨木修建了一座城堡，并在水中设置木桩障碍。因此这座岛便得名“木头岛”。之后，附近的 10 多座岛屿也建起了城堡，70 余座桥梁将这些岛屿连为一体，形成城市。因此享有“北方威尼斯”的称誉。

城内有 50 多座博物馆。在众多博物馆中瓦萨沉船博物馆是最具特色的一座，因为它是专为展览一艘从波罗的海海底打捞上来的“瓦萨号”沉船而建立的。

瑞典历史上曾是一个海上军事强国，拥有众多艨艟巨舰，并以武力征服过波罗的海沿岸的许多国家。1628 年 8 月 10 日，在震耳欲聋的鼓乐声中，长 69 米、重 1200 吨、装备了 64 门大炮的“瓦萨号”战舰举行首航仪式，但仅仅驶出港口 1300 米，即遇大风倾覆，这一沉便是 333 年。1961 年 4 月，瑞典将“瓦萨号”沉船从海底打捞上来。当年秋天，沉船被运至斯康森岛上进行全面修复，同时建造一座专门的博物馆，向公众开放。

尽管只是一艘沉船，尽管它的战舰生命只有 10 多分钟，航海的里程只有 1300 米，但当它升出海面重见天日，矗立在人们面前时依然威风凛凛。船艏，一只向前高高跃起的雄狮前爪拱托着刻有“瓦萨王朝”字样的纹章。两侧布置有罗马帝国历代皇帝的 10 尊雕像，而且所有舱门的框柱以及檐板都以群雕装饰。最为壮观的则是船艉楼，顶端高高在上的是两头希腊神话中鹫头狮身的怪兽，身披长发，前爪托着一顶皇冠，皇冠下是国王古斯塔夫的雕像。艉楼窗户之间和两舷瞭望塔上安置着 700 余尊形态各异的雕像。俨然一座富丽堂皇的海上宫殿。

当然，“瓦萨号”并不是以宫殿的姿态出海巡游的。当两层炮甲板上的所有炮窗打开时，敌人看到的是一只只巨大的黑森森炮口和在血红窗板上怒吼的金色雄狮头像。

可是这壮美的一切都没有在战争中出现过。“瓦萨号”，现在只是陈列在维京人故乡供人参观和叹息的巨大艺术品。“瓦萨号”的沉没，也喻示着一个强力时代将要走向结束。

2007 年

蒙赫斯山顶的古堡

位于阿尔卑斯山脉东北缘的萨尔斯堡依然保持着中世纪的古老风貌。400 年的日月星辰、风霜雨雪似乎不曾在建筑物上留下痕迹，咖啡馆里低回着莫扎特的音乐，商店的铜把手依然闪着迷人的光泽，在萨尔斯堡老街漫步，你或许会忘记身边的岁月，会忘记心头的琐事，而被一种怀旧的浓烈情绪包围，听凭橐橐的脚步声从石头路上一直走进中世纪。

对于奥地利来说，萨尔斯堡无疑是一座边城。而对于欧洲来说，它并不偏僻。萨尔斯堡处在中欧的重要交通线上，它连接维也纳到德国慕尼黑的大道，向东经过因斯布鲁克小城，可达瑞士的苏黎世；往南，翻过勃伦纳山口，则进入意大利。

在萨尔斯堡老城街道上徜徉，你会看到来自法国的时装、瑞士的钟表和意大利的皮货。琳琅满目，让这个小镇的橱窗里盛着整整一个欧洲。

老城区里最让人动容的自然是莫扎特塑像。莫扎特可以说是萨尔斯堡最伟大的儿子。这个出生于萨尔斯堡一个宫廷乐师之家的音乐神童自小就显露出极高的音乐天赋，6 岁起随父亲周游欧洲进行演出，所到之处无不引起巨大轰动。16 岁回到家乡后任大主教的宫廷乐师，因为触犯了主教，被主教重重地踹了一脚。莫扎特于是离开萨尔斯堡，来到维也纳谋生。但这一脚，却成就了一位世界级的音乐大师。在 10 年自由音乐家的生涯中，莫扎特创作了他生命中最伟大的几部作品——《费加罗的婚礼》《小夜曲》《唐·璜》以及《魔笛》，莫扎特英年早逝，去世时年仅35岁。

莫扎特的音乐，早已越过阿尔卑斯山脉，越过200多年的悠悠岁月，至今仍在人们的心田萦回。

欧洲总是这样，古典的旋律和现代的节奏交织在一起。千年的文明，从没有断线。萨尔斯堡，便是这样一块千年路石，历经烽烟，一道道车马辙印，赫然入目。

阿尔卑斯山流出的泠泠冰水，带着微微的寒气从萨尔斯堡穿过。萨尔斯河把萨尔斯堡划分成老城和新城两部分，霍亨萨尔斯古城堡就位于旧城。

始建于1077年的霍亨萨尔斯堡要塞高高地耸立于蒙赫斯山顶上，让人油然生出许多遐想。在中世纪，无论是奥地利还是捷克，差不多每座城市、每片区域都建有山顶城堡，由此可见欧洲的战乱曾是多么频繁。这座城堡由大主教格博哈德主持修建，后由克罗查赫主教进行了扩建，直到17世纪后才全部完成，是中欧地区最大的防御性城堡。在15世纪和16世纪时期，匈牙利战争和农民战争席卷中欧，萨尔茨堡亦几度陷入熊熊战火中。这座坚固的城堡便成为重要的防御阵地和避难所。为此，城堡在整体上进行了扩建，建造了兵械库和粮食库。值得一提的是，蒙赫斯山顶的这座城堡，始终没有被任何敌人攻占过。

这座城堡也见证着大主教夹在教皇和皇帝权力斗争之间的无限恐惧。从查理曼大帝时代开始，整整1000年里，萨尔斯堡作为独立的总教区，一直处在由教皇和皇帝钦命的枢密主教的统治之下。骑着快马抑或乘着马车来的分别代表皇帝和教皇旨意的文件，总会让这座阿尔卑斯山下的城堡发出一阵战栗。

一边是300公里外的奥地利皇帝，一边是1000公里外的罗马教皇。大主教们收到来自两个方向的指令，往往左右为难。夹缝中生存的滋味，固然不好受，但也考验和磨炼着历任主教们的智慧和意志，使得这个奥地利的边陲之地，有了自己的发展空间。年复一年，随着城区的扩大和人口的增加，萨尔斯堡已成为中欧一座重要的商贸和旅游城市。

不过，暂离中枢的独立，有时会令人产生幻想。而由幻想滋生出的勇气，又会做出离经叛道的行为。

米拉贝尔花园，是迪特里希主教在1606年为自己心爱的情人莎乐美营造的花园。莎乐美是一位商人的女儿，她为大主教生了15个孩子，其中10个活了下来。按照天主教严格的戒律，教士终身不得婚娶。本来，仗着天高皇帝远，你主教大人，违反教规，偷偷养个情妇，为你生儿育女，也就罢了。可是现在，主教竟为了情妇耗费巨资大兴土木，确实把动静闹大了。纸包不住火，有人将主教的不端行为告到了罗马教廷，引起教廷严重不满，他被撤换法办，其侄子兼继任者斯蒂库斯将他囚禁在古堡的监狱中，5年后死在那里。

米拉贝尔花园又被人称为“大理石宫”，是典型的巴洛克式公园。花园中央是一座大型喷泉，四周有许多希腊神话中的人物雕像。花园里还有一座天使阶梯。这座阶梯直接通往大理石大厅。据说莫扎特曾经在这座大厅跳过舞并举办过音乐会。电影《音乐之声》的许多镜头也在这里拍摄。现在这里被公认为世界上最美丽的婚礼大厅之一，通往大理石厅的天使阶梯每天都会迎来世界各地的新人。晚上，大理石厅便化作华美的音乐厅，上演精彩的宫殿音乐会。

站在花园的任意一个角落，一抬眼，就能看到高耸的蒙赫斯山和山顶上的黑色古堡。当年，每天以泪洗面的莎乐美带着孩子们，正是在花园里长久地眺望着这座森森古堡，期待着奇迹出现，主教能回到他们身边。但他们的愿望落空了。古堡里应该也有一双忧郁的眼睛，深情地注视着山下的花园。那望眼欲穿的痛苦，咬啮着彼此的心肠。

在迪特里希去世后，莎乐美及其孩子们被赶出花园，为消除这个不守教规的大主教留下的痕迹，花园更名为“米拉贝尔宫殿”。

一个略显凄美的故事，400 年来就这样流淌在米拉花园里，让每一个走进花园的游人，总忍不住要抬头仰望蒙赫斯山顶上的那座黑色古堡。

2014 年

欧洲广场漫步

在欧洲，我们看得最多的是广场和教堂。漫步在欧洲的大大小小广场上，总让我感慨万端。

城市广场在欧洲的地位绝不寻常。那是因为广场是城市的产物。而欧洲的许多国家正是由城市发展起来的，中世纪时往往一个城市就是一个国家。欧洲人喜欢广场和他们喜欢咖啡屋或啤酒屋一样，广场是他们聚会的地方。王宫前有广场，市政厅前有广场，教堂前也有广场。国王在广场举行各种仪式，政治家在广场发表演说，街头艺人在广场施展奇技，儿童在广场嬉戏，老人在广场休憩，鸽子在广场漫步。广场往往是一座城市政治、经济、文化和宗教的活动中心，洒满阳光的广场更是人们享受生活的地方。广场包容了城市生活的许多重要内容。

每个欧洲人，无论是将军、诗人、哲学家还是平民百姓都有自己心仪的广场。比利时首都布鲁塞尔中心广场曾被法国作家雨果称作“欧洲最美丽的广场”。这座广场东西长 200 米、南北宽 100 米，面积虽不大，却是世界上独一无二的具有中世纪风貌的城市中心广场。广场地面全部用花岗石块铺成，四周都是中世纪哥特式和文艺复兴时期的建筑物。宏伟的市政厅大楼更是建筑史上的一个奇迹，它以不对称之美获得人们的青睐。与市政厅遥遥相对的是古老的国王大厦。雨果就曾侨居在国王大厦旁的一家旅馆。除周一外，中心广场上天天举办花市。而每年里都有一天，人们将鲜花铺满广场，那是广场最美丽的时刻。雨果从旅馆的窗口，看到广场上姹紫嫣红、鲜艳欲滴的盆花和熙熙攘攘的芸芸众生，思绪若飞。

而当拿破仑率军进入威尼斯，他一下就被波浪拥托的圣马可广场吸引住了。从大运河登上码头，迎接他的首先是两根大圆柱，圆柱上分别饰有雕像，一个是威尼斯的城徽——飞狮，另一个是威尼斯保护神狄奥多尔像，接着便是夕阳映照下美轮美奂的圣・马可大教堂。一会儿教堂旁的巴西尼加钟楼的钟声响起，广场上正在觅食的鸽群忽然呼啦啦飞起，漫空翔舞；鸽子纷纷从拿破仑的头顶掠过，它们的翅膀被夕阳镀上一层金色的光芒，这时，仿佛无数的金光正环绕着这位战无不胜的征服者。于是拿破仑对着自己身后的千军万马说：“这才是我见到的世界上最美丽的广场!”

巴黎人总以协和广场为荣。协和广场位于凯旋大道的中央，一头连着凯旋门，之间是香榭丽舍大街；一头连着罗浮宫，中间是杜伊勒利花园。这些是在全世界明信片上出现最多的景物。巴黎人把他们的全部激情都投注到这座城市中心广场。广场整个形状呈八角形，四周共有 8 组神态各异的女神雕塑，分别代表着法国的 8 座主要城市。广场中央矗立着一座 17 米高的方尖碑，它造于公元前 1300 年，是埃及总督梅埃曼・阿里 1836 年从埃及的拉米西思神庙运来，作为礼物送给法国国王路易・菲利普的。但协和广场还是巴黎一段腥风血雨的见证，先是国王路易・十六、王后玛丽・安托瓦内特，接着是激进的革命者罗伯斯庇尔自己被送上设在广场上的断头台。协和广场见证了法国大革命的全部。

罗马人当然有理由认为最美丽的广场就在他们身边。历代罗马皇帝兴建了众多华丽的广场，每个广场身上都有一串动人的故事。但是罗马最美丽的广场得力于文艺复兴时期艺术巨匠米开朗基罗、达・芬奇、拉斐尔以及 100 年后贝尔尼尼、波若米尼的杰出创造，诸如花市广场、威尼斯广场、白杨树广场、罗通达广场、圣彼得广场等等，它们的美丽壮观至今仍让世人惊叹。大多数的旅游者都把威尼斯广场作为罗马之旅的起点，这是因为它位于罗马旧城的中心。整个威尼斯广场就是一个完美的艺术品。广场两端有两排阶梯通向国会山，巧妙地象征着政教对立。广场南面矗立着一座巍峨的白色大厦，它是完成意大利统一大业的开国国王维克多·埃曼纽尔二世的纪念堂。纪念堂正前方是埃曼纽尔雄赳赳的骑马雕像。雕像下方则是无名烈士墓。墓前永不熄灭的两盏火炬，象征着死难烈士的精神万古长存。

欧洲的广场充分体现了民主开放意识和艺术竞争思想。

这些美轮美奂的广场也是建筑师们一展身手和千古留名的机会，广场上的每一尊雕塑和每一幢建筑物，对于建筑艺术家们来说，就是他们生命精神的展示。据说，当布鲁塞尔中心广场的市政大厅建成，由于形式不对称而受到众人的指责时，设计师愤而跳楼自杀。他为了自己的艺术精神而死。而为争得协和广场的设计权，加布里埃尔向竞争对手——大名鼎鼎的先贤祠的设计者苏伏洛放言，他一定会取得成功，在气势上先声夺人。在建造罗马拿波拿广场时，两位艺术大师为艺术之争上演了一场龙虎斗。广场中央矗立着一座四大河喷泉，雕塑 4 座充满阳刚之美的男性裸体石像，流出 4 股清泉，分别象征尼罗河、多瑙河、恒河和巴拉那河。这座拟人化的雕塑是贝尔尼尼的杰作，而旁边的教堂是波罗米尼设计的。至今罗马还流传着这样一个故事，说贝尔尼尼在设计喷泉时，故意把巴拉那河的手臂向教堂方向伸出去，并做出惊慌状，像是想托住行将倒塌的教堂。但波罗米尼毫不示弱，特意在教堂上塑一尊修女，双手合十，表示教堂安稳如山。感谢艺术家的同场竞技，为世人留下了如此动人的艺术形象。

广场的存在，很大程度上体现了东西方的差异。与欧洲相比，中国最初的城市发育得有些畸形。清季以前的中国城市几乎没有市民广场。那种开敞性的空间只属于皇家贵族和富绅，与公众无涉。正如中国的建筑艺术，往往体现在皇家的宫殿陵寝、贵族的豪宅丽园，再就是庙宇。工匠们表现了精湛的技艺，却留不下他们的名字。而寺庙前的广场为公众开放是有限度的，以致赶庙会成了平民百姓一项最热闹的公众活动。由于没有公共场地，官府处决死刑犯便只能在菜市场执行。少了公众广场的中国，民主的进程无疑要比西方来得慢一些。

在巴黎的战神广场上，我亲历了一场民众集会。这座埃菲尔铁塔脚下的广场曾是法国军事学院的阅兵场，1871 年巴黎公社运动爆发期间，巴黎群众在这里举行过多次重要集会。18 年后，著名的埃菲尔铁塔在战神广场上矗立，这里更成了世人瞩目之地。11 月 11 日是第一次世界大战停战纪念日，凯旋门下的无名烈士墓前正在举行庄严的悼念仪式。而战神广场的高台上，十数个老人妇女，或举着标语牌，或看着手里的传单，正在聆听着一位学者模样的人念一份反战宣言。他们一个个神情肃穆凝重，仿佛正在研讨当今人类社会最重大、最急迫的问题。当然，没有人会认为，这十几位老人妇女的微弱声音将改变目前的世界形势。但广场赋予了他们发言的位置，让他们将这个自由的权利发挥得淋漓尽致。我虽然听不懂法语，但仍不禁久久地注视着他们，为广场的魅力而深深地陶醉。

2009 年

长忆晋安河

我的少年时光是在晋安河畔度过的。

念小学三年级时，由于父亲的工作调动，我们家也从台江的中平路搬到鼓楼东门外的塔头街。记得刚来时，第一个印象就是看到两三个膀圆腰粗的壮汉，站在高高的城垛上，正抡着大锤在拆东门城墙。每一锤都听得到城墙砖石发出的呻吟，在天空中久久传响。城墙下就是潺潺流淌的晋安河，我甚至感觉得到河水不安的波动。

东门城墙始建于北宋，是宋代福州城东扩的见证，当时称“外城”，曾几毁几建。而晋安河与这面城墙关系尤深。它原本就是宋代外城的护城河，开凿于北宋开宝七年（974）。这之后，因为灌溉、排洪以及航运的需要，不断拓宽而成为福州市最大的人工运河。它北纳新店、盘石两溪，南接光明港与闽江江潮相通，河面宽 34 米，全长 7 公里，是东部城区的一条大动脉。

当时人们习惯以晋安河为界，称河的东面为“东门外”，也就是城外。而塔头街，借助一座晋安桥，成了城市的延伸部分。

这条河也成了我少年生活须臾不可分割的一部分。我和我的小伙伴们，放了学总爱往河边跑。夏天自不待说，河边清凉，绿荫如盖，我们在这里捉蝉、戏水；有时还溜进附近的果园摘阳桃，用书包装着，在河边的树下，大快朵颐。最初的几年，河水十分清冽，附近的不少人家，都在河里淘米洗菜浣衣……游泳时甚至还能在河底捞到大把大把的蚬子。后来，陆续迁来了几家大工厂，河水有时变得浑浊起来，蚬子也渐渐消失了。人们在河里洗衣淘米就要避开工厂排水的时间。

虽说东门就有澡堂，但许多人夏天还是喜欢在晋安河里洗澡。晋安桥两旁的河道，河底多是细沙，比较平坦，是天然浴场。吃过晚饭，大人一说去河里洗澡，孩子们顿时欢呼雀跃。黄昏的晋安河，水声笑声连成一片，各种家长里短的新闻，也在河水里快活地流淌。

晋安河通航，每天有不下百艘的大小船只在河道穿梭往来。河里行驶的大多是撑篙划桨的木帆船，运的也大多是砖瓦沙石木材粮食等日常生活资料。河运的历史已有千年，听父亲说，在河里行船的许多是疍民，他们世世代代生活在船上。傍晚时分，常有木船停泊在河岸。我们一群好奇的孩子会溜到船边，想窥探船上人家的生活。船一靠岸，船老大便开始清洗船板。船上的用水来自河里，一只小木桶，被抡得上下翻飞。尽管船上空间狭窄，但船上人家会将船舱收拾得干净整洁，船板更被擦洗得一尘不染。这时，船妇会在船头架起小炉子，生火做饭。一口小铁锅，炒得嗞嗞作响，香气溢出，诱得人直流口水。而船上的孩子们，精赤溜光地争先跳下河，快乐地戏水玩乐。他们在船上出生，在河里长大，又在河里讨生活。而这条 7 公里长的河道，便是船上人家的全部生活内容。

春夏时节，河岸上每隔上百米，会架起一部水车，我们最喜欢看农人戽水。每部水车上站 4 个壮汉，壮汉的胸前横着一条粗竹杠，他们用双臂枕在竹杠上，而后发一声喊，各自脚下发力，随着蹬轮的踩动，一只只戽斗便依次探身入水，而后又挨次起身，河水便随着戽斗的转动，哗哗地流进渠道，而后又漫进稻田。但清空的戽斗并没有停止它们的运动，在空中划了一个大圆，当它们昂起湿漉漉的头颅的时候，似乎无比神气。正是在晋安河边，我认识了劳动的价值，还感受到了劳动的快乐。

实际上，每天下午放学，即便没有同学相邀，我也会第一时间跑到河边。因为这时候，母亲总会在河边洗衣服。那时我们家生活十分拮据，父亲一个人的工资，难以维持一家七八口人的开销。为补贴家用，母亲到一家工地上长夜班，工作是挑砖。我不知道，身体瘦弱的母亲如何受得了那样高强度的劳作。母亲清晨下班，还要为我们做早饭、整理房间。在我的印象中，她几乎没有完整的睡觉时间。那时，没有自来水，母亲只能到河边洗全家换下的衣裳。我跑到河边，有时还能赶上趟，帮着母亲一块拧干洗净的被单。而后，将洗过的衣物装进水桶，套上扁担，我在前，母亲在后，抬回家。

我曾在河里学游泳，但是只能游个一二十米，而且不会换气。不过刚刚够渡河。那温柔而清凉的河水摩挲着肌肤的感觉，爽心快意。直到有一天，晋安河彻底颠覆了我的印象。那天我下了水，像往常一样向对岸游去。但很快发现不对劲，怎么也游不到岸。原来晋安河涨大水了，河面比先前何止宽了一倍。慌张之下，我失去控制，河水很快淹没了头顶，并直往我喉咙里灌。我不断地挣扎，终于，感觉脚踩着硬地了，跌跌撞撞地上了岸，肚子已经被河水撑圆了。于是我怔怔地看着河水，这条熟悉而今又如此陌生的河水，好一会儿才回过神来。一次轻率，就可能招致没顶之灾，这个教训，终生难忘。但从此我对自然以及对人对事开始有了敬畏之心。

上中学时，晋安桥是我每天必经之地。这座桥，据说最初是东门城门的吊桥，后来因为出入的人多了，同时为便于车辆通行，就被修成可以运载重物的石桥。但起初没有桥名。当时，每年春暖花开，城中仕女，常结伴出城游春，于是人们就把它叫作“乐游桥”。因为这个缘故，东门又被称为“行春门”。东门外的风景在于有两座玲珑小山：金鸡山和康山。金鸡山麓的地藏寺，掩映在花木丛中；而康山顶的桃花，灼灼盛开时，游人常来踏青赏花。塔头街不长，统共只有百米，却店铺比肩，堪称繁闹。

晋安桥几经改建。“乐游桥”的桥名也渐渐被人遗弃。1948 年，海军耆宿萨镇冰有感于此桥过低过小，不利于交通来往和河道通航，募款将原先的小石桥改建为混凝土桥。小桥变为大桥，取桥名时，萨镇冰建议叫“晋安桥”。而桥下的这条人工运河，从来没有过名字，之后也因桥名，被叫作“晋安河”。

结束上山下乡回城后，我已不再住在塔头街。但我依然想念这处少年时曾经的生活地，想念着晋安河，想念着母亲，想念着每天从桥上走过看到的风景，想念着发生在河边的每一件故事。

2016年

那 一 年

不知不觉，我们家在福州东门外塔头街的出租屋里已经度过 6 个春秋，两个妹妹先后在这间屋里出生。

我们租住的是三进院子中前天井旁的侧厢房，福州人称“僻榭”，不到 20 平方米，却住了我们一家七口人。长条形的房间，除了两架床，便什么也摆不下了。不过，我们也没有其他家具，大人小孩的衣服全码在两只纸箱里，塞在床底下，需要时，拖出纸箱翻找。好在屋旁就是一个敞开式的厅堂，这里便成了我们几个兄弟和妹妹们最好的活动场所，我们在这里做作业、跳绳、捉迷藏。但也不能尽兴，因为声音若大了些，便会招惹住在后院里的房东的不满。房东是兄弟俩。哥哥瘦削，患有肺病，在家长休，不与邻居来往。弟弟矮胖，开一家碾米厂。

其实，从小学三年级开始，我们家的经济就一直不好。那一年，父亲单位里，有人说他隐瞒成分，结果被连降三级，他因此大病一场，吐了一脸盆血。住院期间，母亲变卖了家里所有值钱的东西，包括她结婚时陪嫁的戒指、手镯。母亲本没有工作单位，只能到处去打零工，而且干的大多是搬砖挑土之类的粗活。

那时家里经济十分困难。靠父亲一个人不多的工资，很难养活一家七口。父亲经常出差，一个月难得有三五天在家。我曾听他用感激的口吻对母亲说，现在的领导很体恤他，因为出差，每天有两角钱的补贴。为贴补家用，母亲从街道工厂领来糊纸盒的活。于是厅堂又成了我们的家庭作坊，虽然所得报酬低微，但即便是天空中飘来的几星毛毛雨，也能给我们家的土地带来一点湿润。

福州多雨，尤其是春夏之交，冷暖空气在这里交锋，雷电大作，豪雨顺着屋瓦狂倾。而刚开始的那几天，雨是我们家的贵客。我们戴着斗笠，在雨里玩打水战的游戏，待雨过三巡，父亲说瓦片已经被洗干净了，可以接水了。于是我们争先恐后从天井里接来雨水，将水缸盛满。虽说一挑自来水才一分钱，但对我们家来说，能省多少是多少。

东门一带地势低洼，雨季时常造成内涝。在我小时候的印象中，每年屋子都要遭大水浸泡数日，水深及膝。我们几个孩子就和衣横七竖八地躺在堆满杂物的床上，而父亲和母亲都不敢睡觉，随时要做撤离的准备。

每月 1 日，房东弟弟会准时来收房租。大概是看到了厅堂里码得高高的纸盒，房东的脸上露出几分不悦。他粗声大嗓地对母亲说，不能再让我们无偿使用厅堂。我体会到了寄人篱下的味道。

母亲通过居委会介绍，到刚刚上马的八一钢铁厂工地做一名临时工。八一钢铁厂在北门外，从东门到北门要步行一个多小时。她干的是夜班活，每天傍晚去，清晨回，无论刮风下雨，都不能缺勤。每天，母亲会领到一个包子，但她总舍不得吃，揣回来，留给我们几个孩子。

过不久，厅堂被房东出租作为一家农贸公司的临时仓库，有人运来了上百筐的西红柿。

那一筐筐刚采摘下不久的西红柿，鲜红欲滴，看得人眼馋。母亲再三叮咛我们几个孩子，进出门时要格外小心，不得走到厅堂，更不要碰到西红柿，因为那都是别人家的东西。

一天早上，我送小妹妹去幼儿园。妹妹问我：西红柿能吃吗？我说：能吃。她又问：那西红柿好吃吗？我说：好吃。我看见妹妹喉头滚动着使劲咽下口水。中午，我从筐里悄悄拿了一颗最小的西红柿，想在傍晚去接妹妹时给她尝尝。但我们家实在太小了，竟然没有地方藏得下一颗小小的西红柿。怕母亲知道了生气，我踌躇了许久，将那颗小小的西红柿又放回了筐里。

几天后，货主来搬走西红柿。清点过秤后，他显得特别高兴，特地装了小半篓西红柿送给母亲，表示感谢。

那些西红柿，让我和弟弟妹妹们大快朵颐。清甜的滋味和快乐的情景至今难忘。

那一年，我知道了生活并非总是苦涩；那一年，我感到自己长大成人了。那一年，我 15 岁。

1976 年

背阴山坡上的菜园

背阴山坡上的菜园，父亲的菜园。

这一面荒坡，长只有五六米，最宽处还不到三米，勉强开成四小畦，全部种上花瓶菜。这处山坡远离村子不说，土质是没有多少养分的黄沙壤。而且背阴，只有晴天的中午时分，才可以见到短暂的阳光。不知道父亲当初是怎样找到这块荒坡地的。没有路上去，父亲在崖壁上凿出一条“之”字形的坡道，坡道窄而且陡。村里没有人会想到在这样的背阴山坡上开一块菜园，他们几乎是用诧异而怜悯的眼光看着父亲每天挑着尿桶穿过一条公路到菜园去。父亲却不因这样的目光而气馁乃至退缩。他身上系着一条用尿素包装袋剪下做成的围裙，在坡道转弯的时候，他熟练地换一下肩，扁担在空中划出一条优美的弧线。

隔着一条公路，我们的家其实也好不到哪里去。只是一座早就被人废弃的半埋在地下的窝棚。父亲进山砍来竹子和茅草。母亲将它们混编成篱墙，将就着搭起了两间茅草房，旁边还修了一个猪圈。他们就在这里安家落户了。

这一年春节将近，我接到父亲的信，要我回家过年。于是，我离开插队的村庄，辗转乘车，走了将近两天，才来到这个叫作“镇前”的乡镇。当我走出车站，拐下公路，正在探头探脑的时候，两位妹妹从路边低矮的茅草房里钻出来，她们一下就看到了我，飞奔过来，紧紧地抱住了我。我一抬头，看见母亲已经站在我面前，鬓边飞出白丝。

我和哥哥 3 年前就离开了家，我插队，哥哥在建设兵团。当时我们家还在福州。我们虽然离开了家，但从没有离开过父母的视线。父亲每个月给我写一封信。信中照例夹着 1 元钱和一张 8 分邮票。1 元是我的每月零用钱，邮票是供回信用。两年前，父亲以“历史反革命”的身份被下放到闽北最贫穷的山区劳动改造。母亲带着弟弟和两个妹妹义无反顾地跟着父亲前行。父亲失去了工资，仅领取微薄的一点生活费。

父亲那年已经 52 岁。弟弟 18 岁，大妹妹 14 岁，小妹妹 10 岁。也许因为还在父母的羽翼下，他们似乎并不觉得人生有多艰难。

母亲吩咐小妹妹去村里买鸡蛋。大妹妹带着有些嫉妒的口吻说，她可是我们家的外交官。过了一会儿，还不见小妹妹回来，我去找她，顺便也看看村容。村子其实挺大，鹅卵石铺就的村巷曲里拐弯。一进村口，就有人告诉我，小妹妹正在谁家做客。我推进门一看，果然，妹妹正端坐在厅堂正中央的桌上吃茶点。这家的一群孩子团团围着她，相比之下，妹妹长得白嫩秀气，完全一副城里公主的派头。妹妹的任务对她来说，显然轻而易举，鸡蛋已经在篮子里装好了。

第二天一早，父亲就挑起尿桶要去浇菜园子。扁担上还挂着一只小菜篮。我也跟了去。我从来没见过这样贫瘠的菜园。菜畦上一例长着瘦小的花瓶菜，每一棵菜都只顶着两三片小得可怜的叶片。在它们面前，父亲似乎有过踌躇，目光在菜园里逡巡了一遍又一遍，然后锁定一小畦，小心翼翼地在每一棵菜上用小刀切下一片汤匙子般大小的菜叶，放进篮子。接着，便开始专心致志地浇园。整个过程，父亲都没有说话。在我的印象中，父亲就是不爱说话，无论遇到什么，我从没有听他抱怨过，他一直就是默默的，上班，下班。即便全家下放农村，他依然默默而顽强地挑起一家人的生活希望。

整个菜园采摘下来，就那么一小握花瓶菜。可是母亲有办法，她将这一小握菜先放进油锅炒了炒，然后倒入蒸饭时留下的米汤，煮成一大盆汤菜，一家人围着热气腾腾的汤盆，吃起来，似乎格外香甜。

40年屈指过去，不知不觉，我也进入老年人的行列。人们都说，老年人有一点很重要，就是要学会忘记，忘记过去困扰心田的是是非非和恩恩怨怨。但我又怎么能够忘记40年前的那一幕。

背阴山坡上的菜园，哦，父亲的菜园，我们家曾经的菜园。

2013年

镇前有道鲤鱼溪

镇前有道鲤鱼溪。溪上建有一座鲤鱼溪文化公园。因为鲤鱼溪，还因为鲤鱼溪文化公园，镇前成了远近游人慕名前来的观光地。

而这个高山小镇的名字，50 多年来则一直铭刻在我的心间。那是因为镇前在我的过往人生中，与我有过一次短暂的交集，我曾在这里生活过 80 天。1970 年，父亲被下放到政和县的镇前村，母亲和弟弟妹妹们随同前来。记得那是一个寒冷的冬季，我接到父亲的来信，说他已经把镇前的家安顿好了，要我回家过春节。于是我从插队的村庄启程，乘坐长途班车，途径建瓯、政和县城，辗转两天，才来到这个深藏在鹫峰山中的村落。

岁月匆匆流逝，半个世纪过去了。而今，我又来到镇前，想领略一道鲤鱼溪的风采，品味一座乡村文化公园的蕴涵，当然，还想看看我们过往的家，去捡拾曾经的记忆。

镇前海拔 1000 米，是全省地势最高的乡镇。这里山高水冷，粮食产量不高，但盛产高山茶。且因地处闽北通往闽东的茶盐古道上，交通位置重要，自来是一处商贸重地。唐时这里为宅上、卜前两村。公元 941 年建关隶镇，属宁德县。镇衙设在卜前村，即今镇前村。“关隶”之名由来，众说纷纭。明代志书《闽书》的作者何乔远取这一个说法：“关”（繁体）系“闽”之误，这是因为当时福建的主政者识字不多所致。《周礼》中说王宫禁苑的卫士由六隶组成，闽隶即是其中的一支。而此地最早的一批居民，曾是守禁苑的卫士，故名。宋咸平二年（1000），升关隶镇为关隶县，县治移于今城关。宋政和五年（1115），因关隶县进献白毫银针茶，宋徽宗大悦，将年号“政和”赐予关隶县作为县名，镇前也一度随县名称为“政和乡”。1000多年过去了，镇前古衙坪街尚在，正静静地诉说着一段早已被历史风尘湮没的斑斑往事。

穿过古衙坪街，眼前便是一座偌大的鲤鱼溪文化公园。

一道明丽的溪水静静地穿园而过，一群群鲤鱼在水波间纵情嬉游。溪上，卧着3座古朴的石拱桥，小巧的人工岛上有一座鲤鱼喷水雕塑。此时公园里没有多少游人。也许是听到了杂沓的脚步声，溪里翔游的鲤鱼，忽然都调转身姿，接着便朝着我们走来的方向聚拢。清冽的溪水里，好像一下打翻了调色板，红、黄、紫、黑、白，五彩斑斓。

鲤鱼溪形成于明洪武年间，得益于一位徐姓官员的倡导，封山禁伐，蓄水养鱼，保护生态。但真正让乡民与鲤鱼结下深厚情谊的是一场突如其来的大洪水。当时，乡民们观察到溪里鲤鱼出现不同寻常的惊慌，预感到会有洪灾降临，于是紧急转移到了安全地带，从而躲过了一场劫难。从这以后，乡民和鲤鱼感情弥笃，在鲤鱼溪里，他们找到了人与自然、人与人之间和谐相处的道理。而这座鲤鱼溪文化公园，则是2015年由几位乡镇退休干部发起，热心村民参与捐建的。

公园里建有一处“吃茶话事”亭。有时，村民邻里间发生了纠纷，用不着都要对簿公堂，大家可以相约来公园喝茶话事，听长者解劝。所以，这座乡村公园还有一个名称叫作“三治公园”，“三治”为法治、德治、自治。

这时过来了好几位村里的长者，我便询问他们是否知道当年父母下放时的旧居。因为镇前有4个自然村，根据我的依稀回忆，大家推测，我们家当时可能是在靠公路边的洋后村。于是，两位镇干部陪同我去洋后村。我们沿着鲤鱼溪一路前行。溪水浅斟低唱，初夏的阳光和煦暖人。映入眼帘的是路旁一大片覆着塑料薄膜的菜地，种的是反季节蔬菜。高山地区的无污染蔬菜，销量很好，是村民的一项重要收入。

一走进洋后村，踏上窄窄的巷道，看到两旁高高土墙里紧挨着的一座座农家院落，52 年前的记忆微光一下就被点亮了。

那是我到家的第二天，母亲吩咐年幼的小妹妹去村里买鸡蛋。过了一会儿，还不见小妹妹回来，我便进村去找她，一进村口，就有好几个村民争相过来告诉我，小妹妹正在谁家做客。他们说话时，眉眼都笑眯眯的。我找到那户人家，进门一看，果然，妹妹正端坐在厅堂正中央的桌上吃茶点。这家的一群孩子团团围着她。

这一幕，让我心生感动。很快，我又认识了镇前的邮递员、赤脚医生、供销社营业员、粮站管理员、生产队长、普通村民……一次来往，一道微笑，一个援手，一声问候，还有那一条潺湲的溪水和在溪中快乐嬉游的鲤鱼，他们便是我的镇前影像，是我记忆深处的那一缕温煦的阳光。

时近中午，我们走进一户村民家休息喝茶，和乡亲们聊天。

其实，当年我们的家不在村里。准确地说，是住在村边田间一处被废弃的半埋在地下的窝棚。父亲进山砍来竹子和茅草，在热心村民的帮助下，将它们和上泥巴混编成篱墙，将就着搭起了两间茅草房，旁边还修了一个猪圈。他们就在这里安家落户了。

窝棚十分简陋，没有砖墙和瓦片遮风挡雨，只用重重茅草覆盖。但这就是我们的家。我看得出来，我们家在镇前的日子有些艰辛。父亲失去了工资，只发给少许生活费，而就是这些微薄的生活费，还常常不能及时寄达。但我从没有听到父母亲抱怨过什么。在善良村民的帮助下，他们靠自己的双手，砍柴、种菜、养猪……充实日子，改善生活。3 年后，父亲落实政策，携家人离开镇前。后来，他们曾多次谈起，在艰难日子里，是镇前给了他们一个安身之处和一段平静的光阴。

一位村民引领我走到当年的班车停靠点，看着面前一片似曾相识的田野，已然不见当年的窝棚，我们曾经的家。窝棚消失了，但村庄还在，记忆还在，亲情还在。由此我对镇前充满了感激之情。

一道鲤鱼溪，一座乡间文化公园，还有朴实真切的乡情。由是，镇前让我流连难忘。

2024 年

窗前的风景

小时候印象中经常搬家。在我念小学三年级时，我们家搬到东门外的塔头街，一艘漂泊的船才似乎找到固定的锚地，在这里一住就是 11 年。

本来，过了晋安桥，就意味着出城了。然而却有这么一条塔头街将城市的繁华延伸了数百米。虽然周遭都是菜园、池塘和果树，但这条街却俨然一种城市的派头，街面上大小商店鳞次栉比，两旁更不乏高墙深院的大户人家。我们家就租住在一个大院的西厢房里。过去，这是一家当铺，四围有高高的防火墙。厢房被隔成前后 3 间，前面一间做厨房，后面两间当卧室，每间还不到 7 平方米。而我们家有 5 个孩子，光安排睡觉，就是一件麻烦事。没有衣橱，日常穿用的衣物便拢总装在两只大纸箱里，置于床底下。我常常为找一件衣服而把整个纸箱翻个底朝天。屋里只能摆下一张小方桌，做作业时，每个孩子还分不到一个桌角。但这些都算不了什么，最不堪的是房间里没有窗户。屋里终日晦暗，唯一的光线是房顶上的天瓦。所谓“天瓦”，也就是一小块长方形的普通玻璃，天长日久，积尘满面，透光性很差。冬日，每天午后 2 点，我们家便提前进入了黄昏；夏日，屋里闷热得让人喘不过气来。仅有的一扇窗户开在紧挨墙边的厨房，打开窗，便是赫然两面巨墙。开窗，纯粹是为了透气，厨房先是烧柴，后改烧煤，常常弄得烟气腾腾，不开窗，要是让烟气灌进卧房，那可不是一时半刻能消除的。福州夏季多台风，每当飓风降临，屋瓦战栗，墙土便窸窸窣窣地往下落，总使我担心这老墙抗不住狂风而坍圮，于是赶紧把窗户关上，把那可怖的景象留在窗外。关闭了这唯一与外界联系的窗户，屋子里便异样地平静，听不到风狂，看不到雨横，似乎一家人的生死安危便全系在这扇窗户上了。

我们刚搬来时，大墙下植有一株桂花树，这株桂花树只存活了 3 年，却给了我童年生活莫大的快乐和慰藉。有月的夜晚，月光将斑驳的树影映在墙上，组成各种奇异诡秘的图案，令我遐想纷呈。这是一部永远写不尽也读不完的美丽童话，我便是它唯一的作者和读者。我久久地沉浸在这实在而又虚幻的风景中，游历于我自己的童话王国，那真是一件快意的享受。可惜好景不长，年轻的桂树终于敌不过高墙的压迫，仅仅 3 年便香消玉殒。从此窗前便没有风景，生活里一片索然。

1969 年，我和哥哥先后到闽北插队，不久，父亲也接到了下放通知。于是塔头街 2 号，那高墙下的西厢房，便成了我曾经的港湾。9 年后，我独自一人回到城里，回到这熟悉而又陌生的地方，真有一种说不出的感慨。无独有偶，结婚时单位照顾给了一间 7 平方米的房子，也是大墙下的厢房，让人勾起小时生活亲切而苦涩的回忆。不过，小屋堪居只是秋深冬晚。春天，雨水过分溺爱，床上垫的棉褥，湿得能拧出水来；夏天，太阳格外多情，直晒到“晚间新闻”开播，还恋恋不舍。屋虽小，窗子倒开了两边，只是终日得严严地关着窗户，因为小屋正当全院要津，路人一眼便能将整个屋子洞穿。在这间被窗帘密密包裹着的小屋，我们小心翼翼地生活了 6 年，连争吵都不敢大声。我们是多么渴望有一套能够自由开启窗门，放开声调说话的房子。

所以，当远在西郊凤凰池的文联新宿舍楼刚刚竣工，我们便迫不及待地成为第一家住户。第一天，我们把窗户统统打开，让空气自由地出入，我们自己也便成了世间第一自由人，大声地说话，大声地歌唱，大声地争论。要不是地方太偏远，房子太狭小，我真想把所有认识的朋友都请来，一块分享这份自由自在的欢乐。

然而这高兴没能保持太久，也许是一年，也许只有半年。当住户们陆续迁来，当前面的办公大楼响起急促的电话铃声，当后阳台上唯一的一片风景，被匆匆建起的民居粗暴地抹去，我们高兴的基础便陡然崩溃了。

对新居的美好感觉一天天在销蚀，而不满的情绪却在潜滋暗长。打开窗，不用说看不到任何风景，逼面便是巨大的建筑物，沉重的灰色把天空挤得仅剩一条缝隙，而更无情的是，视线刚投出，就被齐崭崭地切断，于是希望和遐思仿佛也被切断，眼前一片灰茫茫。过去，太阳像热情得过头的姑娘，现在却成了一个吝啬的老头子，不情愿地从东头慢慢踱来，好不容易才盼到几缕阳光，但未及照暖窗台，便被他飞快地收敛而去。风也像被世俗所染，远远地就绕道，眼见她殷勤地拂动别人家的窗帘，想象得出那一种吹颊摩肤的凉爽，屋子里的燠热便增加了几分。搬家前，我曾向妻子赞美新居虽地处西郊，但风景优美，空气清新；夸口房子面积虽小，但结构合理，居住舒适。现在实难自圆其说。被其埋怨，唯有沉默。我对浮名虚利向无奢求，但去别人家做客，看到有风景的窗子，总要生出几分羡慕之情。

终于，我在步入不惑之年时，又获得了一次搬迁，一扇有风景的窗户仿佛自天而降。所谓搬迁，其实不过是在同一个院子里挪动了不到 20 米。然而这区区 20 米的距离却使我的夙愿得以实现。这是何等的快意！纵目四眺，无遮无碍，整个西区的风景，忽然全到窗前。西面是怡山一峰，草木葳蕤，清气爽人；前面，15 层高的西禅寺塔正在悠然上升，如闻梵音徐扬；东南面，10 公里之遥的江滨大厦历历可见，水汽氤氲间，当是闽江泱泱大波。一扇家居小窗，竟有可视可听可品可思这等妙处，让我迷醉了好些日子。窗子的好处还不仅仅在此，冬日，阳光洒满窗台，让人感到一种温暖的满足；夏夜，小南风轻轻地摇曳窗钩，如天钧仙乐，带来透心的清凉。于是，我对自己说，我已经拥有；于是，我告诫自己，我应该知足。

时光荏苒，又是3个寒暑。其间，我已经很少再坐在窗前欣赏外面的风景，偶尔看看，也觉得千篇一律，再产生不了当初那种兴奋和喜悦之情。只是不知为什么，我仍时时想念儿时曾经过的那一幅风景，也许，那才是最可珍贵的。

1992年

走近黄地

走近黄地，走近23年的回忆，走近23年的梦想，走近23年的希望。

黄地，是我插队的小村庄，即便是土生土长的建阳人，也很少有人去过这个地方。它孤悬于县境东南一隅，悄悄地蜷伏在地图上最不引人注目的地方，无声无息地淹没在群山峻岭之中。然而，在我的记忆里，它永远是那样鲜明、那样实在；那鹅卵石铺就的仄仄村道，那村边偃伏的老樟树，那终年转动的大水车，那呼啸激荡的山溪水，那淳朴熟稔的乡情乡音……都是我过往岁月的一组磨不去的叠影、剪不断的乡思。

走近黄地，那份心情竟是难以描述的复杂：我希望看到一幅什么样的景象，是崭新的村貌，还是依旧的风景？

吉普车从小湖镇出发，一路上经过的地名，都能唤起我的一串回忆。我人生中最宝贵的青春时光，便是沿着这条道路铺上那座高山村庄。

简直难以置信，呈现在我面前的村景与23年前几无二致。岁月仿佛在这里凝固了。一首熟悉的歌谣旋律油然而上心头："星星还是那个星星，月亮还是那个月亮……"我很快就找到了当年的知青房，门框上还残留着一副对联的下联"笑指穷山恶水壮志愈坚"，是我在插队第一年时亲笔所书。28年后重睹这半副对联，真有说不出的感慨。还有我亲手搭盖的晒棚、墙上亲手涂写的标语……都在无声地叙说着一个个尚未褪色的故事。

穿过窄窄的村道，我匆匆走到村头，沿着萦迂崎岖的小径，去看望那条常在我梦中激荡的小溪，在插队的艰苦岁月里，听着它生命的呼啸声，看着它顽强地与巨石搏击，总能给我增添不少勇气。回城后，我曾在多篇散文里写到过它。而今，见到它，就像睽违多年的老朋友，不由得连奔带爬地扑近它的身旁，再目睹一次水石相搏的壮观景象，再感受一番那撼人心魄的前进呐喊。

走过木桥，便是通往山下的小道，这条终年枯叶覆盖着的山径消磨掉我多少青春的时光：挑公粮下山、挑肥料上山，乃至为看一场电影、寄一封家信……小路，记录过我多少辛劳、多少欢笑、多少叹息！

由于路上耽搁了一些时间，进村时已是近中午。一些年轻人带着孩子们在代销店门口晒太阳、聊闲天，他们当然不认识我。在我插队的年代，他们或许还未出生，或许还依伏在母亲的怀里。虽然眼前风景依旧，但人事却恍如隔世。

村长余火明听到汽车声迎出来，他还依稀认得我。我曾当过村里几个月的代课民师，教过他，于是他便喊我老师。这称呼终于唤回了一份遥远的亲情。相问之下，才得知当年与知青相处最好的两位小伙伴：严水满和魏生土已经不在人世，一个死于癌症，一个殁于车祸。看到村边的山岗上依然蓊蓊郁郁的竹林，我就会想起他们的音容笑貌。是他们教我们怎样找冬笋，怎样用细竹梢捆柴火。我们插队时吃的第一餐派饭就在生土家。生土的父母都是从浙江遂昌县来的移民，没有家底，生活比较穷困。他们告诉我，为了让桌上有一碗待客的鲜味，生土捉了一夜泥鳅。还有水满，劳动时总喜欢蹭到我们身边，瞪大好奇的眼睛，不住地询问着大山外面的世界。

我走进一户户熟悉的院落，但主人们大都上山劳动去了。只有这些五六十岁的村民还保持着勤劳的习惯。当听说当年的生产队长严垂章就在附近的山上，我便央求队长的妻子带我上山去看他。

在我的记忆里，始终保持着一个爽朗、善良而又精明强干的山里汉子形象。28 年前，当大卡车将我们 10 位知识青年卸在高耸的大山脚下，望着一条如同草绳般弯曲悬挂的山径，我们都发了愁。是这位山里汉子乐观的性格感染了我们。他一个人挑着两三个同学的行李，一路上还不断地哼着戏文，又说又笑地鼓励我们向上攀登。在以后的劳动日子里，他总是不厌其烦地手把着手教我们农活。山村的生活如此艰难，但我们从未见他叹过气、埋过怨。他天生属于这座大山，同时又将大山的性格传染给了我们。我们得到的便不仅仅是失意和艰难。

走过来了，是他吗？满头稀疏的白发，步履也有些蹒跚。沉重的岁月竟将一个精壮的汉子改变成这模样，只是眉宇间还保存着那一份善良和达观。我紧走几步，迎上去，握住他的手。相对一时无言。他当然不会想到，23 年后，一位福州知识青年会重新出现在他的面前；他当然更不会想到，这座小山村对我有多么重要。四年半的日子也许不算太长，但却是我人生中最宝贵的青春时光。这是一段刻骨铭心的岁月。我怎能忘记，当我刚刚踏进生活的江流，那第一个浪头、第一艘小船、第一位船夫、第一场搏斗……

走近黄地，只是走近，3 个小时实在过于仓促，但那魂牵梦萦了 23 年的村庄毕竟来到了我的面前，让我近距离地再看它一眼，有了这一眼，我的回忆，便不再褪色；我的梦想，便不再缥缈；我的希望，便不再遥远。

1997 年

四月流水

四月流水。

这时节，风是不论方向的。刚刚还是东南风，温柔地舒卷门帘，引来几缕调皮的阳光，溜进屋子探头探脑；可一会儿，就变成了西北风，粗野地摇撼着窗棂，扑面而来的雨腥味仿佛集合了一群醉汉。雨来得突然，去得也蹊跷。有时霏细轻盈，缠绵得让你忍不住撤了伞盖，一任柔柔的雨丝轻抚你的脸颊和头发；有时却携雷挟电，野马似的乱蹄狂奔，吓得你慌忙关掉电器，熄灭灯盏，躲进一片喧哗的黑暗里。

每当这时，我总会想起我插队的村庄，想起那一个个湿漉漉的四月。想起远远近近的山峦上，那袅袅娜娜的云雾，想起密集的屋瓦上热烈而响亮的雨声，想起山野间纵情漫流的春水，想起村道上清脆不绝的脚步。蓑衣上终日沾着晶晶亮亮的雨珠，每一颗雨珠似乎都在告诉着你，这是四月，四月来了。赤脚踩在滑滑溜溜的田塍，感觉得到泥土中的生命在隐隐跃动。而春泥则更像一个个调皮的孩子，你一走动，它们便接二连三地从脚趾间悄悄钻出来。风飘飘忽忽，雨斜斜地打在脸上，凉凉地带着青草的香味。我常常荷锄站在细雨中，什么也不想，只是默默地品尝四月的况味。那种感受分明是一首张志和的《渔歌子》：“……青箬笠，绿蓑衣，斜风细雨不须归。”

其实，插队的日子是十分艰难的。但生命萌动的四月，却能令人忘却那一份艰难，去感受生活赐予的快乐。

四月的美妙，不仅仅在于斜风细雨如诗如画的意境，更在于大自然催生的神奇。这之前，土地还是一片沉寂，河边的柳树依然光秃秃的。几乎是一夜之间，柳眼开了，一点一点的新绿在细雨中偷偷地笑。几场雨后，原先蛰伏在地底的竹笋，纷纷顶破了土，一丛丛黄灿灿的，像是土地开了花。稍不留神，它们已经挤开箨衣，一下窜起两三人高。于是，一年一度的挖笋的季节到了。

山里，有一个不成文的规定，以清明那一天为界，清明前禁止上山挖笋，清明后开禁三天。因此，这三天，便成了山村里的盛大节日。身历此境，无论是谁，都会被这浓烈的气氛感染。首先是半大的孩子们，还在十几天前就兴奋不已。论下田干活，他们还算不得顶梁柱，但上山挖笋，却注定是头等角色。他们眼尖、身手灵活，在山林中蹿进蹿出，就像鱼儿在珊瑚丛中翔游。竹山上，到处荡漾着他们尖尖的叫声。而壮实的汉子们早就磨刀霍霍，对他们来说，这几天不仅仅要比智慧和技巧，更要比力量。他们挑笋，不用箩筐，而是以竹篾穿过笋头，累累相叠，一头都有一人多高。薄暮时分，一个个汉子从山林中鱼贯而出，他们挑着竹笋，不，简直是挑着两座大山。他们得意地晃着肩膀，故意让宽阔的扁担"吱呀，吱呀"地上下起伏，"呼嗨、呼嗨"的叫号声和着有力的脚步声震得山摇地动。家家户户的院子里，很快就堆起了一座高高的笋山。这时，女人们开始大显身手了。你简直弄不清她们是怎样让这数不清的竹笋一下褪尽毛茸茸的箨衣，而且被大卸八块，蒸煮后像一条条雪白的鱼，躺在专为它们准备的烤床上。大锅里正不断飘出新笋的香味。

因为一年中挖笋的日子只有三天。所以，这三天中采下来的笋，要分门别类。有的要连皮带肉完好无损，这是要等趁墟时叫卖或赠送亲友；有的要连夜蒸煮并烤成笋干，因此，烤棚下的火总是烧得有滋有味；有的用酱油红烧后加入新腌制的芥菜，那是最让人垂涎的山鲜；有的则被浸入酒瓮中，做成醉笋，待半年后将瓦坛打开，那一股醇洌的香气，直透肺腑，好像整座山林的清香在刹那间释放。

雨不紧不慢地下着，四月便一天天在雨丝中缩短。经过整整一个四月雨水的滋润，村前那条被严冬勒瘦的小溪正渐渐丰腴起来，几天不见，原先婀娜的腰肢变得又宽又肥，水声也一下变了腔调。入夜，水声格外响，梦中，总觉得枕边正下着潇潇的大雨。溪水的颜色也由凝碧变成浑黄，那是土地的本色。我这才知道，原来土地也会行走，有时在风中，有时在水里。看着这湍急的溪水风卷而去，好像要奔赴一个遥远的目的地。于是，有人折了一只纸船，小心地放进溪水，大家便默默地目送它逐浪远去。不知道，它能不能顺利地汇入大江，平安抵达大江下游的故乡的城市。这四月流水，毕竟给了远离家乡和亲人的我们一点小小的希望。

又是四月。又到了挖笋的季节，家家户户该又飘起了新笋的清香？在缠绵的雨中，小溪流的水声该又变得格外响亮？或许，还会有一只纸船正从那难以磨灭的记忆中乘着湍急的流水向着我们这座城市漂来？

1999 年

与竹木居

我插队的村庄，后山上有大片的竹林。这片如绿海般的竹林，是个神秘的地方。因为，村民们平时并不到竹林里去。出于好奇，一天傍晚，收工时，我悄悄走进林子，想一探究竟。只见眼前到处是清一色的翠竹，密翳幽寂。微风掠过林梢，竹叶子一阵颤响，像是竹林深处有谁在轻轻絮语。我仿佛踏进了一个童话世界，连呼吸声也不敢放粗。我轻轻地抚摩着一棵棵圆润的竹身，仰头看着竹枝在空中交织出美丽的图案，心中充满了奇异的想象。这些竹子，山里人叫“毛竹”。这片毛竹林，也是村里祖祖辈辈传下来的风水林，从来严禁大面积砍伐，只让间采清明笋。不过，仅短短四五天挖到的清明笋，挑到墟上卖了，即够村人半年的零用钱。可见这片竹林之丰茂。

说到竹子，除了这片不让动的风水林，其实，房前屋后，到处都能见到。村里人爱竹，他们的日常用具，也离不开竹子。扁担、箩筐自不必说，还有做饭的蒸笼，喝水、装饭的竹筒，睡觉的枕头，以及晒谷子的竹席，样样都与竹子有关。来村里做竹活的大抵都是浙南工匠，心灵手巧。于是竹活一家接着一家，往往一住就是几个月。村里人待竹匠如上宾，必定杀鸡宰鸭，热情款待。记得刚下乡时是在各家轮流吃派饭，倘若轮到的人家正做竹活，一进院子，便闻到一阵阵清甜的竹香，在房前屋后飘荡，让人忍不住深深地呼吸几口。竹子特有的气息，就这样伴随着我的插队生涯，也伴随着我的青春岁月。

我最怀念山乡的春天。无边的细雨被山色映着，宛若一根根碧绿的玻璃丝，慵慵地飘挂在竹梢，十分妩媚。草蔓在雨声中一点一点地伸长着，让人感到那就是春的脚步。柳眼开了，蝈蝈醒了，满坑满谷响着它们清亮的鸣叫。最有趣的是竹笋，它们像是一群调皮的娃娃，纷纷用尖尖的脑袋顶破土层，掀翻压住它们的石块，探头探脑地来到世界。竹笋，让我感到新生命的不可阻挡。

第一次品尝新笋的滋味，就是在一个做竹活的人家。这家主妇将竹笋和香菇做成一道菜，两道山珍的组合，味道特别鲜美可口。一问之下，这道菜，原来还有一个饶有兴味的名称，叫作“二佛谈经”。竹笋的味道就此深深地烙印在我的脑海里。

在我的记忆里，有竹的地方，就有人家；有笋的季节，就有欢乐。那年结束插队的日子，回城时，村里人送了许多笋干，这一片片玉兰花色的笋干，藏着如许山里的况味，于我，自是最珍贵的礼物。

此后，便是年复一年为生计劳碌奔忙。居所换了数处，住房由狭隘渐变宽敞，也有了独立的书房。只是公寓周边无竹，心里总是有些失落。好在，有古诗词可觅竹。那一首首咏竹诗，贴心入肺，烛见风骨。

古代文人大都爱竹。种竹赏竹皆为文人雅事。不过，不是山里个头高大壮实的毛竹，而多是占地不大，适合在院落里生长的丛竹。大约是因为竹子形态雅致，圆润婀娜，迎风摇曳，飒飒可爱。而翠叶似剑，透出一股刚气，敢与风雨缠斗。因此，他们常将竹子种在自家院子里，听着竹叶的风中摩挲之声，获得灵感。还有文竹，体态更为小巧，常被做成盆景，置于案头雅赏。宋代画家文与可就说过这样一句话：“宁可食无肉，不可居无竹。”诗人陆游，也有同样的癖好，他在《云溪观竹戏书二绝句》中写道：“溪光竹声两相宜，行到溪桥竹更奇。对此莫论无肉瘦，闭门可忍十年饥。”爱竹及笋，在酒席上，看到嫩笋，诗人李商隐甚至发出这样的指责：“忍剪凌云一寸心？”“举世爱栽花，老夫只栽竹。”清代画家郑板桥更是道地的竹痴。当知县时，在县衙院子里也遍植竹子。他的笔下，不仅有竹子的千姿百态，还有竹子里透出的无限生机和启示。那首至今仍脍炙人口的题墨竹诗：“衙斋卧听萧萧竹，疑是民间疾苦声。些小吾曹州县吏，一枝一叶总关情。”便是郑板桥写竹的代表作。而竹子的刚劲挺拔，亦令他为之击节称叹：“秋风昨夜渡潇湘，触石穿林惯作狂。惟有竹枝浑不怕，挺然相斗一千场。”

不过，还是想念那片竹林，想念轻风拂过时，竹叶发出的声声絮语；还是想念那座村庄，想念房前屋后飘荡的阵阵竹香。

一天，有闽北的朋友来，特地为我带来了几件竹制品，有笔筒，还有一只造型别致的竹枕。夜里，枕着竹枕，闻着淡淡的竹香，一下悠然入梦。我这才明白，与竹木居，不仅仅是一种生活方式，还是一种生活境界。

“古竹老梢惹碧云……”想到李贺的这句诗，不禁发出会心的微笑。

2017年

时间都去哪儿了

《时间都去哪儿了》是近年一首流行歌曲，因为唱出岁月的沧桑和生命的感伤而引起深深的共鸣。或许，也因为这首歌吧，让我再次回想起当年上山下乡的日子，算来，我离开插队地——建阳小湖的黄地村已经40年了。40年的光阴，似乎弹指一挥间，过得飞快。而插队的时间，只有5年，这5年，却每一天都历历难忘，那是青春、汗水和艰辛相伴的5年。每一天都拒绝安逸，每一天都需要勇气，每一天都蓄积希望。时间都去哪儿了？在陡峭萦纡的山道上，在繁重累人的劳作中，在摇曳昏暗的油灯下……还有，是困难时的坚持、失意中的遐想、等待里的期盼。

一次偶遇，居然串联起当年一起插队的6位知青。这么些年，大家忙于生活和工作的打拼，都无暇重温昔日的故事。忽然就都退休了，已然都是进六望七的年龄。他们中的好几位，已经40多年未见。可是一眼就能认出他们来。除了头上的白发和脸上的沧桑，他们的举止模样，几乎没有什么改变，甚至连说话的语气，兴奋抑或感慨的表情，也与40年前别无二致。时间都去哪儿了？时间竟然在他们身上凝固了。

在他们略显杂乱的叙述中，记忆在大脑的屏幕中渐渐刷出一幅幅清晰的图像。一座贫瘠的高山村庄，一段刻骨铭心的日子，一些不堪回首的记忆，尽管它们已经遥远，遥远成为故事，成为茶余饭后的谈资。时间是一条河。时间总是在不停地流逝，你不可能重新跨入同一条河流，所以，你不可能挽回时间。但记忆还在，记忆中的快乐，记忆中的痛苦，还有失落、遗憾、愧疚……一一被勾起。时间都去哪儿了？时间竟然又被记忆捡拾回来了。

或许，时间更像一条鞭子，将我们每个人都抽打得如陀螺般飞转。离开后的日子里，我们各人走着自己的人生之路，每一步，都那么坎坷、那么艰难。但再坎坷，有山里的小路坎坷吗？再艰难，有插队的岁月艰难吗？“双抢”期间，每天十五六个小时的高强度劳作；疟疾发作时，三天三夜的发烧发冷；三九寒天打赤脚踩在冰田里挖稻根；扛着大木头脚步趔趄在山道上；砍柴时不小心柴刀砍到膝盖上……感谢插队生活的磨砺，让我们挺过多少个困难的时刻。时间都去哪儿了？时间化作一种叫作“坚忍”的东西，从此渗透进我们的血液，植入我们的脊梁骨。

不敢忘记，也无法忘记插队的时光，多少回在梦境里，还是那个小村落，双脚还踩在烂泥田里，还有村人的一幅幅亲切的面容。我知道，虽然我已离开黄地多年，但我丝丝缕缕的心绪，还被羁绊在这里。

前些年，我曾抽空两次回到这座魂牵梦萦的插队小村庄。我去看望了当年生产队的老队长和大队老支书。我忘不了，在艰难的日子里，他们给过我的种种帮助。看着他们依旧硬朗的身板和依旧温暖的眼神，我心里一下安适了。

我还走到村头，去看望一条常在我梦中激荡的小溪。在插队的岁月里，听着它生命的呼啸，看着它与巨石搏击，总能给我增添不少勇气。“穿山透地不辞劳，到底方知出处高。溪涧焉能留得住，终须大海作波涛。”正是我当年最爱吟咏的一首诗。

走过溪上的木桥，就是下山的小道。这条终年枯叶覆盖着的山径曾消磨掉我多少青春的时光？记得当年我还为它写过一首歌词：“小路啊，曲曲弯弯，你究竟通向何方？秋风啊，声声吟唱，你究竟有多少悲伤……”就这样边走边唱，忘记了疲劳，也忘记了寂寞。

我把最好的青春年华葬在这里，同时在这里催生了走向新生活的勇气和力量。

时间都去哪儿了？时间其实没有走远。只要记忆在，只要我们心中，还有一块净土，还保持着最初的纯真，那一段艰难岁月，也许便是我们人生弥足珍贵的财富。

2014 年

有一座村庄叫“山尾”

2021年10月之前，山尾，于我还只是一个模糊的地名，尽管在我童年时它曾多次出现在父母的言谈中。溪之头、山之尾，可知这地方的偏僻和狭小。但这个村名在我的脑海深处却是一个抹不去的记忆。小时候留下的印象碎片，勉强且顽强地拼成了一个关于山尾的囫囵图景。我知道父亲在这里出生，也在这里成家。父亲13岁时，曾短暂当过德化县县长的祖父就过世了，家里的生活也随即发生了变化。小小的年纪，他得独自挑着宗祠里供给的粮食，到24里外的王台镇上学。山道迢迢，一路攀岩涉溪，艰辛备尝。但这段并不轻松的路程磨炼出了父亲坚忍不拔的性格。父亲18岁中学毕业后即离开故乡，出外谋生。山尾是他人生的出发地。但至少，从我懂事起，直到他去世，他应该再没有回去过。不是他对故乡没有感情，而是，他人生历尽坎坷，跟故乡早就断了联系。加之晚景寂凉，就如一口沉淤日久的小水塘，风也罢，雨也罢，已经掀不起多少波澜。

母亲是峡阳人，峡阳自来是延平的大镇，她却因家境破落被嫁到了这个远离尘闹的小山村。父亲外出工作，适逢抗战爆发，音讯断绝整整8年，她抚养女儿、侍奉婆婆、照顾小叔，独自撑起了一个家。直到父亲回来把她接到延平。对于母亲来说，山尾当然有更多值得回味的记忆，但其间也一定藏有许多心酸的往事。

上山下乡回城后，我一直在福州工作和生活。父亲退休后先在建阳，

80岁后和母亲一块迁到福州居住。那个叫“山尾”的小山村也因此离我们越来越远，印象越来越淡薄。不知为什么，退休都快10年了，我始终没有动过要到山尾走一走的念头。似乎是冥冥之中的一声召唤，我们夫妻和两个妹妹、妹夫3个家庭，忽然有了一个共同的动议：去一次山尾，看看父母生活过的祖屋。一同出行的还有小妹妹的女儿和她刚出生几个月的孩子。

我们分坐两部小汽车从福州出发，高速公路十分便捷，不到两小时，即到达王台镇。王台的得名，与东越王余善有关。公元前113年，余善起兵拒汉。战事在闽北展开。王台，曾是闽江畔一座重要的船运码头。余善率军经过这里，见此处山光水色、林竹郁茂，风景十分清幽，于是下令在这里建一座供他休息的台阁，后人称为“越王台”。现在新建的越王台就位于公路旁，呈城楼模样。但设计和取材都太过现代，全然出乎我对古越王台的想象。

在王台镇用过午餐后，我们即出发到山尾村。

小车沿着狭小弯曲的道路迤逦向前。连绵起伏的山峦下，一个小小的村落兀然出现在眼前。村庄依山而建，绿树环合，面前则是一片平展的田畴。我们正在彷徨间，忽然看到路旁停着一辆摩托车，车上是一位中年村民。两位妹妹下车问路。这一问，竟问出了一个远房族亲。其实山尾村里大多姓黄，这位黄姓村民十分热情，他带我们踏着鹅卵石铺就的石阶，来到一处野草环簇的破旧院落，说这里就是你们家的祖屋。推开虚掩的大门，眼前一片狼藉。祖屋内只剩下一个小小的天井，还有几间破旧的厢房，结满了蜘蛛网，显然已经多年无人居住，也不堪居住。但外墙还在，高低错落的歇山顶房檐，依然在诉说着昔日的风采。尽管墙上的白灰大都已经剥落，露出一道道夯土的黄色条纹，但黑瓦覆盖的翘檐起伏有致，衬着身后苍翠的山峦，加之身下花草葳蕤，依然画一般迷人。祖父曾是一位中医，还是一位乡间画家，行医鬻画，遂有了一些积蓄。于是筹划营建自家宅院。山尾的这处院落，虽然用料平常，但外观造型却充满艺术感。尤其是外墙上错落有序的十几道黑色翘檐，就像一群雨燕贴着山岭飞翔。

村里的年轻人都外出打工去了。只有一群老人在大樟树下打牌、聊天。这时有村民主动上来和我们搭讪，很感兴趣地问了我们的来历。他们是村庄的留守者，也是村庄变迁的见证人。谈起这座山村的前尘旧事，他们却只是言语寥寥。几十年的光阴，在他们的描述中，仿佛只是风吹起的几张书页。毕竟，村居的生活太过平凡。一位村民兴致勃勃地带我们来到村部。这是一座二层小楼。一层是空荡荡的活动室，只有几张同样是空荡荡的牌桌。但一面墙上挂着的几幅水彩画却深深吸引了我。村民告诉我们说，这是美院学生到山尾村写生时留下的作品。其中一幅画里的景象正是祖屋那面斑驳的山墙。我在画前伫立良久，那一道道起伏有致的黑色翘檐，似乎正在无声地叙说着一个家族和一座村庄的故事。

所有童年有关这座山村的记忆，一时全都鲜活起来。

因为我们自己，也是这群飞翔的雨燕中的一只。

2021 年

文学的独行者

——何为先生印象记

初识何为先生

很早就知道何为先生的名字。那还是我念初中的时候。当时的福州一中图书馆阅览室里订有多本文学杂志，其中就有《热风》。我是这本杂志的忠实读者，每天下午的课外活动，同学们大多在操场上追逐嬉闹，而我则遁入图书馆，潜心在一行行文字中。由杂志结缘，我认识了当时活跃在福建文坛的一批作家：郭风、何为、蔡其矫、姚鼎生、何泽沛、林雨……当然，只是在文字上见面，我畅快地游走于他们创造的文学天地间。不过对于一位文学少年来说，已是很大的满足。在我的心目中，郭风和何为称得上是两位风格迥异的作家。郭风满含童心的诉说和何为简约凝练的叙述，都曾特别让我着迷。我的笔记本上，记满了他们曼妙的文字。

谁能想到，12 年后，我竟然也走进这家编辑部，当然，不再叫《热风》，是“文化大革命”结束后刚刚组建的《福建文艺》，成了心仪已久的郭风先生和何为先生的同事。这之后，我便一直跟着郭风先生，作为他的助手，在他的指导下从事编辑工作。何为先生虽然很快就离开编辑部到创作室担任专业作家，但我们都住在黄巷一处院子里，常常见面。何为先生寓居上海时，多次在电话中提及，他想再出一本文集，能够收入晚年写的一些文章。我也没想到，在他去世的几年后，何为先生的这个愿望终得以实现。受省文联和何为家人的委托，由我选编了《何为集》。

我之走上文学之路，实实在在与何为先生有关。那是 1973 年，我还在建阳县小湖公社黄地大队插队劳动。我们村里有一位藏族女人，叫普珠。她的丈夫老吴在西藏当兵时与她相爱结婚，两人一块回到浙南老家，后又辗转来到闽北落户。普珠热情善良，给我们留下深刻印象。于是，我根据她和老吴的感情经历，写了一篇 13000 字的报告文学。这篇报告文学的文稿首先到了何为先生案头。后来何为先生告诉我，晚上从不工作的他居然开了一次夜车，一口气将这篇报告文学读完，第二天一早，他就郑重地推荐给了郭风先生。这就有了《福建文艺》编辑部邀请我到福清参加学习班的信函。

由于正值夏季的“双抢”时节，办请假手续耽搁了几天时间。当我几经辗转来到这座沿海城市，学习班开学已经 3 天了。学习班租用当地一家华侨旅行社，听说我来了，有两三位中年人同时从房间里出来，热情地招呼我，眼里露出欣喜的神色。一位浓眉毛，带着江浙口音的人对我说：“刚刚还说到你，都以为你来不了呢！”通过介绍才知道，他们是郭风、何为和苗风浦。那位浓眉毛的江浙人就是何为先生。

读过何为先生那么多文字，可是当看到他本人时，还真不敢接近他。何为先生满脸严肃，不苟言笑。他看稿提意见也从不留情面。学习班上的学员都来自工厂、农村和部队，是为工农兵业余作者。大家说到何为先生时无一不是又敬又怕。

第二年、第三年，由郭风先生提议，《福建文艺》编辑部接连发函，借用我到编辑部当业余编辑，主要工作就是协助郭风先生处理来稿。《福建文艺》编辑部当时搬迁到杨桥路原森工局大楼办公。办公大楼旁有一排小平房，郭风、何为等人每家分到一个小单元，面积都很小，大约不到 30 平方米。

编辑部在大楼四层。我便住在四层一间由办公室临时改的客房里。大楼的一层是资料室。何为夫人徐光琳是资料室管理员。那时我常常到资料室借阅图书。徐光琳先生和蔼热情，总是不厌其烦地为我找书。

何为先生平时虽很少和人搭讪。但其实对编辑部里的这几位年轻人颇为关注。他也从徐光琳那儿知道了我的读书情况。一次，他特地走到客房，和我聊起我刚刚借阅的罗曼·罗兰写的《约翰·克利斯朵夫》。他告诉我，他和译者傅雷先生是好朋友。可惜，傅雷先生惨死于“文化大革命”。说毕，长叹一声。

走近何为先生

1974年，由福建省政府出资在黄巷19号大院内修建《福建文艺》编辑部宿舍。这是一座平顶砖混结构的宿舍楼，共6层，每层两梯四单元。每单元约45平方米，有独立的卫生间和厨房。这在当时，已是相当优厚的待遇。宿舍楼前有一个石条铺设的大坪，两旁靠墙边各有一间厢房。

我也曾是黄巷的一位住客。不知不觉，搬离黄巷已经34年了。但在我的记忆中，那却是一幅从不褪色的画面：白色粉墙里的一处幽静院落，正中一座6层小楼，聚居着省里一批知名的作家和艺术家。而院子的西南面就是那座颇有些历史的黄楼，假山、鱼池、花厅，用它们独有的建筑语言静静地诉说着曾经的岁月。

第一次走进大院，给我强烈的感觉是出奇的安静和干净。不用说听不到马路上嘈杂的车声和人声，就连轻轻咳嗽一声，也能在院子里引起一阵不小的回响。花岗岩石板铺就的地面，似乎纤尘不染。我不禁把脚步放轻，心中早就有了一种肃穆的感觉，因为楼里住着的都是我景仰的文艺界前辈，里面就有郭风先生和何为先生。

我住进黄巷19号是在1978年。那年我刚结婚，才调进编辑部不久。当时宿舍楼里已经满员，分配给我的宿舍，不是新落成的那座 6 层小楼，而是院子东墙下临时搭建的一间厢房，只有 7 平方米。我曾在一篇散文中这样描述过它：“小屋堪居只是秋深冬晚。春天，雨水过分溺爱，床上垫的棉褥，湿得能拧出水来；夏天，太阳格外多情，直晒到‘晚间新闻’开播，还恋恋不舍。屋虽小，窗子倒开了两边，只是终日得严严地关着窗户，因为小屋正当全院要津，路人一眼便能将整个屋子洞穿。”就在这间被窗帘密密包裹着的小屋，我们一家住了将近 6 年。

在黄巷居住时，我和何为先生做过 6 年邻居。何为先生平时深居简出，不太和人交往。他不喜欢抛头露面，更不愿趋奉热闹。他的性格内敛而矜持，一如他含蓄严谨的文风。但他却是我国新时期名字被传诵得最为广泛的作家之一。

20 世纪 70 年代中叶，《人民日报》副刊发表了何为的《临江楼记》，也许是经历了一个长长的冰封季节，人们早已久违了这样清新隽永的文字，大家竞相传阅，一睹为快。这篇 2000 多字的散文对当时模式化概念化的文风带来强大的冲击波，其对中国文学的贡献已超出文章本身。

1979 年，何为先生 23 年前写的名作《第二次考试》被选作高考作文试题，再次在千家万户引起强烈反响。而何为先生依然平静如昔，问及只是淡淡地说了一句“意外”之类的话。当然，他并不掩饰自己对这篇散文的钟爱之情。此前，他的多篇作品被选入中学语文课本，而《第二次考试》更是收入全国语文课本逾 40 年。

许多人读过何为的作品，但很少人认识他本人，即便同在一座城市的天空下，即便有关《第二次考试》的话题正逾街越巷，沸沸扬扬。

其实，当年在福州最繁华街道的一家照相馆的橱窗里就陈列过何为先生的放大照片：棱角分明的脸廓、略带沉思的神态，浓眉下目光灼灼，透出一种睿智和倔强。据说照相师并不认识何为本人，只是被他独有的气质所吸引，情不自禁地将照片放大并“发表”了。

那回，何为先生到这家照相馆拍个人照，取相时便看到了橱窗里的照片。一开始他颇感意外，却什么话也没说。以后，偶然从照相馆旁经过，他也会停下脚步偏着头好奇地打量着被摄影师创作的“自己”。但他从没动过讨回肖像权的念头。也许，他认为，这帧照片本是摄影师创作的作品。他珍视自己的心血结晶，同样尊重别人的劳动成果。

因为我的宿舍地当出入院子的要津，也出于对晚辈的关心之情，何为先生傍晚散步回来，有时会到我的蜗居小坐，问问编辑部里的情况，同时也了解当下文艺界的动态。我的住房很小，只能勉强放下一张床和一面小圆桌，但墙体有一个凹槽，刚好嵌进一架从建阳带回的小书橱。何为先生对书橱特别感兴趣，第一次进屋时竟对它打量了许久，还从书橱里抽出几本书来翻阅。

那时候，《第二次考试》正红火。有几家中学邀请何为先生前去开讲座。何为先生找我商量，要我陪他一块去。“你也一起听听，从旁了解一下反应告诉我。”他这样对我说。这当然是求之不得的好事，于是我向主编请了假，陪同何先生到了福州一中和福州三中。应该说，讲座开得很成功。何为先生平时不太爱说话，但其实口才一流，他的演讲，一如他的写作，严谨、精炼，绝不拖泥带水，一句废话都没有，赢得满场热烈掌声。不料，有次讲座结束，主办方提出听讲双方作一次交流。一位老教师当场列举何先生一篇散文中的数段文字，建议做些修改，以便符合教学规范。何先生表示决不能同意这样修改，并对当前中学语文教学和写作的现状，提出批评。会场上顿时出现僵局。这位老教师是该校语文权威，很有些下不了台。好在在场的一位教育局领导打了圆场。从此以后，再有中学邀请，何为先生一律谢绝。他痛感中学语文教学和写作脱节，对学校培养不出作家感慨良多。

作为《福建文学》的编辑，我有机会经常接触到何为先生的散文稿件。他习惯用的是《福建文学》定制的300字稿纸，每页15行，每行20字。

每一篇都誊写得工工整整，没有一处涂改的痕迹，其认真的程度称得上一丝不苟。我们编起来也格外轻松，可以说是一字不易，甚至连一个标点符号也不用改。坊间传说，何为先生写作时，将一张张稿纸用晾衣绳挂在房间，每天看着修改。有人当面这样问过何先生。何先生说，不可能这样，这是附会欧阳修写作《醉翁亭记》的故事。但他说每当一篇散文完稿后，他会放到抽屉里冷却一段时间，再经过多次修改，自己觉得满意了才誊正寄去报刊编辑部发表。而抄稿的工作则常常是由徐光琳先生来完成。她的字体娟秀端正，让人看得很舒服。

对此，何为先生曾这样深情地述说："许多年来，她为我誊抄原稿不计其数。在原稿上反复修改，是我的写作习惯。满纸纵横涂改的笔迹，年久日长，只有我的妻子才能看得清楚。她做事认真，一笔不苟地正楷誊清……那时孩子们都还小，她下班后忙于没完没了的家务，为赶时间，经常熬夜为我抄写稿件。夜深人静，一灯如豆，她专注地伏在书桌前的背影，在回忆中像一幅怀旧的老照片。"

空中起落的吊篮

一天晚上，何为先生第一次往我家挂电话。而此前，我们都是通过信件联系。每年，新年的第一张贺卡，我照例是寄给何为先生的。而先生收到后也都要回寄一张，有时还有一封短笺，说几句感谢的话。这令我感动之余又有几分歉疚，竟不能为千里之外的先生做些什么。

何为先生听说了《福建文学》50周年刊庆，要开一个庆祝会，想以一位老编辑的身份参会，借此会会暌违的老朋友，看看他居住过多年的福州黄巷老房子。接着，他话题一转与我聊起了家常。在问过我太太的情况后，他又问：你有一个男孩子吧，记得小时候很活泼……我告诉他，在南京读书，已是大三的学生了。

小时候，儿子的调皮是出了名的，曾经很令我头疼。但很快，他就像变了一个人，沉默、内向，完全找不到过去的一点影子。儿子长大成人了，我却隐隐感到失去了点什么。

放下话筒，我发现刚放寒假回家的儿子此刻正站在旁边，他的眼睛忽悠地一闪，问：“是何为爷爷？他好吗？”

我一时愣怔。我这才知道，纵然时光无情，许多人与事随风吹散，再无踪迹可寻，但人生大书中，则有若干十分平常的片段，尽管只是不经意的手写就，却如斧凿刀劈般深刻。

20 多年前，我在黄巷 19 号大院居住过。现在这座院子因为曾是古代学者黄璞、梁章钜的故居而列入文物保护单位。我的儿子就是在那里出生的。房子虽逼仄，但门前便是偌大的庭院，恰让生性活泼的儿子得以自由驰骋。穿着开裆裤屁股后还拖着尿布片的小调皮蛋总能引来层层阳台上众多关爱的目光。

何为先生住四层，平时很少下楼，只是收信时才下来走走。在大院里，他的信件最多。每天下午，邮递员准时到来，扯着嗓子喊：“何——为！”她可不管你是什么名人，总是直呼其名。老人有时动作迟缓了些，邮递员便会高声催促。后来，何先生和徐师母想了个办法，将一只小篮子从四楼阳台上吊下来接信。不到两岁的儿子居然看在眼里。此后，儿子只要一听到邮递员的自行车铃响，便会飞奔而去，先代取了信件。这时，师母徐光琳先生便会从阳台上吊下一只小篮子，孩子将信件小心地放进篮里，说了声：“好了！”徐师母并不急着将篮子提上去，而是向孩子示意，篮子里还有糖果或玩具是给他的。在征得妈妈同意后，孩子取出糖果，而后仰起脸朝阳台上奶声奶气地喊了声：“谢谢！”

随着这一清脆的童声，何为先生也会出现在阳台上，看着稚气的孩子，浓眉一挑，眼角便漾开抑制不住的笑意。于是，阳台上的两位老人与庭院中的孩子一起其乐融融地看着小吊篮在空中飘舞起落。

那是黄巷大院里最生动的一幕。这一幕直延续到儿子进了幼儿园，我们搬离了黄巷为止。

独守老房子

何为先生于72岁时回到上海，因为在上海的陕西南路，他有一栋老房子。他曾在这栋房子里度过少年和青年时光。而且他的夫人徐光琳先生已先他几年到上海居住。叶落归根，对故乡故居的思念牵拽着老人回归的脚步。

我去过何为先生的这栋老房子。这栋房子筑于20世纪30年代中期，其实并不是独立的住房，而是如现在的联排建筑，共3排。何先生住的是其中的一排，上下有4层，一层还圈有一个小院子，自然也是联排的。这里居住环境很不错，上街很方便，又闹中取静。

何为先生终于回到了他生活了30多年的上海，回到了他魂牵梦萦的老屋。这处老屋，正是靠了夫人徐光琳单枪匹马四处奔走，历尽千辛万苦才得以归还的。但不久，夫人徐光琳即患癌症，动了3次手术，终于不治离世。这对年已古稀的何为先生，无疑是个沉重的打击。于是，他开始了独守老房子的寂寞人生。在《独守老房子》一文中，他这样写道："亲友很关心我的老伴徐光琳去世后，我一个人怎么生活。我无言以对。诚然，我也考虑过搬到什么地方去住，改变一下我在垂暮之年的孤单生活方式……重要的是，我生活在书中，如果离开我相依为命的满架满橱的书，到一个完全陌生的楼舍，整天无所事事……这将失去我生存的意义。"他又以孙犁先生为例。孙犁是他心仪的作家，远离名利场，虽独居多年，但一个人坐在屋里读书写文章，并不觉得孤独寂寞。"独守老房子"正是何为先生为自己做的最后人生选择，颇有几分悲壮的色彩："行文至此，移目南窗前。冬日阳光下，红枫似火，引入我的窗内，燃起了老人一缕生命火焰。"

他原本就是一位文学的独行者，现在，人生的最后一段行程也要由他独自行走。与他相依相守的就只有一座老房子和满屋满橱的书。

这之后读书写作成为何为先生生活的一种常态。他成名很早，但创作力持久而旺盛，80 高龄后仍写作不辍，写作已经融入他的身体之中，成为他生命的一部分。步入晚年后，这种感觉更加强烈。他说：“只要写起文章来，就觉得人生很有意思，不会感到孤寂。”让人尤为感佩的是，有时为一篇文章中一个字的误排，他会连续打好几个长途电话到编辑部来，他一丝不苟的创作态度令年轻编辑敬畏有加。

本来，读书和写作已是何为先生生命的全部内容。但天不假人。几年后，他的视力大大减退，三步之外，几乎看不见东西。他在电话里坦言他的极度痛苦。就是这样，他借用放大镜，仍然坚持写作，尽管字迹歪歪扭扭，也绝不放弃。此外，每天请人为他读书、读报。不过，他的听力始终很好，反映特别敏捷，而且说话依然幽默而深刻。于是我安慰他说：“人说聪明聪明，您虽然现在失去了明，但还有聪。”他听罢哈哈大笑。在这笑声里，我分明听到了岁月的沧桑和寂寞中的坚强。

他的最后一本散文集取名《纸上烟云》，一个饶有意味的名字。凝练而睿智的文字集合了他的人生观察和人生感悟。

电话人生

给何为先生定期打电话始于 1998 年。这之前，只是一些书信来往。那一年，何为先生要办结房贴，请我帮忙。其间有一套颇为繁杂的程序，不少环节需要电话沟通。这之后，便成了惯例，十天半个月，一定要给何先生去一次电话。12 年来，从没间断。有时我因为出差开会，耽误了，何为先生便会主动挂到我家里来。好在我妻子打小就认识何先生，她和何先生的公子何亮亮是初中时的同学，因此在电话里常会提起过往的岁月。

何为先生曾这样写道：“老来闲居，电话是与尘世相连的一条热线。”

蛰居在上海寓所里的老人，自老伴去世后，便一人独守老房子，读书、写作，过着深居简出的生活。一部电话，几乎是他对外交往的全部。像旅居福州时一样，他在上海也一样不喜欢抛头露面，更不愿趋奉热闹。偶尔有相识的老友来看望他，他便格外高兴，也格外珍惜。而这份珍惜之情，过后还久久地盘桓在他的文字中。

电话那头——是年逾八旬的何为先生，透过千里长线传来老人的声音，依然那样清晰、有力，思维敏捷、谈锋甚健。我甚至想象得出，即便在寓所里打电话，何为先生也一定是正襟危坐，衣着整洁，头发纤丝不乱。

远离名利场的何为先生始终谨行寡言、惜墨如金。他只是在小小的斗室磨砺着笔锋，也磨砺一个文人的精神。他的散文，笔含氤氲，神会大化，意味绵长。他描绘一条小溪，则溪水里会流淌着蓝色的月光；他告诉你一个小小的故事，那小小的故事便涨满你的心头。

我一直以为写于 1959 年的《未完成的聂耳故事》是他最好的作品之一，出神入化的文字里，诗意静静地流淌。但可惜的是，这篇人物传记只写了一半。不知道为什么，最终何为先生没有完成它。何为先生自己也格外珍爱这小半部作品。为写聂耳，他做了多年准备。可是，终了，他还是选择了放弃，不再续写。说到这里，电话里的何为先生轻叹了一口气。

公务员实行阳光工资后，工资有了较多增长，而事业单位虽有改革风声却尚未有所动作。于是何为先生在电话里也时常问起事业单位工资改革情况，“什么时候，阳光也能照到我们身上呢?”2010 年，关于事业单位实行绩效工资的实施方案下达后，我立即电告何为先生。他很兴奋，此后，不断问及进展情况。遗憾的是，何为先生竟未能等到这一天。

现在电话的那一头，那位经历了世纪风雨，为我们动情地描绘人生风景的文化老人，已在冬日的寒风中飘然而去。在夜不能寐中，我写下这样一副挽联：“百万言心中风景，锦文多绣山川里；九十载纸上烟云，健笔长存天地间。”

昨夜星辰

编罢《何为集》，一时感情凝重，我明白，一个文学时期已经结束。这个时期，自20世纪50年代直到21世纪初年，跨越了半个多世纪，《福建文学》的标志性人物就是郭风、何为和蔡其矫。

何为先生逝世已经5年。

那是2011年元月，我往何为先生的寓所打电话，可是接连好几天，拨去的电话都没有人接听。我隐隐感觉到有几分不安。果然，10日下午传来消息，何为先生于清晨6时去世。何为先生原本只是做一个小手术，但没想到的是，就是这个小手术，叫停了这位文化老人的生命时钟。

至此，福建文坛的3位耆宿、3棵常青树在4年间相继辞世。3位老人中，身体最强健的蔡其矫先生走得最早。在参加中国作协第七次作代会时，他即感身体不适，中途离会。一个月后，2007年1月3日驾鹤仙去。郭风先生住院已经4年，2009年12月24日医院发出病危通知，翌年1月3日凌晨离世。而这次又是元月，好像冥冥中3位老人有个约定，相约在冬季，在寒风凛冽、雨雪霏霏中联袂同行。

其实，在20世纪90年代后，3位老人彼此间已很少见面。何为先生蛰居上海老屋，郭风先生亦藏身福州西郊凤凰池，只有蔡其矫先生生性好动，如候鸟般在福州和全国各地间来来往往。

在我的相册里，留有几张珍贵的照片，其中的一张照片，3位文学老人相挨而坐，依次是郭风、何为、蔡其矫。时秋阳朗照，房间里十分明亮。郭风先生穿的是一件藏青色夹克衫，拉链向上拉在胸口，神态安详；蔡其矫先生则是一件枣红色的夹克衫，衣襟敞开，双眼微眯；而何为先生只穿一件白衬衫，端坐正中，神采奕奕。那是2004年11月，《福建文学》编辑部和文联理论室在福州联合举办一场何为先生创作70周年作品研讨会，这也是何为先生多年的愿望。他兴致勃勃地回到福州。会上，除了众多学者、教授，还特地请来了郭风先生和蔡其矫先生。这天开会前，郭风先生和蔡其矫先生一起来到何为先生下榻的客房，于是，便有了3位老人合影的珍贵照片资料。

虽说他们3位都是福建文坛的耆宿，同时担任过省作协的主席、副主席，但在一起照相的机会并不多。他们是3棵大树，枝繁叶茂，巨大的伞盖撑持起福建文学的天空，树下簇拥着许多小花小草，不过，各个站在自己的山坡上，彼此间自然有一些距离。

这是何为先生最后一次到福州。福州是他的第二故乡。他于1959年调来福建工作，1994年回到上海定居，在福建生活了30多年，其中大部分时间在福州。他很喜欢福州，为这座美丽的海滨城市，写下许多美好的篇章。

会后，我陪同何为先生游览了西湖、三坊七巷和江滨公园。何为先生兴致勃勃，但言谈中也时时流露出几分掩抑不住的伤感。毕竟，何为先生是将自己人生中最重要的一段年华留在了福建的土地上。

昨夜星辰昨夜风。星光依旧闪耀，风声依旧绕耳，我知道一个文学时期正悄然掩卷。

但透过一页页书行，我们仍能看到这一位文学的独行者，静对孤灯，还在他独立营造的散文长廊里低吟浅唱，身影被灯光拉得很长很长。

2020年

宜夏别墅——1984

当看到这幢熟悉的老房子和老房子前两棵高大的柳杉树，看到房前钉立的标识牌，我不禁在心里叫了一声：哦，宜夏别墅！

38 年前的夏天，我曾在这幢老房子里住过 12 天，但当时只知道这里是鼓岭公社招待所，并不知道它原名叫“宜夏别墅”。这情景好像是邂逅一位曾经的故人，却刚刚才得知他的真实姓名，得知他的过去，有一种喜剧的效果。万千感慨一时涌上心头。

从鼓岭老照片以及介绍中得知这座别墅是鼓岭的西洋老建筑之一，当时叫“鼓岭疗养院”，顾名思义，是旅居福州的各国洋人在鼓岭度假时的疗养机构。由于来鼓岭居住度假的外国人日益增多，鼓岭开始有了别墅、教堂、邮局、商店、照相馆、俱乐部、游泳池，医疗机构自然不可或缺。1919 年威廉·甘布尔夫人向美以美会捐资 4000 美元，由美德信医生设计建造。因为位于宜夏村，所以又被叫作“宜夏别墅”。这幢别墅占地 390 平方米，建有 3 个病区，以及一间手术室、一间浴室。虽然小，却是当时鼓岭唯一的一所医院，很多外国孩子在这里出生，鼓岭当地的居民也能到这里看病。别墅还设有一处开敞宽阔的外廊，便于疗养者休闲、交流。100 多年前的一天傍晚，洋人们男女老少有的站在外廊上，有的坐在台阶前，或叉手静立，或敛容凝思。宜夏别墅留下了他们在鼓岭度假的快乐身影，他们的记忆里也因此刻下了一段难忘的福州时光。

我的心中掠过一道闪电，照亮了一段历程。我们也有一张相似的照片，大家参差排列在台阶两旁，或沉思或微笑，旁边，两棵柳杉静静地伫立，相视无语。一样的背景，不一样的人群。因为这座有着宽敞的外廊和众多百叶窗的西洋建筑，也曾经是我们30多位来自全省各地的青年文学作者的聚会之所。

那是1984年7月，《福建文学》编辑部刚刚经历过一次大面积的人事调整。一大批老编辑潮水般地退出编辑部，而把他们的位置让给新人。全盛时拥有10多名编辑的小说组就仅剩下我一位“老人”，还有两位刚从大学毕业不久的年轻人。

当时我到《福建文学》已经8年，年头虽说不短，但因编辑部里老编辑多，我当的始终是配角，做的都是助手的活，从未独当一面过。《福建文学》当年在杨桥路的一座红砖大楼里办公。小说散文组的房间最大，大约有100平方米，十几张办公桌依次分列在墙边，中间则摆放着一张乒乓桌，工间休息时，大家可以打乒乓球。可是现在，环顾四周，偌大一间办公室里，冷冷清清，如同潮水倏然退去的海滩。为了应对编辑人员锐减导致稿件不足的严重局面，我连续组织了两次小说改稿班。第一次在连江筱程乡，第二次便安排在鼓岭。参加改稿班的，都是近年来创作上较为突出的小说作者。

当时普遍没有空调。夏天办班，需要找个清凉的去处。于是有人向我推荐宜夏别墅，当时叫“鼓岭招待所”。到了一看，果然十分理想。宜夏别墅的建筑为石木结构，墙基高1.5米，面阔25米，进深36米，有10个大小不等的房间，可供40人住宿。特别是它拥有良好的通风系统。通风口就位于墙基下，并贯通于各个房间。所以即便中午最炎热时分，房间里仍感觉微风习习，十分舒适。

这次改稿班时间不长，但让人操心的事也不少。首先是要自办伙食，煤炭、副食品都需要事先打报告申请。我们还特地聘请了一位退休厨师，又在本地找来一位郭姓小伙子帮厨兼采买。因为有他，我们得以尝遍鼓岭本地的所有可口菜蔬。给我印象最深的当然是“鼓岭四宝”：佛手瓜、白萝卜、地瓜和嗨菜。后来这位小伙子竟跟随我们到了福州西郊的省文联机关，担任新办的食堂炊事员，一直到退休。

改稿班还请了好几位外地作者，他们报到的时间便有参差。其时鼓岭已有公路，但尚不通班车，公交车只开到涌泉寺。从涌泉寺到鼓岭乡还需走将近一个小时的山路。记得我们是包了一部大巴车，从凤凰池省文联大院出发，穿过市区一路向东，直到鼓山脚下的廨院，而后盘旋上山。透过车窗，甚至看得见高耸的屴崱峰。

以中篇小说《双镯》扬名的惠安作者陆昭环因为错过了上午的集合时间，所以是傍晚一个人上山的。那天，我沿着盘山公路走了大约半个小时，到达一处山口，极目眺望。终于，等来了瘦高个的陆昭环。他应该也看到了我，老远，就脱下身上的外套，在头顶上不住地挥动着。

一位女作者似乎有满腹心事，一天，晚饭后她独自一人到野外散步，直到 8 点多还不见回来。其时的鼓岭还相当荒凉，远近十几公里没有人家。我急坏了，赶紧叫上几个人，顺着山道找了好几公里，才看到悬崖边一个茕茕孑立的黑影。

从事通俗文学创作的张传兴，身体很胖，患有心脏病，不爱动，傍晚大家都去散步了，他却常常一个人端着张藤椅，静静地坐在长廊上，看黄昏的景色，想心事。他有一个恩爱的妻子，有一次变天，气温骤降，他的妻子竟独自从山路走上来为他送衣服，让大家好一阵感动。

我四岁半的儿子因幼儿园放假也随我上山来了。宜夏别墅，成了他的乐园。儿子淘气，在屋子里待不住，一逮住机会就往外跑。恰好，有位作者的男孩也跟来了。他叫俞海，14 岁，大我孩子 10 岁。于是大家都随我儿子叫他海哥哥。海哥哥整天领着我儿子，白天在树林里、草丛中转悠，晚上则跟着班里的大哥哥们打着手电筒去山涧抓溪蛙。我不知道，一个充满野性的鼓岭，一段自由快乐的时光，对他们今后的人生会有什么影响。

38 年的日历匆匆翻过，而今，我再次行走在这条鼓岭老街上，一切都熟悉，一切又都陌生。根据指示牌，我很快就找到了这座宜夏别墅。经过整修的别墅，成为一处休闲咖啡馆。这里已再无人居住，可是昔日的场景却一一浮现在眼前。当年参加改稿班的张传兴、陆昭环、廖一鸣 3 人已先后辞世，我却仍能记得他们在宜夏别墅时的音容笑貌。有意思的是，这次在鼓岭傍晚散步时，又遇上曾为我们讲习班帮厨的那位郭姓小伙子，不，现在也已是一位身背微驼的老人。岁月无情的刻刀，竟不曾落下哪位过往人。

柳杉、塔楼、外廊、百叶窗、通风口……哦，宜夏别墅，你不也是我人生的一张未曾褪色的照片？

2022 年

《福建文学》 里的福州先生

岁月是一条河，有时舒缓如歌、波澜不惊，有时水流汹涌、激浪有声。编辑部的日子也一样。大多时候，平淡无奇，每日的工作，就是伏案看稿、编稿、校对，寻常的话题，大抵离不开作者和作品。日复一日，年复一年，日子在不厌其烦地重复着。不过，当一期新出版还散发着油墨清香的刊物出现，却能在大家心头掀起阵阵波澜，给编辑部带来如许生气。而那些崭露头角的作者一时间更被津津乐道。这是编辑独有的乐趣，也是编辑职业的魅力所在。就像一位农人，在一番风吹日晒的劳作后，正笑意涟涟地看着自家园里新结出的瓜果。难怪老作家郭风先生晚年在公众场合总要强调："我是一名编辑。"他经历了《福建文艺》《热风》《福建文学》的各个阶段，编辑情愫已然深深地印记在他的脑海中。

创刊迄今已逾 71 年的《福建文学》，毋庸置疑，是福建文学创作的一处高地。刊物于 1951 年 1 月创办，初名《福建文艺》。后来更名《园地》《热风》。1957 年，《热风》同仁被打成"右派"，几无幸免。此时，又有一批热爱文学的文化人走进编辑部，接续着一本文学期刊的前行。不过，到 20 世纪中期，刊物已经变为工农兵演唱的小册子。不久停刊，全体编辑人员下放农村。1973 年复刊，取刊名《福建文艺》。除召回原班人马外，又陆续调进了一批新人。我有幸忝列其中。1980 年 1 月改刊名《福建文学》至今。

半个多世纪以来，这本刊物是众多文学作者满怀憧憬的出发地。同时，这里也汇集了一大批优秀的文化人。他们是作家，也是编辑；是大树，也是园丁。而且大家都以当过《福建文学》的编辑为荣。

在我 37 年的《福建文学》编辑生涯中，搬过 4 次办公室。最初在鼓屏路，编辑部当时隶属省革委会文教组。之后搬到杨桥路旧森工局大楼，为省文化局的一个特别处。省文联恢复建制 4 年后，搬到新建的凤凰池文联大院。2006 年又随省文联搬到黎明街原省委统战部大楼，直到 2012 年 10 月。而最后这次搬家，则是因为我自己要从这个已经服务了 37 年的单位退休了。

当我起身离开编辑部办公室，最后看一眼桌上堆叠成小山，却始终也看不完的稿件时，不禁长长吁了一口气。这一刻，我想到什么。我的眼前忽然就出现一串熟悉的身影，他们都是《福建文学》的先生们。尽管他们都已经离世了，但他们曾经的音容笑貌和矻矻不已的工作精神却始终和这本刊物同在。如果把《福建文学》比作一艘航船，那么他们就是船上那些最有经验的水手，刊物的传统和风尚就体现在他们身上。他们中，自然有郭风、何为和蔡其矫。郭风是刊物的创办者，何为先生担任过数年散文编辑，蔡其矫也编过诗歌。3 位都是蜚声全国文坛的名宿，自不待言。不过，在我眼里，编辑部中还有许多让人钦敬的先生，而且还是地道的福州先生，比如陈侣白、魏世英、徐木林、姚鼎生、张是廉和陈钊淦……

陈侣白先生应该是省文联里资望最深的老人。他早年即在编辑部，从《园地》到《热风》，编发过许多优秀作品，其自身创作也有很高的成就。福建最早的一部电影《闽江橘子红》的剧本就是他和朱一宸先生共同创作的。他也是省文联机关中新旧体都能上手的诗词行家，尤其古典文学学养深厚。这也得益于他的家学渊源。他的母亲薛念娟是福州 20 世纪二三十年代的“十才女”之一，受业于国学大家何振岱。在这样的家庭里长大，加之天资聪慧，自然才学出众。

侣白先生一头扑在编辑工作上，打破他平静生活的是一场席卷全国的政治运动。顷刻间满江风浪，继而编辑部船倾楫摧，船员集体落水……因为岁月是一条河。

1957年编辑部全体成员都被划为“右派”，侣白先生也被下放到农村劳动。我看到一幅侣白先生戴斗笠穿蓑衣扛锄头的照片。照片上的他，神态安详，殊不知他内心藏着多大痛苦。因为侣白先生和相恋多年的女友本来就要成婚，而这场突如其来的厄运，棒打鸳鸯，两人只能含泪分别。不过，女友却痴心等待他整整4年，直到侣白先生于1962年结束下放返回福州，两人才举行了婚礼。但“右派”的帽子却如同紧箍咒，还在不断地困扰着他。人生的这段经历，让侣白先生痛彻心扉，只是他倔强如昔，创作力依旧旺盛。

2005年3月，适逢陈侣白先生80寿诞，省文联、省作协拟为他举办作品研讨会。陈侣白先生亲自将会议请柬送到我的办公室。侣白先生是《福建文学》的老编辑，也是一位满腹诗书且笔耕不辍的老诗人。该给他送一份什么样的贺礼呢？我寻思片刻，决定为他撰一副寿联。上联是“藏山事业三千牍，岁月如歌，满腹珠玑都是寿”，下联是“笔墨春秋六十年，人生得意，一肩风雨尽成诗”。联成，侣白先生尚未离开文联，遂请他过目。侣白先生读后似乎很满意。于是，我下楼请书法家陈奋武先生书写成条幅。这副对联，侣白先生后来请人裱褙装框并一直挂在他家的大厅墙上。

尽管历经风霜，陈侣白的书生本色不减。我还记得，为筹备纪念《福建文学》创刊50周年，编辑部拟对刊物过往历史和在册人员名单进行一次系统梳理。为此，我们遍访还在世的老编辑，并召开两次老编辑座谈会。蔡其矫和陈侣白先生都应邀出席。不料，会议刚开始发言，陈侣白就指出，蔡其矫不是《福建文学》正式编辑。蔡其矫先生回应说，怎么不是？我在20世纪60年代多次参加过《热风》的诗歌编辑工作。陈侣白说，你那只能算票友玩票，客串编辑而已。会场气氛一时尴尬。我们都知道，两位老先生私交一向很好，可是侣白先生认真起来，六亲不认。他的本真执着，让人动容。

20世纪70年代中，我甫进《福建文学》编辑部时，魏世英先生40多岁，正是风流倜傥的年纪，可是上上下下都叫他老魏。当时能叫老的，除了文联和编辑部领导，便是文学界的前辈，比如郭风、何为、蔡其矫、姚鼎生。而老魏，有说，十几年前大家就这样叫他了，可知他在人们心目中的分量。老魏负责理论组，是编辑部里的台柱子。不仅仅因为他的文笔犀利，他的文艺评论，从来是针针见血。还因为他敏捷的思维和开阔的视野，这对办刊特别重要。一本杂志如何在众刊中脱颖而出，必得有自己的招数，办出自己的特色。那时候，编辑部里学术讨论的气氛很浓，大家各抒己见，彼此争锋，互不相让。而老魏一开口，则全场肃静，他的每一番话仿佛都是深思熟虑的结果，让人不得不折服。我记得，每次编辑部开会研究重大议题，主编苗风浦在最后拍板前，一定要询问老魏的意见。老魏的意见，可以说举足轻重。

初次见到老魏的人，都有这种感觉，他很严肃，甚至不苟言笑，似乎不好相处。但接触久了，就知道其实不是这样。那时编辑部的大办公室里摆了一张乒乓球桌，工间操的时间，我们就打乒乓球，不分老幼齐上阵。老魏也是一位乒乓运动的积极分子，每次必到。他打球很认真，但和别个打球时大呼小叫不同，不论赢球输球，喜怒不形于色。有一天，编辑部里一位年轻人悄悄对我说：我听到老魏吹口哨，吹得很好听。老魏吹口哨，竟成了编辑部里的一大新闻。可见老魏在人们眼中的印象。后来，我了解到，老魏的音乐素养很好，早在中学时期就是学校合唱团的成员。

记得一天下班时，老魏忽然叫住我，对我说，你不能太软弱，遇到事就一味寻求保护，要敢于直面斗争。老魏这一番话让我受益匪浅，也让我铭记至今。我才知道，虽然，老魏看似处世淡然，但没有什么能逃过他的目光。

在全国文坛引起重大反响的关于新诗问题的讨论，就是老魏为主策划的一个课题。这场讨论，持续了两年时间。讨论目标很明确，就是围绕舒婷的诗歌创作，探讨朦胧诗的得失，以及中国当下诗歌前进的道路。谢冕、孙绍振、徐敬亚都作了他们的诗歌发言。也有反对声，特别是来自省内诗界的批评声音似乎也很强烈。这对《福建文学》来说，确实要承受一定的压力。此时，由老魏主持的理论组，不仅意见一致，而且旗帜鲜明，在文坛博得了好名声。

1984 年，省文联成立文艺理论研究室，老魏是首任主任的不二人选。他大刀阔斧的工作作风也得到很好的展示，首先，他网罗人才，调进一批精兵强将，紧接着是创办了在全国文艺界颇有影响的《当代文艺探索》，树起一面闽派评论的旗帜。

可是这么一位叱咤风云的文坛骁将，不到年龄就全身而退，理论室主任、刊物主编……所有兼职，一卸到底，毫不犹豫。

老魏退休后，较少涉足文坛，此间的是是非非，他听了只是报以淡淡一笑。似乎要淡出江湖。却不知道，他是要积攒精神，为一个鸿篇巨制而做生命的最后冲刺。

为了创作《悲喜春秋》，整整花费了他 10 年光阴，也耗尽了他的心血。而后，送出版社，等待出版，又是两年。当新书呈现在眼前，他列了一个长长的赠送名单，可是，拿起笔，他的手已经颤抖得签不了自己的名字。有一次开离退休老同志会，看到老魏颤颤巍巍地走进会议室，我走上前去向他问好，老魏轻声问："我的书收到了吗？"随后，摇摇头："现在已经写不了字了。"之前，我就听说他在写以自己亲历的"城工部事件"，带有自传体性质的一部长篇小说，写得有些艰苦。谁想，这场耗时耗神的马拉松式的创作，竟让他因此大病了一场。我是在文联的信箱里取到老魏的赠书的。果然，扉页空白，没有一个字的题签。

老魏在理论组的搭档徐木林是闽侯徐家村人，20 世纪 20 年代出生，典型的旧知识分子形象。他身材高瘦，一年四季，着蓝色的中山装，左边口袋永远插着一支钢笔，这是他的标配。活脱脱一位乡间秀才。他虽学历不高，但有深厚的理论素养，一开口总离不开几个“斯基”，这是因为徐木林先生熟读俄国文艺理论家别林斯基、车尔尼雪夫斯基等人的著作，所以后来大家干脆都叫他“木林斯基”。老徐长期担任理论组副组长，埋头看稿、编稿，直到老魏调任理论室才转正。理论组在编辑部里分量很重。举凡重头稿件、疑难稿件一定要经过理论组审阅过并发表意见。因此，老徐有着理论高度的发言，一向受到大家尊重。

姚鼎生是闽清人，也是一位有影响的小说家。他20世纪60年代创作的长篇小说《土地诗篇》上半部曾得到过茅盾先生的肯定。我进编辑部的时候，他已经离开编辑岗位，正在为创作《土地诗篇》的下半部全力冲刺。不过，之间他也会写几个短篇给《福建文学》。我就编过他的小说《荔枝红》。作品充溢着浓郁的福州乡村生活气息，表现出他娴熟的经营故事和驾驭语言的能力。

姚先生到文联办事时，一定会来编辑部走走，跟每位同仁打打招呼。当听到我们叫几位老编辑“老金”“老季”“老蔡”时，他便打趣地说：“什么时候都成老了？我可是叫他们‘小金’‘小季’‘小蔡’来的。”说着，还故意做出一副前辈编辑的得意模样。

作为一名资深的诗歌编辑，陈钊淦先生称得上桃李满门。从20世纪70年代起，可以说，我省的诗歌作者，大多通过他的慧眼进入诗坛。他创设“本省中青年诗人评介”和“新荷集”栏目，推出一大批诗歌作者。后来获得“鲁迅文学奖·诗歌奖”的闽东诗人汤养宗就是他最先发现的。他识才、爱才，同时不怕挑战权威，敢犯龙颜，堪称“强项”编辑。

每期刊物出版，编辑部都要开评刊会。年轻人最怕的就是陈先生发言，谈及作品的思想性、艺术性和文风，连一个错别字也不放过，更不用说文学常识问题，口如利剑，毫不留情面。

我的第一本散文集《四月流水》出版后，向编辑部各位先生签名分送，一直心怀忐忑。没想到的是，几天后，陈先生叫住了我，笑眯眯地对我说："我花了 3 天时间，认真读过了。总体感觉很好。但书中还有一个错字。"说着，他从手提包中掏出书，翻给我看。我定睛一看，几乎每篇文章他都做了批注，虽三言两语，但深中肯綮。这让我感动得一时说不出话来。

徐木林和陈钊淦先生都酷爱读书，家中有大量藏书。我还记得在旧米仓编辑部宿舍居住时，常常看到陈先生大中午骑着自行车兴致勃勃地回来，车后座上驮着他刚从哪家书摊上淘来的一摞折价图书。退休后，他还骑自行车外出讲课。后来，陈先生竟因为骑自行车，遭遇车祸而不幸离世。

1974 年，我参加编辑部举办的作者学习班，见到的第一位编辑就是张是廉先生，彼此结下半世纪的交谊。在我借用工作期间，是他向主编苗风浦提出正式调我进编辑部，之后又分配在小说散文组在他领导下工作。我们还是黄巷宿舍的邻居。那时我经常出差，有次孩子半夜生病，我太太顾不过来，就喊他帮忙。他二话不说，立即下楼雇三轮车陪着上医院。老张侠义热肠，看我们一家多年蜗居在一楼墙边仅 7 平方米的西晒小房，十分同情。恰好大院里有人搬走，空出两间房，办公室却要分给刚调来的行政人员。他义愤不平，甘冒受纪律处分的风险，组织编辑部的同志帮我搬进空房。当然，这事最后以我主动妥协告罢，但我永远也忘不了老张的仗义行为。老张对作者的关心爱护，也一直是我效仿的榜样。一次办班时，有位作者酒喝多了，吐得卫生间一地污秽。老张不嫌脏臭，自己默默地将卫生间打扫干净。有位农村来的作者经济困难，他知道后就悄悄地自掏腰包送他返程路费。

1984 年，编辑部大换血，老张被提为省文联办公室主任，权力极大。但他始终忠于职守、秉公办事。他有两个女儿，都在集体企业上班。尽管集体企业濒临倒闭，而省文联机构不断扩大，人员经费逐年增加，经老张之手调入文联的不下 10 人。老张却守着一份清高，从不肯为女儿就业的事疏通一点关系。这在省文联被传为美谈。

在小说组时，老张曾多次带我去一中宿舍看望过他的中学语文老师陈景汉。他说当年就是陈景汉先生带着他参加革命，成为中共福州地下组织的一员，他的文学兴趣也来自这段中学时光。因此特别感念老师的培养。陈景汉先生古文造诣深厚，写得一手好诗词。有时高兴起来，师生俩还会一起用福州话吟诵古诗词。那情景让我难忘。

张是廉先生罹病91岁去世时，我为之作挽联："半世纪交谊，先生清节犹在望；九十载文缘，长者胸襟永留芳。"九十载文缘，指的是他周岁时，父母在他身旁摆上算盘、毛笔、剪刀等物品，让他任意抓取，民俗谓之"抓周"。结果他一把就抓了毛笔。老张因此曾大笑着说："文字就这样成了我的终身职业。"

小说组里的金筱玲是位南下干部，为人刚正泼辣，作为编辑部的老人，她处处维护组长张是廉的威信，对编辑部里的几个年轻人也是爱护有加。我们年轻，有时难免会意气用事，甚而闯祸。每到这当儿，老金总是挺身而出，为我们挡风遮雨。这让我时时感受到编辑部温煦的阳光。

那时机关的氛围，不鼓励年轻人业余创作。老金却私下告诫我，趁年轻，一定要多写。写作和编辑并不矛盾。当看到我在报刊发表作品，她总是投以赞许的眼光。当然，她更看重的是年轻人对编辑工作的敬业精神。老金同时还担任着刊物总校，这对于年过半百的她，绝不是一件轻松的事，她戴着老花镜，身边摆着好几部字典，逐字逐句审阅，一丝不苟。那一种敬畏文字的精神令人肃然起敬。

老金虽来自上海，却是一名福州媳妇，自诩是半个福州人。她对福州的风俗民情有着浓厚兴趣，而且在身边团结了好几位民间文学作者。我之与闽都文化结缘，一方面也来自她的影响。

尤令我感怀的是，1996年1月，我出任《福建文学》主编，作为编辑部老人的诸位先生们依然如昔，毫无保留地全力支持我的工作。我目送着他们一个接一个离开编辑岗位，但我始终感觉到他们的目光从没有离开过这本刊物，因为这里留下过他们的辛劳和汗水，也留下过他们的快乐时光。

岁月是一条河。希腊哲人赫拉克利特说过，人不能两次踏进同一条河流。诚然，时光如同流水一样只会匆匆而逝，不再回头。但只要生命还在、记忆还在，过往的那些人、那些事、那些日子就永远也不会从我脑海里淡忘，也不应该被淡忘。

2023 年

对联中的文苑往事

在文联，我之写对联，一开始纯属偶然。记得是省文联刚恢复不久，一天编辑部开会，主编苗风浦忽然问，我们这里谁会写对联？他说闽剧艺术家郑奕奏先生 80 寿诞，文联要送副寿联。这个任务交给编辑部了。一时，大家的眼光齐刷刷地落在我的身上。我确实写过对联，但那是上山下乡期间，写在知青点里，借对联表达自己的心境。比如，宿舍房间的墙上挂上世界地图，我便这样写道：“登楼望穿千层雨雾，挂图识尽万里江山。”“图中长流四洋潮水，窗前时集八方风云。”再比如，搬到新知青点时，半夜打雷下雨，屋里漏水。大家忙着打伞，拿脸盆接水。我有感而发，信口诌了两句：“新居面北，常得狂风穿屋过；旧瓦朝天，时有惊雨入梦来。”这时候的对联，写得并不工整，纯是苦中作乐、自娱自乐。因为自小喜爱古典文学，背诵了不少唐诗宋词。而律诗里就有联句，可资借鉴，所以写起来似乎不难。虽属文字游戏，但我喜欢对联文字的高度浓缩，寥寥数语，便能咀嚼出人生的况味。

我知道郑奕奏是著名的闽剧艺术表演家，连京剧表演大师梅兰芳都很欣赏他。坊间甚至有“北梅南郑”之誉。而且我们还是黄巷的邻居，郑先生住前院，我住后院。那时每天下午，郑先生都会带着他的小孙女来到后院，就在我家门前的空坪上练身段。郑先生神情矍铄，教学一丝不苟，给我留下深刻印象。于是苦思了大半夜，想了这样一副贺联：“粉墨半生台上过，清音一曲世间传。”

这之后，我在文联里遂有了小名声，常常有人托文联的同事来索联。比如建瓯有位茶友，希望能为他刚制成的新茶各配一副联。这3种新茶，都有一个雅名，分别叫作“红袖”“柳眉”和“凌波”。我一时来了兴致，于是这样写道：“兴起清风把盏，客来红袖添香。（红袖）”“云里百年嘉木，瓯中几叶柳眉。（柳眉）”“合是凌波仙子，总归烟雨江南。（凌波）”如此而已。

我给文联的老艺术家写贺联，除了郑奕奏先生，还有陈侣白先生。侣白先生是省文联里资望最深的老人，很受我尊敬。他也是省文联机关中新旧体都能上手的诗词行家，尤其古典文学学养深厚。这也得益于他的家学渊源。他的母亲薛念娟是福州20世纪三四十年代的“十才女”之一，受业于国学大师何振岱。在这样的家庭里长大，加之天资聪慧，自然才学出众。

2005年3月，适逢陈侣白先生80寿诞，省文联、省作协拟为他举办作品研讨会。陈侣白先生亲自将会议请柬送到我的办公室。侣白先生是《福建文学》创刊时期的老编辑，也是一位满腹诗书且笔耕不辍的老诗人。该给他送一份什么样的贺礼呢？我寻思片刻，决定为他撰一副寿联。上联是“藏山事业三千牍，岁月如歌，满腹珠玑都是寿”，下联是“笔墨春秋六十年，人生得意，一肩风雨皆成诗”。联成，侣白先生尚未离开文联，遂请他过目。侣白先生读后似乎很满意。于是，我下楼请书法家陈奋武先生书写成条幅。研讨会上，这副寿联得到全体与会者的认可，对侣白先生的评价换得一片热烈的掌声。后来，我到过侣白先生家，看见以这副对联写成的条幅悬挂在客厅的正面墙上。不过，后来侣白先生对这副对联做了一个字的修改，就是将下联“皆成诗”的“皆”改成“尽”。意思相同但避免了3个平声字排在一块。诗联家侣白先生遂成我的一字之师。

2016年岁杪，侣白先生借两本新书的出版举办91岁生日的家宴，邀我参加。席间，举行赠书仪式。其中的一本诗文集，便用了我贺联中的句子：

“一肩风雨尽成诗。”不仅于此，侣白先生还在自序中说明了书名的由来。可见他对这副对联的赏识和重视。

书画家们有次下乡采风，同行的省画院画家宋展生要我为他新居的厅堂写副联。宋展生是原福建师院美术系教授宋省予的公子，喜饮酒，擅画鹤。我回家后，当即写了一副：“横笛常带三分醉，放鹤只消一片云。”并手书于他。展生十分喜欢，多次提及此联。

工艺美术家郑礼阔先生，想请书法家陈朱为他写副对联，陈朱要我提供联句，我将“礼阔”二字嵌入联中：“知礼常风和日丽，虚怀则地阔天高。”

也有的对联，是单位任务需要。比如，2006 年 1 月，省文联搬迁新大楼，为了喜庆，要从新大楼楼顶垂挂一副长联。任务落在我的身上。于是，我拟了这样一副对联：“江左风流，俊采星驰，照眼春光新艺苑；海西鸿策，金声玉振，放怀翰墨大文章。”

当然，在文联，写得较多的还是挽联。但没有想到的是第一副挽联送别的便是苗风浦先生。

苗风浦先生是胶东人，儿童文学作家，随部队解放福建后留在地方工作。先在福建人民出版社，1958 年调省文联，任《热风》副主编，另一位副主编是著名散文家郭风先生。主编是张鸿，时任省委宣传部文艺处处长和省文联副主席。苗风浦主持日常工作，是编辑部的实际负责人。“文化大革命”前两年，即 1964 年，《热风》编辑部作为社教试点单位开展文艺整风，已不能正常出刊。整风后刊物奉命改版，改出《工农兵演唱》的小开本读物。1966 年“文化大革命”中，《热风》编辑部更被卷入漩涡。苗风浦和郭风一起被打成“资产阶级文艺路线的黑干将”，全体编辑下放农村，接受贫下中农改造。1973 年，苗风浦恢复工作，并受命重组编辑部。当时省文联尚未恢复，编辑部则归省革委会文化组领导，当年即出版两期试刊。刊名定为《福建文艺》。编辑部由应端章、苗风浦和张贤华三人负责。应端章原是省委党校的教员，此时担任党支部书记。郭风先生和《热风》编辑部的原班人马基本归队。他们中有徐木林、季秉义、蔡海滨、金筱玲、黄国荡等。一批专业作家如何为先生、姚鼎生先生、何泽沛先生、何飞先生也进入编辑部。加上石灵、袁荣生、刘宝川等戏剧组的人员，一共集合了30多人，可谓阵容强大。

虽说编辑力量强大，但缺少作者、没有作品仍然是无米之炊。因此编辑部采取办班的形式，一次吸收30多位工农兵学员，集中学习改稿一个月，由编辑面对面辅导，修改作品。

我正是因为向《福建文艺》投稿，而被编辑部选中参加学习班的。记得那是1974年的仲夏。一天，县文化馆通知公社并下达大队，要我到福清参加《福建文艺》编辑部举办的创作学习班。当我几经辗转来到这座沿海城市，学习班开学已经3天了。学习班租用当地一家华侨旅行社，听说我来了，有两三位中年人同时从房间里出来，热情地招呼我，眼里露出欣喜的神色："都以为你来不了呢!"通过介绍才知道，他们便是郭风、何为和苗风浦。前两位是享誉文坛的散文家，后一位不仅是刊物负责人，亦是很有影响的儿童文学作家。一个知识青年，第一次投稿，便受到这样的礼遇，令我终生难忘。这些我心仪已久的文坛大师，现在就生活在我的身旁，和我近在咫尺。对我来说，这是我文学生涯的最初一步。正是这一步，让我走进了福建文坛。

几年后，我从业余作者到业余编辑，最终迈进了编辑部大门。在许多年轻编辑的眼里，主编苗风浦是一位十分严肃、处处小心、不苟言笑、让人心生敬畏的领导。他平时除了工作外，也很少和我们交谈。但相处久了，就发现，其实他的心很细，而且善良。一次，广西作家李栋、丁章林来福建出差，我请他们到家里吃便饭。老苗不知怎么就知道了，第二天，他让财务给了我30元，说是编辑部给我的饭费补助。这让我十分感动。

1985年，老苗受了一些挫折，离开编辑部，去主持省作协工作。谁想，不久即罹患胰腺癌，第二年春天辞世。他在上海治病期间，我曾去看望过他，看到他孤零零地躺在病床上，显得十分虚弱，生命已经接近尽头，但他仍然关心着编辑部和作协的工作。其时老苗刚刚 56 岁。老苗身体一向不错，他给人的印象是个头挺拔，天庭饱满，两眼十分有神。他到作协后很想好好干一番事业，拟了好多计划。我记得去年他还这样对我们说，我现在 55 岁，还有 5 年好时光，要好好珍惜。谁知道，天不假年，一个胶东大汉，就这样轰然倒下，让人痛惜不已。

我为他写的挽联，挂在他的遗像旁："蜡炬忽为灰，身后长存墨卷；新竹已成行，堂前仰望遗徽。"

岁月匆匆，不觉老苗已离世 30 多年。文坛上，大多数年轻人都不知道这位曾经的文学掌门人，以及这本文学期刊创办初期的步步艰辛。

20 世纪 90 年代中叶，省文联大院中传出噩耗，两位年轻人高鹏、熊海燕忽然不治。

高鹏年方不惑，却英年早逝。他原在漳州报社供职，因热爱文学，调来文联。他平时为人低调，内敛少言，擅写散文和评论，有散文集《敬畏生命》存世。沉痛之中，我为之撰联："志存高远，笔舞龙蛇，九万里鹏程正翥，如何一笑成眠，宁舍文章驾鹤去；心自平常，人惟质朴，四十载书生本色，岂料数卷犹热，乍寒风雨惊天来！"

熊海燕是美术家协会的工作人员，结婚不久即罹患癌症，20 多岁告别人生。美协开追悼会向我索联，我写的是："伊人永逝，满纸桃花皆失色；海燕不归，一帘春雨尽含悲！"

进入 21 世纪，蔡其矫先生、郭风先生、何为先生相继辞世，他们灵堂前的挽联都由我撰写。

2007 年 1 月，蔡先生病逝。记得当时是参加中国作协第七次代表大会。那一年蔡先生 88 岁，已经回到北京居住。他也是代表团成员。开会报到的那天，他早早地就在北京饭店的大堂里等我们。看到乡亲，显得格外高兴。大约是会议的第三天早上，蔡其矫先生告诉我们，这两个晚上他上卫生间时都摔倒过，摔得还挺重。大家一听，都劝他不要继续参加会了，赶紧到医院检查一下，看是什么问题。不久，传来消息，蔡其矫先生做了CT检查，脑部发现一颗肿瘤，导致他走路不稳。一个月后，在原定做脑部手术的当天凌晨，蔡其矫先生辞世。这位一生为爱情和自由吟唱的诗歌独行侠，他的人生远行，竟这样坚决、迅速。举行遗体告别仪式时，主办方要我赶写一副挽联。于是我借来《蔡其矫诗歌回廊》，放置案头，酝酿情绪，脑海里很快就有了这样的句子："汹涌三万诗行，都成海上波浪；起落九十人生，不老风中玫瑰。"《波浪》《风中玫瑰》都是蔡其矫先生的诗歌名篇。

2010年1月，郭先生辞世。郭风先生是我文学道路的引路人。正是因为他的热心推荐，我得以进入《福建文学》编辑部。20世纪90年代初，我的第一本散文集出版时，郭风先生给我作序，他这样写道："与黄文山同志的交谊，包括他至《福建文学》编辑部工作以及此前他尚在闽北农村生活的日子，约略算来已有20余年的岁月了。这种交谊，当然只能是在文学领域内。而这给我一种机会使我得以认识一位同行、一位同事在人生道路上的主要经历，即从事文学编辑并在工余从事文学创作；这种经历看来将持续下去乃至终老。这使我感到亲切，因为这和我自己的人生的主要经历格外相似。于此，我想顺便提出一个看法，即要将此等经历持续到终老，需要一种志愿、一种信念、一种勇气；需要就对待外界的种种诱惑坚持个人的操守，能够视清淡生活为一种人生境界。"

直至今天，我已经退休了，但先生的这番话，依然是我人生的目标：从事文学编辑并在工余从事文学创作。我觉得我始终没有离开过先生的视野。

退休之后，郭风先生还常常到编辑部走动，询问一些刊物和作者的情况。一拿起《福建文学》，他就动了感情，手里摩挲着封面，眼里熠熠闪光。这一本文学期刊，最初就是在他手上创办的。郭风先生是享誉海内外文坛的散文大家，但他从不以散文家自诩，而总是强调自己的编辑身份。我在许多场合都听到他不无自豪地说：我是一名编辑，20世纪40年代起就是编辑。诚然，从20世纪40年代郭风先生主编《现代文学》开始，经历过《福建文艺》《热风》《福建文学》，到20世纪80年代创办《榕树》丛刊，他整整当了40年的文学编辑。他还说，作家不是手把手教出来的，而是给他发表的园地，发表就是最好的培养。因此他在当编辑时特别注重发表新人的作品。可以说，福建20世纪自五六十年代到七八十年代的文学作者几乎每个人都受过他的恩泽。

许多人都把郭风先生比作一棵参天大榕树，庇荫着一方创作的园地，支撑着一片文学的天空，悦耳的叶笛在其间流转，滋润了几代读者的心灵。

郭风先生终于走完了自己的人生之路，但悠长的叶笛依然在人们心中传响。这片榕荫，这道叶笛，已经成为八闽大地上永远的风景。于是我写下这样一副挽联："文学之树，道德之树，好大一棵榕树；故乡之笛，心灵之笛，悠长几代叶笛。"

2011年1月，何先生不治。20世纪80年代初，在黄巷居住时，我和何为先生做过5年邻居。何为先生平时深居简出，不太和人交往。他不喜欢抛头露面，更不愿趋奉热闹。他的性格内敛而矜持，一如他含蓄严谨的文风。但他却是我国新时期名字被传诵得最为广泛的作家之一。

何为先生于72岁时回到上海，因为在上海的陕西南路，他有一栋祖传的老房子。他在这栋房子里出生，又在这里度过少年和青年时光。而且他的夫人徐光琳先生已先他几年到上海居住。叶落归根，对故乡故居的思念牵拽着老人回归的脚步。

给何为先生定期打电话始于1998年。这之前，只是一些书信来往。那一年，何为先生要办结房贴，请我帮忙。其间有一套颇为繁杂的程序，不少环节需要电话沟通。这之后，便成了惯例，十天半个月，一定要给何先生去一次电话。12年来，从没间断。

现在电话的那一头，那位经历了世纪风雨，为我们动情地描绘人生风景的文化老人，已在冬日的寒风中飘然而去。在夜不能寐中，我写下这样一副挽联："九十载纸上烟云，锦文多绣山川里；百万言心中风景，健笔长存天地间。"

在文联之外我也有一些文友，延青先生是经常来往的一位。他是《福州晚报》的副刊部主任，常发我的散文随笔。延青先生自己也是一位写作者，喜欢散文，而且耽情山水，与我志趣相投，彼此很谈得来。我们常常一块去外地采风，去过泰宁的金湖、连城的冠豸山、福鼎的太姥山和沙县的淘金山。延青先生患有心脏病，但毅力十分顽强，跋山涉水，从不落人后。他大我 16 岁，却从不以长辈自居，对我十分友好尊重，和他在一起，有如坐春风之感。2003 年春，延青先生辞世。听到这个噩耗，我十分难过，当即写下一副挽联："鹤驾难回，山水文章同不朽；仙游何去，林泉墨趣失知音。"

在我担任《福建文学》主编期间，还主持过编辑部两位老同志的丧事。其中一位是诗歌组的老编辑陈钊淦先生。陈先生早年毕业于厦门大学中文系，并留校当助教。因为爱好诗歌创作，于 20 世纪 80 年代初调来刚组建的《福建文艺》编辑部，担任诗歌组组长，在这岗位上直至退休。他为人耿直，敢于坚持自己的艺术观点，同时热心扶持新人。可以说，福建的一大批优秀诗歌作者，都是他培养起来的。

老陈是去看望女儿、外孙时，在广东珠海遇车祸去世的。此时他已退休 10 年，他的身体一向很好，业余生活也很丰富，读书、跳舞，有时还兼课，过得很充实。老陈爱书，家中藏书甚富，平日尤喜欢到旧书店淘书，常常淘到好书，便会兴致勃勃地来敲我家的门，当成喜讯告诉我。

可是一场意外的车祸夺取了老陈的生命。我专程到珠海处理了老陈的后事。就在珠海，写下这样一副挽联："仙游已远，诗书万卷凭谁读；鹤驾难回，桃李三千为世钦。"

徐木林先生是编辑部的老人，20 世纪 50 年代就到了《热风》编辑部。他谢世时 83 岁。

老徐为人一向低调，在我的心目中是一个典型的旧式知识分子形象。他勤于读书，认真做事，却从不争名逐利。他学问广博，文字基本功十分扎实，一直是编辑部评论组的台柱子，担任《福建文学》评论组组长多年。但直到退休，还只是退评的副高职称，不与工资挂钩，而农村户口的妻子也因此无法转为城市户口。老徐却淡然自得，毫无怨言。出殡那天，我和编辑部的许多同志赶到殡仪馆送别。我写的挽联，悬挂在他的遗像两旁，十分醒目："勤谨笃学，书生一世；谦恭厚道，仁者千秋。"

这几年，还不断有熟知的同事或朋友离世，其中就有陆广雄和洪洁。陆广雄在到画院之前，一直担任《福建文学》的美编。编辑部里的老同志，不论职务高低、年龄大小，都叫他小陆。一是他性格随和，乐于帮助人，好叫；二是这样叫显得亲切，无隔阂。小陆原在一家工厂工作。但他从小兴趣画画，曾拜老画家陈挺为师，专攻山水。调进《福建文学》后先是当编务，并协助美编工作。他人勤快，好学习，也肯钻研，不到一年就掌握了排版技巧。不久，美编出国，就让他独自掌勺了。这期间，他还报名福建师大美术系，经过刻苦学习，取得本科文凭。虽然已经执掌刊物的美编工作，但小陆始终把自己的位置放得很低，谦谨勤敏，工作不分分内分外，随叫随干。当时，《福建文学》经费困难，养不起汽车，但对外联络工作又少不了。于是编辑部给小陆配备了一部摩托车，让他兼跑外勤。直到他自己买了一辆小型汽车，还是请他跑。小陆用私车办公事，照样乐呵呵的，而且体谅编辑部的困难，从来没有向我提出过补贴油钱。

小陆为人真诚热情。记得有两三年，我腰疾发作，上班时痛得不能坐下，只能用手撑在办公桌上工作。小陆见状，主动联系上省体工大队的队医，然后就用他这部小车载着我到体工大队治疗。一次，两次，三次，不厌其烦，让我十分感动。

不知不觉间，小陆已经成长为一个有相当造诣的山水画家。大概是2008年，小陆向我提出，想调到省画院当一名专业画师，这对他的个人创作，会有一个更大的空间。我支持他的想法。虽然编辑部将从此没有专业美编，还是予以放行。

小陆在画院工作十分出色，创作上更是佳作迭出。我耳有所闻，心里也为他感到高兴。这期间，他举办过个人的山水画展，荣宝斋还出版了他的画册。小陆的艺术之路渐入佳境。但天不假年，小陆竟患上了癌症，而且发现已是晚期。让人为之嗟叹。

当晚我即写下这样一副挽联："胸中存真性情斯人不老，笔下有佳山水其艺长青。"

洪洁是《故事林》杂志的美编，与小陆一样，都是自学成才的画家，也是我在旧米仓宿舍的邻居，大家相处关系一直很融洽。小洪见我有时写写毛笔字，还特意送给我一块毛毡。他患有癫痫症，时而发作。据说那天小洪正是因癫痫症发作而死。闻之恻然。吊唁时，见我写的挽联已挂在他家的灵堂上："归期已渺，忍对秋风千行泪；去意何急，唯留画卷百般情。"

还有一些年轻的同事，比如文学院的陈大樟，离世时刚刚 30 岁，而且走得十分突然。文学院的刘志峰仓促间向我索联，我也只能仓促写下一联："三十而立，三十何往？痛矣；风华正茂，风华安在？嗟乎。"

我真不希望再写挽联。因为每一副挽联都是一个沉痛的记忆。一个个活蹦乱跳的身影，怎么就忽然绝尘而去，隐身黄土，令人空留一声嗟叹。

近些年，我的文学创作，除了散文，大量的是对联。而且大多是文联和作协向有关方面推荐，领来的任务，往往难以推却。比如闽侯的林森公园，分配给我的是 3 副。其中一副长联，要悬挂在正面大堂上。林森是闽侯青口镇凤港村人，曾任国民政府主席。他是辛亥革命元老，一生报国，廉洁自律，深得百姓爱戴。自然也是家乡人民的骄傲。联云："忧国乃忘忧家，扶苍生，千秋大业；立身唯思立德，守廉节，一代完人。"正在建设的林森公园坐落在风景秀丽的五虎山下。这座山正对福州城市的中轴线，在福州的许多地方，都能看到五虎腾跃的雄姿。过去，文人们经常在此山聚会。它既是福州的地理标志，也是福州的人文象征。因此，我还应青口乡贤们的要求，写了两副接地气的对联，借以鼓舞当地青少年勉力奋进。其一："看虎山气势倚天拔地，听陶水波声逐浪争流。"其二："虎山霞蔚，左海人文于斯相望；凤港波兴，闽江形胜自兹发端。"

在三坊七巷的海上丝绸之路纪念馆，我写有两副联。其一："万里烟波舟作马，千年故事海为田。"其二："潮起东南帆影远，史传闽越海门开。"

还有闽侯民俗馆，分配给我的任务有5副。其一是管理服务中心大楼门联："庭前四季湖山色，槛外千年闽越风。"

其二是登高览胜楼后门一楼的中联："此处依山川览胜，斯楼借气势登高。"

其三是民俗收藏馆的一副中堂联："闽水思源头尚义崇德毕竟中华衍脉，民情重教化学诗循礼从来耕读传家。"

其四是一副抱柱联："锄月耕云天下事，品今鉴古匮中书。"

其五是茉莉花馆一楼边联："蕊含千岭水云气，香带一江风雨声。"

前些年，上杭县为纪念清代著名画家、诗人华岩，拟编印一本书法集，请省内书法家以华岩《离垢集》中的诗句来书写作品。也约我为这本纪念集写几句话。

华岩是扬州画派代表人物之一，也是我十分喜爱的画家和诗人。他的《山人》诗："自爱深山卧，常听涧底泉。何如鼓湘瑟，妙响在无弦。落日数峰外，归云一鸟边。未须慕庄列，此意已悠然。"表现出一种超然、旷达的人生境界。我到过上杭，在华岩故居前驻足良久，对这位一生穷困潦倒而精神始终不殆的艺术家景仰不已。为此，我写了一副赞华岩《离垢集》的对联："人凭笔墨留清气，山借烟霞添逸兴。"

我新出的一本散文集，即以《烟霞满衣》为书名。

2018年

岁月如歌

——编辑部散记

2012 年 10 月，我离开服务了 37 年的《福建文学》编辑部，从满头青丝到华发飞巅，仿佛只是一夜之间。但我已把人生最主要的年华留在这里，一张油漆已然脱落而略显斑驳的办公桌上。

2006 年，省文联从凤凰池搬来黎明街新办公大楼时，每间办公室都换了新家具。只是这张旧木屉桌我舍不得扔，于是随我来到新办公室。因为这张桌子里有两排三层抽屉，里面满满地装着我历年的来稿登记簿、作者登记表和编辑部会议记录本。还有不少与作者的来往信件。它们记录着编辑部的多少故事，欢欣抑或沉重，顺利抑或艰辛，睹物思情，感触良多。

特别欢迎式

在正式调入编辑部之前，我已经借用工作近两年，与编辑部的诸位同仁都熟悉了。当然，平时接触最多的是编务黄锦铭，莆田人，个头瘦小，但为人厚道、热情。他是福建师院中文系的老大学生，却甘于当一名普通编务。从收发稿件、信件，联系作者到领用办公用品，都是他的业务范围。虽然他年纪不大，但我们都喊他“老黄”，有事总爱找他。其实，当时编辑部里，无论职务高低，大家都以“老”相称，听起来十分亲切。我的主要任务是处理小说散文来稿，小说散文组的负责人是张是廉和季仲先生。一位古道热肠，一位精明强干。经过两年见习，在老张的热心推荐下，编辑部决定录用我为正式编辑。老季不辞辛苦，亲自到建阳，帮我办好了调动手续。接着就分配任务，要我到邵武煤矿体验生活并辅导业余作者写作。邵武煤矿里有十几位文学爱好者，他们组成一个学习团体，在十分艰苦的条件下坚持写作。这期间，编辑部也已经在黄巷 19 号大院里给我安排了一间宿舍。两个月后，我完成在邵武的任务，搭乘一辆解放牌卡车到福州，车上装载了我的几件简单家具。老黄事先告诉我，进城前要先给编辑部打个电话。那天上午，卡车行至洪山桥检查站时，我用公用电话拨打了编辑部的电话。当时整个编辑部就一部电话，搁在编务老黄的案头。电话里很快传来老黄快乐的声音：“汽车到南后街，只能停在黄巷口。到时我们会有一个欢迎式。”

一席话听得我一时云里雾里。

当卡车刚停下，看到的第一个人就是老黄。再定睛一看，窄窄的巷子里，已经一字排开十几个人的队伍，他们中就有老张和老季。我从车上卸下的家具，就通过这十几个人手中接力一般传进了 19 号院子。他们中的许多人都是我所敬仰的文学前辈和编辑老师，我握着他们的手，心里一阵阵温暖。

这时，老黄对我说：看，这就是我们为你举办的特别欢迎式。

光阴倏忽，40 多年过去了。策划和参加这场特别欢迎式的黄锦铭先生，还有徐木林先生、陈钊淦先生和郑清水先生已经作古。但我永远不会忘记他们，更不会忘记以这样的形式欢迎过我的《福建文艺》编辑部。

《福建文艺》前身是《热风》杂志，1965 年停刊，编辑部成员在“文化大革命”中全体下放。1972 年后，他们陆陆续续地从下放地返城，重新集结于刚刚复刊的《福建文艺》编辑部。编辑部最多的时候有 30 多人。最初，《福建文艺》编辑部属福建省革委会文教组，在鼓屏路办公。后来文教分开，各独立成局。由于省文联尚未恢复，《福建文艺》编辑部暂时归口于省文化局。不久，编辑部先搬到杨桥路原森工局大楼西楼，文化局随后也搬迁到位。文化局各处室分布在一二三层，编辑部办公在四层，隶属编辑部的资料室则设在一层。

四层有大小八个房间，主编室、理论组、诗歌组、戏剧组、编务组各一间，小说散文组人数最多，占据着一间40多平方米的大房间。还有一大一小两个房间属客房，给前来编辑部改稿的作者临时住宿使用。

1978年，省文联开始筹备恢复工作，陆续从全省各地调来了一些从事文艺工作的同志。编辑部让出了4个房间，一下显得拥挤了，但也更热闹了。这时，除了主编室、理论组和编务组还保留有一个小房间外，其余十几位编辑便都集中在小说散文组的大房间里。值得一提的是，大房间的中央还摆放着一张简陋的乒乓球桌。每天上午10点、下午4点开始，我们有半个小时的体育活动时间，这也是编辑部最热闹的时候，编辑部无论老少，人人挥拍上阵。因为人多，只能进行双打，大家自由结合，玩得十分开心，一边打球，一边开玩笑。最初，只要听到大房间里爆发出的喧闹声，主编老苗便会走过来，探头看一眼，大家立刻收敛，不再喧哗。

在许多年轻编辑的眼里，主编苗风浦是一位十分严肃、处处小心、不苟言笑、让人心生敬畏的领导。他平时除了工作外，也很少和我们交谈。但相处久了，就发现，其实他的心很细，而且善良。一次，广西作家李栋、丁章林来福建出差，我请他们到家里吃便饭。老苗不知怎么就知道了，第二天，他让财务给了我30元，说是编辑部给我的饭费补助。这让我十分感动。

不过后来，连老苗也受到大房间里快乐气氛的感染，在大家的怂恿下，一改平日的严肃之态，笑容可掬地执拍站到乒乓球桌旁。大家便得寸进尺，提出设比赛优秀奖，要求老苗拿出点钱来买奖品。老苗破例批了20元钱。

老苗一点头，编务组的黄锦铭便如出弦之箭，骑着单车，满街逛着，买回了大大小小的一堆塑料盆碗作奖品。

散文专号

刚到编辑部（那时还叫《福建文艺》）时，我先给郭风先生当助手，既编小说，也编散文。郭先生对散文情有独钟，他一直有一个愿望，办一本专门的散文刊物。但受到刊号和经费种种制约，很难实现。他便想到利用《福建文艺》的版面，一次性集中发表一批散文作品。在他的亲自策划下，1979 年《福建文艺》以四五期合刊的形式，极其醒目地推出一期“散文专号”。因为综合性文学期刊向来以发表中短篇小说为主，而以整期刊物（而且是两期合刊）的篇幅只发散文，不发小说、诗歌，在全国属首创。特别是这期“散文专号”，荟萃了国内许多文学名家：冰心、陈伯吹、柯灵、王西彦、碧野、柯蓝、茹志鹃……引起文坛和期刊界的很大反响。为此，郭风先生花了大半年时间来进行准备。向全国名家以及省内重点作者约稿，郭风先生总是亲自写信。他有一个习惯，站着写信，所以字写得很大，一封信往往要用两三张信纸。这或许跟他的眼睛已经老花有关系。稿件寄来了，他便全部交给我们处理。不过，他在稿件上都做了标识。冰心先生的《我的故乡》就发表在这一期“散文专号”上。这是经历了“十年浩劫”之后，冰心先生写的第一篇文学作品。回忆让她的文思泉涌，她在文章中这样写道：“十几年来，我还没有这样地畅快挥写过！我的回忆像初融的春水，涌溢奔流。”她清晰地回忆出福州故居的生活场景和厅堂里的对联，留下了珍贵的资料。也正是从这篇散文中，我们第一次得知冰心先生的祖籍地在长乐横岭乡。

就在这年年底，郭风先生离开《福建文艺》编辑部到省作协主持工作。这一年他已经 61 岁。

1980年，《福建文艺》正式更名《福建文学》。

而每年一期的“散文专号”则成了《福建文学》的一大品牌。被作家们誉为“祖国南方一块明丽的散文天空”。

顺便说一件事。前些年，冰心文学馆征集作家手稿，他们很想拿到这篇《我的故乡》的手稿。为此，我专门去了一趟凤凰池省文联旧办公楼。2006年文联搬家时，我的一排书橱还留在那里。打开抽屉，果然找到了冰心先生的手稿。但那是复写的，不少字迹已经洇开。因为当时作家写作没有电脑，只能手写，誊正时，垫上复写纸，原稿自己留下，而将复写稿寄给编辑部。冰心先生、巴金先生、孙犁先生的手稿都是这样。我将这份手稿还有几位作家的亲笔书信交给了《福建文学》编辑部，请他们转给冰心文学馆。

创设“闽海小说界”

从1983年下半年开始，到1984年4月，《福建文学》进行了一次大面积的人事调整。一大批老编辑潮水般地退出编辑部，而把他们的位置让给新人。主编苗风浦到作协任常务副主席，主持作协工作；副主编魏世英调新组建的文艺理论室任主任；编委、小说组组长张是廉则出任文联办公室主任。已担任新一届文联书记处书记的季仲兼任《福建文学》主编，蔡海滨、章武任副主编。而对当时庞大的小说散文组来说，这次调整几乎可以说是釜底抽薪。复刊时的小说组编辑仅剩下我一位，以及大学毕业刚到编辑部不久的陈健和廖一鸣。

为了应对人员锐减的严重局面，我们连续组织了两次小说笔会。一次是1984年3月在连江筱程。来自全省各地的作者有30多人，大多是新作者，因此，看稿和谈稿件的工作量很大。

过了3个多月，我们又在鼓岭办会。这次参会的人数不多，但都是近年来创作上较突出的小说作者。陆昭环描写惠安女命运的中篇小说《双镯》，就是在这次小说笔会上酝酿成篇并写出初稿。《双镯》经过几次修改后发表，后来被《小说选刊》选载，是 20 世纪 80 年代福建小说界最有影响的作品之一。

紧接着，就是小说颁奖活动。1983 年 4 月，《福建文学》假东湖宾馆会议室举办 1982 年度优秀短篇小说奖颁奖活动。获奖作品 8 篇，是在读者投票推荐的基础上，经专家评审选出来的。出于对省委书记项南的尊敬，冒昧地给他寄了一张油印的邀请函。

记得那天是星期天。参加颁奖活动的都是平时和刊物联系较多的作者，有 30 多人。不过谁也没想到，百忙之中的省委书记项南居然来了，就在我们的颁奖会正要开始的前几分钟，一个戴着鸭舌帽的中年人匆匆走进了会议室，只是一个人，身边没有随行人员。有人眼尖，一下就认出了是项南。他点点头说："是。我就是项南。"接着，带着略微有些埋怨的口气又说："东湖宾馆有好几个会议室，你们没有设指示牌，刚才我是一路问进来，才知道在这里。"

项南与大家一一握手后，在前排坐下来。大家请项南为获奖作者颁奖。省委书记亲自为一家文学刊物颁发小说奖，这在全国还是第一次。获奖作者中有一位是来自广西的李栋，当项南得知他是全国优秀小说的获奖作家，亲切地对他说，感谢他对《福建文学》的支持，希望他不断创作出更多为人民群众喜爱的作品。颁奖会不到一个小时就结束了。正当大家还沉浸在欢乐的氛围里，不知什么时候，项南已经悄然离去。颁奖会后，促使李栋下定决心，要调到福建来工作。

如何提升福建小说创作地位是编辑部时常议论的话题。在这样的情况下，我们酝酿创设"闽海小说界"专栏，集中版面陆续推出杨少衡、海迪、袁和平、北北、陆昭环、杨金远、须一瓜、北村等一批作家的力作，并组织评论。"闽海小说界"引起国内小说和评论界的普遍关注，该栏目中发表的许多作品被《新华文摘》《小说选刊》《中篇小说选刊》等转载。“闽海小说界”对福建小说创作的发展起到积极的推动作用。这一时期刊物版面上小说创作十分活跃，除了重点推出本省作家外，高行健、贾平凹、刘心武、陆星儿、方方、王小鹰、张翎、权延赤、黄蓓佳、范小青、王海玲等也有佳作亮相。

编前会和评刊会

早期的《福建文学》，有一个雷打不动的制度，就是定时开编前会和评刊会。这两个会主编亲自主持，编辑部成员全体参加。编前会，就是由各个编辑组汇报下期将要刊发的稿件，同时将一些组里有争议的稿件提交编前会讨论审定。而评刊会，则是对刚出版的刊物进行评议，包括作品的优劣，乃至编辑、校对中的差错。编辑部兵强马壮，成员中不少都是全省文艺界的权威人士。而他们对作品的把握、分析、评判，不仅能深中肯綮，而且还能上升到理论高度。这对我们这些年轻编辑来说，自然是很好的学习机会。不过这两个会，气氛严肃认真，有时甚至火药味十足。因此，每次开会前，内心是既期待又紧张。

一次，编辑部收到一篇小说来稿《清晨，蓝天上有只鸽子……》，小说借鸽子的意象，表达年轻人对人生的追求，语言很美，富含诗意。作者很年轻，只有18岁，是一位刚毕业的中学老师。但这篇散文化的小说，在小说组传阅时引起了很大争议，有人认为这不是严格意义的小说，不主张发表。但我们几位年轻编辑坚持认为，作者很有才华，新作发表就是对他创作才能的肯定和鼓励，编辑部尤要关注新人的成长，不能轻易放弃。于是这篇小说被提到编前会来讨论。当时编辑部里的两位老大姐周美文和金筱玲，态度十分明朗，坚定地支持我们的意见。她们两位都是《热风》时期的老编辑，说话有相当影响力。主编老苗最后表态，对年轻作者的探索性创作尝试，要宽容。这篇作品得以在《福建文学》1982 年第 11 期发表。而当年的这位年轻作者现在已成长为我省一位优秀的小说作家。

评刊会则不仅解剖作品内容，分析得失，还细勘文字差错，连标点符号都不放过。老编辑们个个文字功力扎实，魏世英、徐木林、季仲、蔡海滨，都是经验丰富的资深编辑，还有两位曾经的大学教师陈钊淦和陈章武，一期刊物，由他们纵论长短，妙语如珠，如同华山论剑，精彩纷呈。

举办首届全国散文征文大奖活动

《福建文学》创刊于 1951 年 1 月，1990 年初主编室决定筹备 40 周年刊庆活动。当时一个想法是争取海外乡亲的支持。香港实业家庄重文、施子清、曾星如都给予了一定的支持。这时，我们得知菲律宾椰风文艺社社长王宏榜先生正在老家石狮。于是我和主编老蔡专程前往拜访。王宏榜先生说，最好双方联合举办一项活动，争取造成全国影响。这时我提议是否搞一个全国散文征文活动。福建散文创作是一大优势，《福建文学》每年编辑一期“散文专号”，在全国广有影响，在这基础上举办全国性散文征文活动，成功的把握性很大。王先生欣然同意，双方并议定，征文活动于 6 月开始，进行一年，翌年 5 月发奖。

这样我承担的工作便有两项，一是散文征文的组稿和编辑，二是刊庆活动的一应文字图片和资料。散文征文开展得很顺利，应征来稿的作家有冰心老人，她寄来的是《故乡的风采》，为此，我们特在 1990 年的“散文专号”上专门设立“冰心创作七十周年纪念小辑”，同时发表郭风、谢冕记冰心的文章。来稿的著名作家和散文好手还有何为、韩静霆、舒婷、汪曾祺、张晓风、张爱华、斯好、王英琦、张守仁、高洪波、贾宝泉等。最有意思的是汪曾祺先生，都说他的稿子难约，我因为一年前曾陪他游览过福州鼓山，所以斗胆给他写信，不久便收到汪先生的散文《多年父子成兄弟》，真是喜出望外。发表后，《新华文摘》转载，并获散文征文二等奖。我写信告诉汪先生，他不但不认为奖次太低，还回信自谦说："没想到这篇东西居然还能得奖，真令人高兴。"

值得一提的是，1991 年岁末，我受编辑部委托，给冰心先生寄去一张有全体编辑签名的贺年片。没想到，冰心先生收到后当即回寄了一张自己手制的贺卡，贺卡一面是用彩笔描画的花卉图案，朴素淡雅；另一面，则用圆珠笔写着："《福建文学》诸位乡亲：谢谢你们的签名的贺片，是我的荣幸，当永远珍藏。敬祝新年大吉！冰心 1991 年 12 月 24 日。"

寻找老编辑

到 2000 年，《福建文学》在风雨兼程中已经走过半个世纪历程。我们打算搞一次 50 周年纪念活动，除了开一个纪念会，还要编一本纪念金刊，即挑选 50 年来在刊物上发表过的有影响的作品，比如剧本《团圆之后》等等，汇编成册。再一个就是请两位《福建文学》老人陈侣白先生和魏世英先生共同主编一本《我与〈福建文学〉》，请曾在刊物工作过的老编辑以及相处多年的作者写回忆文章。

我们想借此机会回顾一下刊物走过的历程，了解《福建文学》历史沿革，理出历届编辑名单。我这才知道，如果这次不进行搜集整理，《福建文学》的历史资料将严重缺失。所幸老编辑中陈侣白先生保存了几乎全部"文革"前的刊物，其中有《福建文艺》创刊号，有《园地》试刊号，有《热风》第一期。这些十分宝贵的刊物资料文联资料室居然散失，而老陈竟保存良好，在被打成"右派"下放农村劳动以及"文革"面临抄家后来又举家迁到山区的艰难日子里，他始终悉心保护着这批刊物，宁愿自己受苦也不让刊物受损，实在令人感动。我们向老陈借来刊物，拍下了各个历史时期的刊物封面。老陈还表示要将刊物无偿捐献给编辑部。我们感到刊物放在老陈那里比放在编辑部更妥当，所以仍然委托他保管。为此，在我担任《福建文学》主编时，特地制作了一面题为“藏山事业”的精致铜牌，在一次新老编辑的迎春座谈会上郑重授予老陈，以表彰他数十年如一日精心收藏和保护刊物的可贵精神。《福建文学》历史悠久，先后进出编辑部的人员多达百人。有的在编辑部里工作的时间还不满半年，还有的因当年建制模糊，虽曾在编辑部帮忙却不知原单位是何处。因此为整理历届老编辑名单，我几乎遍访各个时期的老同志，终于拿出了一份差强人意的名单。但对于我不啻上了一堂《福建文学》的刊史课。

《福建文学》（最初叫《福建文艺》）创办于1951年1月，1954年停刊。1956年以《园地》刊名继续出版。1957年向社会征集刊名后更名《热风》。1964年，改刊出普及性读本。1966年终刊。1973年，以《福建文艺》刊名出版试刊两期。1974年1月正式复刊。1980年1月改刊名《福建文学》至今。半个世纪来，在这本刊物上工作过的同仁不下百人。但因刊物几度停刊，编辑部解散，资料全部丢失。所以，找到尚健在的老编辑，请他们回顾刊物的过往岁月，便显得十分迫切。

经过一番寻找，我们联系上了几位曾经在刊物工作过的同仁。其中就有创刊时的主编鲁岩、副主编晓植。鲁岩曾任中华人民共和国成立后的福建省文联主任和《福建文艺》主编，后调任福建省新闻出版局局长直至退休。晓植和郭风先生共同担任新创刊的《福建文艺》副主编。1954年晓植离开福建省文联到外交部工作。不久，又联系上了原《热风》主编张鸿。张鸿当时是福建省委宣传部文艺处处长、福建省文联副主席兼《热风》主编。

在北京的老主编晓植和张鸿得到信息后都非常兴奋，不仅各自写来热情洋溢的信，向《福建文学》创刊50周年表示祝贺和祝福，还先后发来回忆文章，留下珍贵的文字和照片资料。

我们还到晋江看望了老编辑杨梦周。中华人民共和国成立前，杨梦周曾经担任过中共厦门工委书记，是一位从事地下工作的老革命。但他热爱文学，特别钟情散文创作，1956 年自愿到《园地》编散文。1957 年被错划为“右派”，之后受到不公正待遇，以致生活无着，只能靠亲戚接济。20 世纪 80 年代初，“右派”平反，杨梦周回到编辑部，仍然当一名散文编辑，与我相对而坐，彼此无话不谈。他对文学的执着，让我感怀尤深。离休后他回到家乡晋江。但对这份文学期刊依然一往情深，令人感动。

福州市邮政局专门为《福建文学》印制了一批创刊 50 周年纪念封。编辑部全体成员在信封上签名，然后以实寄封形式寄给每一位退休或曾经在刊物工作过的老同志。不久，远在上海寓居的何为先生打来电话说，收到这张薄薄的信封，竟然激动得一夜难眠。

2020 年

无言的贺卡

每当临近新年的时候，我总要寄出一些贺卡。今天检索师友的名单，我明白，有两位是不需要再致贺卡了，他们是李万钧先生和娄永后先生。

李万钧先生辞世于2003年2月18日，时值正月初七。两天后即在仓山公墓举行遗体告别仪式，走得何其匆匆。那天，我赶到公墓为先生送别。虽说春节期间学生都放假了，闻耗来的人仍不少，但灵堂上却没有挽联，终觉是一件憾事。

万钧先生是福建师大中文系的名教授，素有“铁嘴”之称。我与他相识于1980年初春。其时，《福建文学》编辑部假西湖博物馆举办小说作者读书班，我衔命负责班务。万钧先生是我们请来教授西方文学课的特聘老师。他精力过人，上课时神采飞扬，一天连续十几个小时毫无倦色。

当时学员们的食宿条件很差，每餐需在食堂炖饭。一天万钧先生授课，薄暮将临而谈兴正浓，于是他决定晚上继续。这一消息当然令学员们欢欣鼓舞，但同时带来了一个难题。因为万钧先生授课时，他过去的学生常常访踪而来，致使座无虚席。可是食堂的饭是按人头炖就的，平时仅安排客座老师一份，现在他一班弟子的吃饭问题如何解决。看到我为难的神色，万钧先生却轻松地说：好办，我的学生我自有办法。于是带着他们一直往公园深处走去。一个小时后，待讲习班的学员们茶足饭饱，万钧先生已恭候在讲台上了。这一课直讲到晚上十时半，临了，学员们才知道，万钧先生刚才只是带着他的弟子们饱餐了一顿西湖秀色而已。当时的公园里，哪里有一处饭馆茶摊？大家眼睁睁地看着万钧先生饥肠辘辘地踩着单车返回师大宿舍。

读书班结束后，万钧先生便成了编辑部的好朋友，并且常常独自骑着单车到文联大院来看望我们，赠送他出版的洋洋数百万字的好几大本著作。我有《万钧先生小识》一文专叙其事。《福建文学》创刊50周年之际，拟编辑纪念文集，我向万钧先生约稿，很快就收到先生的文章《忆〈福建文学〉的朋友们》，万钧先生对组稿函里“稿件要实话实说，摒弃虚假套话”的语句十分欣赏，很快就完成了约稿。他在文章中这样写道：“这似乎是《福建文学》编辑部的风格，我所认识的编辑们，似乎大都有一种梗直的脾气，职位不算高，而待人接物不卑不亢，有时还透露出一点‘清高’神态。此时，一连串人影立刻浮现在我眼帘，有的已经去世，我有时几乎忘却他们了，然而一接到‘征稿函’，又想起他们来，竟至于晚上也睡不好觉。”于是万钧先生开始动情地描绘起他在编辑部里的一个个好友。“‘天意怜幽草，人间重晚晴’（李商隐诗）。我总觉得《福建文学》里我的文友们是‘幽草’，我自己也是‘幽草’，或许是这种沐浴‘晚晴’反而产生的淡淡逝愁和伤感，把我和他们紧紧联结在一起吧。”

万钧先生有心脏病宿疾，且几次发作。这些是他故去后我才知道的。但他走前似有征兆。一天，我突然收到他自己整理的个人著述及对他评论、评介文章的全目录，显然不是投稿。万钧先生似乎想急于对自己做一个总结。先生正值盛年，精力依然充沛，学问也渐入佳境，为何有这样的举动？当时我就有一种不祥的预感，与同时收到文稿的办公室同事交换看法，他亦有同感。不久，即闻噩耗。

万钧先生一生简朴，直到去世，他住的那一小套房子始终没有装修，依然是水泥地、石灰墙，睹之令人怆然。

娄永后先生则是2004年3月21日离世，与万钧先生一样，死于心肌梗死。想起万钧先生走时的情形，送别时我便先想好了一副挽联：“鹤驾难回，山水文章同不朽；仙游何去，林泉墨趣失知音。”永后先生一生酷爱登临山水，笔墨尤精，有散文结集《闽山闽水》存世。

娄永后先生与我也有20多年的情谊。且两人位置交错。我先是他的作者，后来，他又成了我的作者。永后先生先在福州晚报社任副刊部副主任，我常向晚报投稿。感受到他良好的编风和深厚的文字功底。他学问好，却十分谦逊，“永后”一名，实在是他为人的写照。退休后他又受聘到福建画报社担负文稿统筹工作，曾几次向我约稿。我们虽说年龄相差20岁，但志趣相投，热爱散文创作，耽情山水之间，曾一块到太姥山、武夷山、冠豸山、金湖采风，虽说永后先生对名利十分淡泊，但登山涉水，却不甘人后。他取笔名“延青”，表达的正是这种精神。他的意志和毅力令我钦佩。

那次到太姥山，当地朋友们说到在犀牛洞里太姥娘娘塑像前求签很灵验。据说几年前有位作家因为面临一次婚姻的选择前来求签，结果太姥娘娘告诉他，要“舍近求远”，于是，他在知天命之年毅然远渡重洋，到美国缔结姻缘，现在生活十分和顺。永后先生听了神情严肃地说，我也要向太姥娘娘求个签，问她我还能不能继续写散文。后来读了签上的一首诗，他竟像孩子似的高兴，连声说，太姥娘娘说我可以继续写作。看他那返老还童的模样，让人又好笑又感动。

患有严重心脏病的永后先生对文章事业则从不顾惜身体，好几次听到他住院的消息，一打听，都是因为编稿的事。他是“福建旅游丛书”的主编，百万字的文稿都要过他的手，而他又是一位极认真负责的人，受人所托，更不假懈怠。我每次去看他，他都要给我看他新编好的书。永后先生辞世不久，我又收到一本他的友人和家人为他编印的《延青散文》。抚摩着还散发着墨香的新书，自书中的字里行间仿佛听到永后先生攀登山岭时的轻轻喘息声。而今，永后先生和万钧先生一样，可以安息了。

2005年

不死的生命

我宿舍的北面正对着文林山，这座位于城市西郊名气越来越大的山。常常看见山坡上人影憧憧，自然，不是去山上看风景，他们大多和墓里的灵魂有关。我知道，几乎每一座墓里都藏着一个不为人知的秘密，或是一颗未曾发芽的希望，或是一桩让人椎心泣血的遗憾，或是一段足以抚慰主人安息的美丽缠绵的回忆。

山上的墓，墓里的灵魂于我都是陌生的，彼此友好相处，并无往来。只是每年的这个时候，我抬头看山，便会想起长眠在数百里之外的另一颗灵魂。

那是闽北一座普普通通的山岗，只看一眼，没有人能记住它的模样，就像大海里一道无声的波浪。墓里的主人，同样是一位朴实无华的青年，25 岁，他还没来得及为这个世界留下什么永久性的纪念品，哪怕是一首小诗、一件小发明。他生活的范围很有限，结识的朋友也不可能多，我便是他不多的朋友中的一个。但我从此明白，墓地里埋葬的并不都是衰朽和死亡。16 年了，朋友们相聚时总会提起他，仿佛他就坐在我们中间，还是那样静静地带着微笑听我们谈话。我们，没有谁忘得了他，忘不了当年知青点中那座飘着炊烟的温暖的小木楼。

那是插队的第四个年头，艰苦的生活和可怕的疟疾几乎压垮了每一个知青。大家纷纷返城，我所在大队的知青点里只剩下了我一人。恶性疟疾把我击倒在床上，发烧、畏冷，整整折腾了三天三夜，情绪坏到了极点。

第四天下午我从迷糊中清醒，看见房中站着一个黑瘦的青年，他微笑着端详墙上我们自撰的一副对子：“三年锤炼成钢铁，千日砺磨比锋芒。”去年，我们一个个还意气风发，然而一场疟疾却将我们纷纷击倒。我不禁叹了口气。他听到声音转过身来，给我倒了杯水。原来他是附近大队的知青，听说了我的情况，特地前来想接我到他那儿住几天。“我四姐是赤脚医生，她会有些办法。”他的表情是那样诚恳，让你无法拒绝。

途中，我们在一处瀑布前耽搁了半个多小时，毋宁说我体弱需要休息，不如说我们实实在在地被一条小溪迷住了。小溪很小，也许连名字都没有。在它面前，却有 3 块巨岩，如同 3 个莽汉扠手而立挡住去路，小溪千回百折，先在附近聚成一潭，而后鼓起全力，奋力一跃，漫过巨岩的肩膀，又重重地跌落，溅起一丈多高的水花。那刹那间的呐喊，惊心动魄，震得整座山林都在战栗。我们为小溪的生命搏斗赞叹不已。然而，这条小溪最终将流向何方？抑或它也会在中途消失？因为我们知道，并不是每一条溪流都能到达大海。我因此有些伤感。

山行 20 里，远远地一座小木楼的亲切炊烟正向我们招手。当夜，我们抵足而眠，无话不谈。我才知道，他一家由于父亲的政治问题牵连，正处在生活最底层，升学、招工，对他们姐弟来说，简直就像隔着一个银河系，而每一场政治运动都是强加在他们头上的灾难。但他们一家人在母亲的影响下坚强、乐观、正直地生活着，从不怨天尤人。即使是在这样的境遇下，他仍顽强学习，怀着远大的理想和抱负。

姐弟俩生活并不富裕，但他们的小木楼却成了背井离乡的知青们最温暖的去处，一如倦鸟的巢、水手的港。累了，来这里歇脚；饿了，来这里搭伙；病了，来这里疗养。在那些个最阴冷最暗淡的日子，小木楼里始终有一盆希望的火花在无声地燃烧。我们在这里谈国家命运、社会变革和个人前途，沉重的心扉才稍稍敞开。多少年过去了，犹如一只航船被巨浪推拥着不停息地在大海里颠簸，才感到曾经的港湾，那一份安宁是如此短暂而珍贵。

就在知青们上调大返城的时候，就在小木楼里出现了一次又一次欢乐的告别场面的时候，他倒下了。他患的是肠癌，山区条件差，发现已经迟了。他离开人世的那几天，我们几位朋友都在他身旁，他已经枯瘦得不成人样。他坚强地和癌症搏斗到了最后一刻。我们很平静地看着他走了，他不应该再忍受这样剧烈的痛苦。我们将他葬在一处山岗上。离开闽北后，我再没有去看过他。不过，我想，他是不会寂寞的。在他的墓旁一定有很多杜鹃花。晚风吹起的时候，那拱绕着他的枝枝叶叶，便会和他絮语。春天，猩红的花瓣织满了一面山坡，老远，就能看见这象征着不屈生命的花。真正的生命是不死的，它总会以别的形式存在。

我还真想去看看那条小溪。16 年了，那穿山透地不辞辛劳的溪流，最终到达大海了吗？这也许无关紧要，在它搏斗的过程中已经体现了生命的价值。终点其实并不说明什么，正如每一座墓园都是一个归宿，但生命并不意味着就此中止。生命的力量达于形体之外，推动着别人的生活，那才是不朽的。

——写在周建君去世 16 周年的日子。

1991 年

我本是卧龙岗散淡的人

“我本是卧龙岗散淡的人”是京剧《空城计》中的一句唱词。不知为什么，我只要听到这句唱词，就会想到李灿煌先生。而一见到李灿煌先生本人，耳畔又会油然而起这句唱词。

我与灿煌先生相识凡30年，散淡，是灿煌先生留给我的最初也是最深的印象。汗衫、短裤、人字拖鞋，加上一把折扇。记得20世纪八九十年代，每次去晋江组稿，每次从青阳车站出来，便会看到如是装束的灿煌先生，正不慌不忙地从附近踱过来，微微笑着，引领我穿过繁杂的集市，走进县文化馆，再走进他的斗室。10平方米的房间里，搁着一铺床、一张书桌、两三把凳子。这里便是他日常生活和写作的全部空间。

进屋后他不事寒暄，第一个动作就是泡茶。不一会儿，茶叶的清香便弥漫了整个房间，经过五六个小时的车马劳顿，此时，一杯香茗，确实胜过万千佳肴。几杯热茶落肚，灿煌先生依然没有言语，只是笑眯眯地看着你，一脸专注地听你说话。

灿煌先生此时担任晋江县文化馆副馆长。在我的印象中，他似乎一直是主持文化馆工作的副馆长。不过，他从不谈论这些，也从不抱怨什么，他把功名利禄看得非常淡薄，升迁也罢，发财也罢，向来与他无涉，他只是潜心编他的《新光》(后改名《星光》，刊物，兴致来了，铺开稿纸，涂抹几行。即便是向报刊投稿，也随其自然，从来不问是否刊用，更不会托人打声招呼。

我便是从一篇自发来稿中认识灿煌先生的。

那是20世纪90年代末，一天，我从来稿中读到一篇散文《龙湖风物》。开篇就是："朋友，你到过龙湖吗？你见过龙湖特产'镶金边'的鳖和'5个鳃'的鲈鱼吗？"对故乡的赞美之情，跃然纸上。时隔30多年，我至今仍能记得文中一些诗化的句子，比如："是谁剪取深沪湾的一片波澜，采撷围头角的几朵浪花，聚成这明净的湖洼……"这篇散文很快发表在《福建文学》1980年第1期。当时我还不认识作者。其实，早在20世纪50年代初，灿煌先生就以诗歌《汀溪诗草》和《姑嫂塔》蜚声文坛，尤其是长诗《姑嫂塔》，洋洋600行，由此奠定了李灿煌诗人的地位。可是，灿煌先生在人前绝口不谈自己，始终保持着一位书生的本色：勤奋、低调，行为散淡。

散淡，是一种生活态度；散淡，也是一种人生境界。远离名利场上的追逐，只是矻矻不已，读自己的书，写自己的文章，做自己喜欢做的事。有人这样评价灿煌先生：青年写诗、中年写散文、老年编书。一辈子活在文字里，在文字里哭，在文字里笑，在文字里沉思默想，在文字里神游八方。

其实，一个人在有生之年，只要能够做一两件胜任、愉快的事，就是最大的幸福和满足。

他是一个容易满足的人。有一年，春节后去晋江，看到灿煌先生房间的一面墙上，横七竖八地粘贴着二三十张花花绿绿的贺卡。灿煌先生逐一向我们介绍每张贺卡的主人，因为高兴，眼睛眯成了一条缝。这情形很令我感动。

还有，他编的《星光》杂志。从《新光》到《星光》，一字的变化，其实，反映了晋江文学队伍的发展状况。《新光》的作者大多是小荷方露尖尖角，而《星光》已是群星璀璨。晋江文学作者的成长离不开这本文学杂志。

《新光》创办很早。我记得，在 20 世纪 80 年代初，同类的刊物还有《希望》《蒲公英》《芝山》《水仙花》《采贝》《绿叶》等等。可是坚持办到现在的只有一本《星光》。我也是办文学刊物的，我知道，这一份坚持的不易。

灿煌先生在临退休之年，还做了一件自己最为得意的事，力荐 24 岁的刘志峰调入晋江文化馆，接掌《星光》的编务。小伙子果然不负所望，将刊物办得有声有色，几年后更升任文化馆馆长，也是当年全国最年轻的文化馆馆长。

退休后灿煌先生出任《晋江文化丛书》的执行主编，在他生病期间，依然手不释卷，文字的江河自他指间汩汩而出。他的人生谢幕，平淡而又充实。

我们每个人都只是天地间的匆匆过客。在短暂的生命历程中，或者侥幸留下一串足迹、一声叹息，让后人缅怀。但也许，什么也没留下，像山谷中自开自谢的野花，像天空倏忽而过的电闪……

到了我现在这样的年纪，才体会到人生孜孜以求的许多东西，其实并不重要，而一份不矫饰的散淡，反而特别珍贵。灿煌先生也因此让我格外敬重。

2020 年

聆听一个生命远行

一个人的生命有多坚强。罹患骨癌15年，最初拄单拐，后来是四脚助行器，依然跟着采风队伍走四方。再后来坐轮椅，而且不能久坐，只能透过窗户，看屋外方圆仅数平方米的一处角落旮旯，说那便是他每天的风景，但仅此一角，也能感受到人间的烟火气。与他通话，总是兴致勃勃、谈锋甚健。

一个人的生命有多脆弱。因为长期卧床造成的褥疮感染，引发呼吸衰竭，送医院抢救不及，几个小时后即撒手人寰。

听到章武先生去世的噩耗，我只有一声叹息。

在文联，我是与章武先生共事最长的一位。我们几乎同时进《福建文学》，作为郭风先生的助手，一起编散文。后来郭风先生调任省作协主席，主持编辑不定期的《榕树》文学丛刊，我们又受邀担任散文卷的业余编辑。每日谈论的话题就是散文和作者。

在许多人眼里，章武先生是一名优秀的编辑，他文字功底扎实，口才极佳，作风严谨，做事认真，编的稿子，红蓝分明、清晰整洁，堪称典范。他后来从政，挂职当过管文教的副县长，回省文联先后任秘书长、副主席、书记处书记，省作协主席。但他始终没有丢掉老本行。只要有当编辑的机会，绝不放过。也因为共事中对我的了解，他常常找我合作，我们一起编选了《福建当代游记选》《武夷山散文选》《大地精华——世界遗产在中国》《作家笔下的福州》等一系列书籍。还一起为鼓山等景区撰写过导游词。

从《福建文学》退休后，我又受邀主持一本地方文化刊物《闽都文化》的编辑工作。章武似乎很喜欢这本文化随笔类期刊的风格，每当收到当期刊物，总要给我来电话，谈谈读刊的感想。他本质上还是一位编辑。他甚至这样说，我很羡慕你，一直都在当刊物编辑。一个人一辈子只专注做好一件事，而且是自己喜欢的一件事，真好。这当是他的肺腑之言。

章武喜好游历山川，尤喜欢写山。《一个人·九十九座山》便是他人生最重要的作品之一。我总以为，一个人的生命不仅有长度，还有宽度。长度是年龄；宽度，便是经历。这部尽情着意描绘大地山川且融入人生感悟之作，让我体会到了生命的宽度。

《一个人·九十九座山》出版后，章武赠送我一册，并在扉页题写："文山兄存正之，怀念同游巴山蜀水及马来半岛诸山的岁月，章武 2011 年深秋于柳城。"

我和章武先生兴趣相同，喜好旅游和登山，这或缘于《福建文学》编辑部的老传统。记得刚进编辑部的时候，老编辑们常常挂在嘴边的一句话就是，想当好一名编辑就要读万卷书、行万里路，因此总是鼓励年轻编辑要多出去走走。那年头，出差是家常便饭。到了一个地方，附近的佳山胜水，自然不容错过，公余总要自费前往一览。因此，我们有过多次相伴出行的经历。

我曾写过一篇《快乐行》，描述的就是章武的行状：

"只要一踏上旅途，尤其是坐在飞驰的汽车奔向远方，章武就显得特别兴奋。他一路谈笑风生，话锋敏锐、机智、风趣、幽默。那泉涌不竭的灵感来自车窗外移动的风景，抑或是沙沙不歇的车轮声？此时的章武，与在文联机关时浓眉紧锁的严肃状判若两人。"

行走使人快乐，这快乐来自前方未曾谋面的风景的召唤，在那无声的召唤里分明能听到看到许许多多美丽的小精灵，在舞蹈，在歌唱。那一种诱惑，就像有一只只小虫在啃啮着骚动不安的心，快乐便在这轻轻的啃啮中漫漶开来。

我们曾一块往巴蜀去，这当是中国文化之旅中最精彩的一段。“这一条线路实在太重要了！”章武抑制不住内心的翔舞感叹地说。于是，我们走近乐山大佛，攀登峨眉金顶，游都江堰，上青城山，瞻仰杜甫草堂，拜谒三苏祠，之后抵山城重庆，而后顺长江三峡漂流而下……之后，巴山蜀水便都留在我们各自的文字里。

当然，我们还有过多次结伴行走。无论是宁夏沙漠的阳光、内蒙古草原的朔风、六盘山险峻的道路、井冈山飞泻的瀑布还是马来半岛华人浓烈的乡情……都让我们驻足、凝思，难以释怀。

60 岁以后，章武登山陟岭已感吃力，脚步显得沉重，但他依然坚持必须登顶，我常常能听到紧随身后的粗重喘息声。此时夜阑人静，我仿佛又听到了一道道熟悉的脚步声，沉重而又坚定。因为章武先生又要远行，当是去寻访他心中的第一百座山吧！愿他此行依然快乐！

于是，在静默中我写下这样的挽联：“笔墨纵横，豪情宛在风云上；胸襟磊落，雅韵长留山水间。”

2023 年

古文今读

水声的感悟

——读《鼓山灵源洞听水斋记》

这是一篇精短美文，也是一篇阅世妙文。

文章的作者陈宝琛是福州人，也是一位杰出的教育家。他曾掌教福州鳌峰书院，并创办全闽师范学堂，培养师资，使中小学堂遍布福建全省。

清同治七年（1868），陈宝琛中进士，并授翰林院庶吉士，时年 20 岁。庶吉士官阶虽不高，但所在的庶常馆却是朝廷的人才库，每科遴选进士中文品皆优者充之。此后，他多次出任考官，为朝廷选拔了不少英才隽士。34 岁时他出任江西学政，次年又晋升内阁学士兼礼部侍郎。这时的陈宝琛可谓春风得意。他还加入朝中的“清流党”，言事铿锵，大有名士气派。然而官场风波难测。1884 年，马江海战失利，陈宝琛受牵连被连降 5 级并贬回原籍居住。

历经宦海沉浮的陈宝琛，终于有闲心游览故乡名胜鼓山。他来到灵源洞。据说，五代神晏和尚驻锡鼓山涌泉寺时，因喜爱灵源洞一带林壑优美，曾在这里安禅诵经。但他厌恶泉水喧哗，挥杖而斥，泉水竟因之改流。“喝水岩”由此得名。现在陈宝琛也来到了鼓山，就在神晏和尚叱水之处，他请工人顺着山岩形势建起一座典雅的小楼，并将这座小楼取名“听水斋”，与弟弟读书其中。

因为“万物能为声者莫如水。水之在山也，清澈剽厉又什倍于常声”，所以陈宝琛特地到鼓山来筑室听水。他究竟听到了怎样的水声，又从水声中听出了什么玄机呢？

当然，陈宝琛与神晏和尚一样听到了喧闹的流水声，尤其是在春雨时节，涧水大作，水声如“飚号雷殷，万马之奔腾也”。然而，陈宝琛与神晏和尚不同的是，他从水声中读到的不是喧闹，更不是恶哗，而是“喧极生寂”。

热闹和冷清、喧腾和沉寂、显赫和平淡本来就是这样的一种关系。“水哉，水哉！”陈宝琛终于从水声中读出自然之理和人生至理，并因之大悟：“夫喧耶，寂耶，岂于水乎系哉！”由是他自号“听水斋主人”，此后著文、书法亦常署“听水老人”。

这篇连标点符号在内也不过200字出头的短文，竟蕴藏着如此深沉的人生感悟。

2012年

附：

鼓山灵源洞听水斋记

陈宝琛

凡物能为声者莫如水。水之在山也，清澈剽厉又什倍于常声。世传神晏僧安禅于此。恶水喧，叱使东，至今涧流犹潺潺从东下。然遇冻雨，则灵源洞口，如飚号雷殷、万马之奔腾也。

余既爱兹地幽僻、林木之美，因岩为楼，与余弟叔毅读书其中，寒暑昼夜，备诸声闻，洗心涤耳，喧极生寂，水哉水哉！

余尝登陇坂，泝赣滩、建溪、七里之泷，纵舟江海，风涛叫嚣，千谲百骇，亦自谓穷水之变矣。而在山之声，盖今始得恣吾听也。不知晏僧当时何所恶于水者，夫喧耶，寂耶，岂于水乎系哉！

（选自《沧趣楼文存》，上海古籍出版社2006年版）

匹园之叹

《匹园记》的作者陈衍（1856—1937），字叔伊，号石遗，侯官人。清光绪八年（1882）与林纾为同榜举人。晚清著名诗人、学者，同光体诗歌的代表人物之一。曾主持修编《福建通志》。

陈衍早年居无定所，辗转四方。“筑楼数楹”是他妻子萧道管一直的愿望。直至1905年2月，陈衍50岁时，才得以实现这个夙愿，“买宅于文儒坊三官堂”。1906年3月楼宅修建完工，陈衍遂结束30年漂泊生涯，偕夫人返里。由于财力所限，陈衍所建的楼宅规模不大，而且只能因陋就简，在原有基础上稍事修葺而已。本来想在屋旁的空地上种植花木，但考量周边人家，都是强有力者，根本不可能让你插足，所以，只能在自家宅院里想办法。为此，陈衍砍去后院的两棵树，拆掉东西两间厢房……建造了一座小园林。陈衍高兴地自题联曰：“地小花栽俭，窗虚月到勤。”

好友林纾常来做客，还亲手绘制一幅《匹园图》，并作诗祝贺。陈衍和诗，内中一句：“谁知五柳孤松客，却住三坊七巷间。”五柳是晋代诗人陶渊明的号，陈衍以此自比。但陈衍没有想到的是，因了这句诗，“三坊七巷”一词从此扬名寰内。

匹园虽小而简，但陈衍却钟爱着自己的家园，因为匹园是与他患难携手、相濡以沫30年的妻子的一生愿望。他自撰《匹园记》，评叙园中景物，更抒发对亡妻的眷眷之情。

陈衍在这篇短文中记叙了自己建园的经过。之后，用了三分之一的篇幅来解释“匹园”的命名。首先是园子的形扁酷似“匹”字。其次，楼成，妻子“已亡十有一年，余为匹夫久矣”。其三，亡妻的坟地亦为匹形。现在，匹夫睡在楼上，匹妇睡在地下，不以“匹”字命名园子，又将用何名呢？

文末这轻轻一叹，透出纸面，穿越百年风雨，至今依然让人心头发颤。

2013年

附：

匹园记

陈　衍

屋于吾会城光禄、文儒、衣锦三坊间，欲于其所居外斥余地，多莳杂花木，则四邻皆强有力者，而何斥之可言。此吾匹园之所由筑也。吾以中岁奔走四方，无往不与先室人偕。劳苦三十年，日思弛其负担。室人尝言：“愿筑楼数楹，竹梧立后，花树仰前。”既营一楼，具体而小。众花陵于高树，不能自存者一桃三棠。独老梅倔强与抗，余皆日瘠。乃于正屋后院伐一巨桑、一谏果，夷东、西两厢，坏三仞横墙七丈，后直墙丈余，东边墙三丈，东横墙一丈，积土千余担，成数小阜。夷横墙外厨屋杂屋四间，割偏东地徙焉。锯正屋后檐，退其户牖，以展南址。于是有地东西宽七丈，南北深、偏西三丈有五尺，偏东绌数尺。墙其南东西北，则旧门其尽南东面。盖全形扁方，而东北缺其角，东南呀其口，逼肖“匹”字焉。乃位一楼于西北隅。西南隅位以小榭。东北位以露台，台下室焉。隙地则遍种花木。噫！斯楼成，先室人已亡十有一年，余为匹夫久矣。前六年，营葬先室人于梅亭之文笔山，坟地横九丈有奇，直六丈有奇。山径从右入，亦具“匹”形。匹夫卧楼上，匹妇卧于地下。所谓鳏寡而无告者也，不以“匹”名吾园而奚名邪？

无园之园

——读《闽山沁园记》

沁园非园。只是一处房前的赘地：一座挖池形成的小土堆，一块横亘在路中的石头，间以杂树而已。但沁园亦园。在郭柏苍的眼里，这是大自然所赐的天然嘉园。且此园虽小，却可以借景，假远为近。于是，“门前有湖山有海”，沁园端得气势不凡：“漾月池三桥之水绕其左，光禄吟台、玉尺山，仆地数石贴其右……七城烟树，他家景物，可猎而有。”而“花之葩，竹之芽，鸟之交噪，鱼之出没……”这生机勃勃的四时物象，更让主人赏心悦目、游兴不尽。

“古来记园者多矣”，大凡造园者，面对自家之园，总要大书一笔，无非是夸赞自家的园林如何秀美，来造访的宾客怎样有名望。可是“一记之外，人与园且判为二”。时间一长，主人心生厌倦，渐渐便去得少了，以致“目不窥园”。人和园，在感情上已经分离。那么，虽有造园之功、记园之作，但久而疏之，身边有园实无园。

沁园非园。究其实，只是一处边角废地，说它是园，却全无人造之工，也无芳菲之景。因为有心者的不时登临，细微体察，日笃生情；还因为陶渊明的“园日涉以成趣”和杜少陵的“名园依绿水”之句，于是，原本荒芜之地，成了至美之园。

眼中无园而有园，那是心中之园，也是人生的一种境界。郭柏苍有联句：“诗为看云得，泉因煮茗流。”或可解读100多年前的这位儒者的旷达心情。

2014年

附：

闽山沁园记

郭柏苍

门外有湖山有海，若园，本赘地也。古来记园者多矣。率皆自赞其园，并赞及园中之台榭树木，否则诉退宦之踪迹，夸游客之名望，一记之外，人与园且判为二。久之，主人善病，目不窥园。客至，洒埽而后入，婢仆淫亵其间，卒之以狐鬼而废。沁园以穿池之土叠小阜，取顽石扼径，使行者因折而复，间以杂树，漾月池三桥之水绕其左，光禄吟台、玉尺山，仆地数石贴其右，以本屋附近之岑楼、古树为映带。百步之阜，下睨，其巅阴翳若重冈复岭，陟其巅，乌、于及遥山皆与小阜作为宾主朝揖之势，盖用形家假远为近之法。七城烟树，他家景物可猎而有，主人寄耳目手足于园中，花之葩，竹之芽，鸟之交噪，鱼之出没，蚓之蜕树而为蝉，蚁之穴枯而蕴卵，丽于两间，变幻而成四时者，皆与吾游衍于无尽，而复以其余力跳远，披襟于风前，坦腹于月夜，庶几不负渊明“园日涉以成趣”之语。渊明一语抵人千百，吾之记恐不足以释渊明。杜少陵又云“名园依绿水”，详味此五字，眼中且无园，何所谓记？沁园小也，日涉而大之，又假远为近，略得依水之意，挟陶、杜二语以为园、以游园、以作记，老无事事之人将作茧于此。不然，门外有湖山有海，若屐而造焉。园且赘，何记为乎？”

官员的良心自白

前些日子，因为参加编辑《作家笔下的福州》，得以阅读到陆游在福州写的两篇短文。第一篇是《福州城隍昭利东岳庙祈雨文》，这是以地方百姓名义写的祭天文告。陆游于公元 1158 年来到福建。之前，他因为坚决主张抗金，一直受到秦桧的打击排挤。秦桧死后，他才被任命为福州府宁德县主簿（县政府办公室主任），时年 34 岁。次年调任福州府决曹（市法院）掾（属官），仅是一个位阶九品的下级官员。这一年，福州连续数月大旱。百姓纷纷到庙里祈雨。本来，祈雨之事，与管理刑事诉讼的决曹掾无关。但陆游有文名，且一向热心肠，遂受百姓之托而写祈雨文。出自诗人陆游之手的这篇祈雨文果然不一般。在文中，陆游先巧妙地说，因福建的风俗，与其他地方不同，“祠庙之盛，甲于四方”。所以庙神对百姓的护佑，也应与其他地方不同。现在，自夏到秋，骄阳为害，水泉干涸，草木焦卷，庄稼枯槁。难道能白白享受人们奉养而不去救助他们的困难吗？我想神祇聪明，应该要动心了。

谁想这篇情采出众的祈雨文一出，福州果然下了一场透雨。这真是一场好雨，“雷发而不怒，风行而不疾；祁祁脉脉，如哺如乳”。百姓欢呼雀跃，许多人甚至跑到雨水里欢声歌唱。于是陆游有感而发，又写了一篇谢雨文。但在这篇文章里，陆游对神祇并不言谢，而是笔锋一转，将庙神与官吏作了鲜明比照。他说，官吏受命于天子，管护百姓；庙神受命于上帝，保佑一方，他们的责任是相同的。只是庙宇怎比得过官衙雄伟，香火怎比得过俸禄丰厚，巫祝怎比得过官吏权势。然而，平时官员们疏于政务，不能给百姓创造丰年；而一旦遇上灾害，官员们却只有眼巴巴地望着神祇了。现在神祇倒是尽责任送来了喜雨，官员们应该从百姓的欢歌笑语和对神祇的感谢中感到惭愧才是。

陆游在福州留下不少诗篇，保持了他一向浪漫、豪放的风格，比如“白发未除豪气在，醉吹横笛坐榕荫”（《渡浮桥到南台》）。而这位爱国诗人尽管处江湖之远、居官场之末，依然心忧国事、情系百姓，热情不减。

祈雨文、谢雨文，分明是两篇封建时期官员的良心自白，读后不禁让人心头阵阵发热。

2012年

附：

福州祈雨文谢雨文

陆　游

福州城隍昭利东岳庙祈雨文

闽之风俗，祭祀报祈，比他郡国最谨。以故祠庙之盛，甲于四方。斧斤丹垩，靡有遗巧，重门杰阁，焕然相望。则神之所以福其人者，亦宜与他郡国异。而自夏讫秋，骄阳为害，水泉浅涸，草木焦卷，多稼弥野，将茂而槁。夫幽显之际虽远，然岂有享其奉而不恤其害者。惟神聪明，宜动心焉。

谢雨文

吏受命于天子，牧养百姓，神受命上帝，保卫一方，其责则均。然而祠宇貌像，孰与官府之雄；牺牲醪币，孰与廪饩之厚；巫觋尸祝，孰与官属之盛。吏惰政纰，无以格丰年之祥。不自责而望神，宜拒而弗享矣。区区之祷，曾未信宿；云兴东山之麓，雨被千里之内；雷发而不怒，风行而不疾。祁祁脉脉，如哺如乳。起视四野，莫不沾足，愁叹之声，变为欢谣。

呜呼！吏之愧于神多矣。酒洌牲肥，乐歌送迎，匪报也，以识吏之愧也。

（选自《陆游集》，中华书局1976年版）

革故鼎新之道

——读《修建洪江金山塔疏》

这是一篇明代关于修建金山寺塔的告文。说的虽是修庙建塔的由来，却更像一篇文笔轻松、富含哲理的散文佳制。作者曹学佺（1574—1646），字能始，号雁泽，又号石仓居士、西峰居士，福州洪塘人。他是明末著名的学者和藏书家，其学识渊博，精研五经，旁通天文、禅理，诗文丰富，位列“闽中十子”之首。曹学佺于明万历二十三年（1595）考中进士，历任四川右参政、按察使等职，因撰《野史纪略》得罪把持朝政的魏忠贤一党，被劾革职，遣返故里达20年。1645年，唐王朱聿键在福州登基，改元隆武，授曹学佺太常寺卿，进礼部尚书，命与大学士黄道周共参国政。1646年9月17日清兵攻陷福州，72岁的曹学佺自缢于西峰里府第。

在福州家乡闲居时，曹学佺在妙峰山下构筑一所石仓园，作为他和福州文人雅士聚会、游乐的场所。曹学佺精通音律，擅长度曲，家中长年养有戏班，被称为“儒林班”，为闽剧儒林流派之始。曹学佺也因此被认为是闽剧的创始人之一。周亮工《闽小记》记载：“能始家有石仓园，水木佳胜，宾友翕集，声技杂进，享诗酒，谈燕乐，近世所罕见也。”可见他家资殷富，而且乐于交友，极懂得享受人生。与他过从甚密的徐熥在诗中这样写道：“石仓元夕有灯事，词客城中联袂至。夜光堂上光陆离，听泉阁前乐鼎沸……鼓吹声暄出画屏，棹中还有曲堪听。”

但曹学佺并非终日沉耽于诗酒燕乐，居家期间，他为地方建设可以说不遗余力，比如倡浚西湖，修洪山、万安、桐口三桥……修建金山寺塔也是其中一件善举。

在这篇《修建洪江金山寺塔疏》中，作者先描述金山寺地理形胜、得名的由来以及建塔的原因。接着，笔锋一转，说到撤桥的经过：因为连接寺庙和江岸的石桥虽便于人们往来，但由此五方杂处，寺庙变得和闹市一样，也跟风水先生所说不符，所以听从各位士子的意见，拆了石桥，这样，到金山寺去，一定要坐渡船，使得仍有梵俗之别。至于修建寺塔，是因为今年塔顶被雷电击毁。他引用了《易经》中的两句话："革去故也，鼎取新也。"（革卦去旧，鼎卦取新。）"文明以止，人文也。"（社会制度、风俗教化是人们生活的基础，是社会人文现象。）从而阐述革故鼎新的道理，无论是礼仪制度也罢，风俗习惯也罢，要改变它们，都需要机会。世间的事物都是如此，要顺天应时，人又怎能不这样做呢？不到 300 字的一篇短文，写得笔酣墨饱，而又从容不迫，层层转进，如有一线相牵。篇末点题，深中肯綮，更使通篇文章卓然升华。

2012 年

附：

修建洪江金山塔疏

曹学佺

余里有小金山，四面皆水，有一矶盘踞其上。堪舆家言以为印浮水面，里俗以为似扬子江之金山而差小，但以小金山目之。水自三溪来者，回旋于矶之下，潴而为潭。相传有异物潜其中，因建寺塔以镇制之。近日东北岸渐淤，沙渚与址相系。其傍有一石桥，刱无多岁，虽便于往来，然五方杂处，梵刹因等于阛阓，而浮水之印与形家言不合，子衿辈白于少宰翁，公从众议撤之，于是造寺非问渡不可，仍有梵俗之别。乃今岁，塔尖击于雷火，而曩架一小阁啮其半，塔形如两截然。总之，皆当一更新之会也。《易》之词曰："革去故也，鼎取新也。"又曰："文明以止，人文也。"塔之为象，极高明而镇浮嚣。予得其所谓文者止者机焉，革而新之。造物且命之矣，人乌可以不成诸？

（选自《曹学佺集》，江苏古籍出版社 2003 版）

处益高见益远，造益深获益富

——读吴海《游鼓山记》

石鼓名山，位于福州东郊，以峰雄、石奇、洞幽、林美，深受人们喜爱，自古以来就是游览胜地，同时也是佛门圣地，自晋宋以降，名宦硕儒莫不到此登临，留下许多诗文题刻。其中，明代学者吴海的《游鼓山记》记叙他和好友不畏艰难伐莽披棘登上鼓山顶峰的经历和感受，堪称一篇文情并茂的佳作。

吴海，字朝宗，福州人，终身不求仕进，以学行著称于世。1305 年秋，吴海与 3 位朋友相约游鼓山。鼓山虽说过去名气很大，古时来登山游览的人不少，但已有近百年的萧条，可以说人迹罕至。因此，吴海的这次鼓山之行，是游客百年来的首次登临，带有冒险探幽的意味。他们找了一位樵夫带路，但连樵夫也找不到登顶之径，他们只能顺着沟壑攀缘前行，几经颠踣（摔倒），最终登上顶峰，感受自然不一般。

吴海看到了什么呢？登上岁崱顶峰，"乃拂石刻，观晦翁大字，读沈公仪铭，摩挲徐鹿卿《请雨记》"。令他欣喜不已。

他还看到方圆数百里的壮观景象，西北诸峰，西南诸峰，尽收眼底。

西望福州郡城，市廛繁荣、宫苑崇丽。千里闽江纳众多支流，而后东注入海。东南弥望浩荡，梅花、南交诸岛，似在五步之内；永泰、闽清、长乐、福清之境，历历可见。最奇的是，海上玄云亘立，太阳升起后，山烟水霏苍茫，远近或显或隐迭出，如在画图中。

站在小土堆上，眼光受限于一隅；登上一座小山岗，则可以看到百里以外；而现在身处高山之巅，极目云天，胸纳大海，四围景色，一览无余。写到这里，作者不禁发出一声感慨："岂非所处者益高，所见者益远；所造者益深，则所获益富邪？"

2013年

附：

游鼓山记

吴 海

福为八闽都会，上四郡皆山。地势局促，不能廓以舒；下皆濒海，风气疏荡，不能隩以周；惟是州处其中，不荡不局，得二者之宜。环州之山，惟东石鼓为最高，能兴云雨，盖州之望也。

岁乙巳秋，郡人黄伯弘，约予与广平程伯崇、建安徐宗度，自河口买舟，顺流而下，抵白云廨寺。明日径寺右，行蔬畦间，度松林二三百步，入丛篁中，径傍小竹，微露缀其上如珠，时滴人衣，觉清爽。出篁竹皆微蹊，二里许，登小顶峰，峰直寺后，下视殿阁，若骑其危。西望都城，列雉数千，市廛阛阓，台前府寺，释老之宫，辉耀崇丽，州邑之雄，可谓罕丽。由小顶而上，又里许至大顶。使僮仆伐莽披棘，拟步而后可进，若是二百武，少转而南，然后造乎岁崩之巅。乃拂石刻，观晦翁大字，读沈公仪铭，摩挲徐鹿卿《请雨记》。记漫久不可辨。时晴空景明，万象灵呈，幽奇诡异，不待搜剔，自来献状，使人倏然而尘虑消，淡然而情景融。极目西北诸峰，若数百里，攒者、骛者、凌者、斗者、攘者、赴者、突者、簉者；特立独出者，龈腭剑戟者。西南诸峰，若云矗波涌，若车马驰骤，近至数千里之内，皆周旋徘徊，顿伏妥帖。间之以溪壑，流之以江河。盖自剑、邵来者，至水西旗山而止；自汀、泉来者，至水南方山而止；自建来者，至是山而止。若夫建、剑、汀、邵之溪，合流至于洪塘分为二。江南过石头，纳永福之溪，与濑溪出西峡，北过新步，亦分为二。又合而至于长隑乃西峡江。合过石马、下洞，受长乐港与夐港，出闽安镇而入于海。东南弥望浩荡，不可极远，至于琉球；近而梅花、南交诸岛，咸在五步之内，自永福、闽清、长乐，以至福清之境，历历可见焉。

罡风忽起，联立东望扶桑，以候朝旭，奔星矢驰，四面相射，有玄云横亘在海面，高四五丈，不得视其初出之景，须臾日上已高，山烟水霏苍茫，远近隐显迭出，恍然如画图中，又一奇也。

至寺已近午。寺左有灵源洞，石磴垂梯，两崖崇墉，通以石梁，白云亭其上。坐稍久，洞谷牛风，时来袭人。起观蔡君谟书，有奇石立道侧，号将军石。于是履危栈，度石门，求晦翁题名，赵子直诗，抵“天风海涛”之亭极焉。孤撑巉岩，凭栏欲堕，川分谷擘，江面如沼，险绝清旷，遂兼得之。

夫升培塿者隘一方，陟冈阜者，薄百里，乃今纵目力于霄汉，纳溟渤于胸次，晦冥昼夜，收拾举尽，岂非所处者益高，所见者益远，所造者益深；则所获益富邪？且是山昔人莫不登之，近百年来人迹罕到，自予始登，命樵夫为导，亦不知其路。乃缘壑径上，颠踣者屡，而后得至其所。忽得旧路，循之而下，盖宋时所辟而僧除之。始绝顶，皆短荆无林木，今可张幄矣。始寺外多数百岁古树，今但见新植矣。

随笔四则

为迟到者鼓掌

在悉尼27届奥运会上，最激动人心的场面不是一个个夺标的镜头，而是在马拉松比赛中，终点会场上，全场11万观众不断起立，为每一个迟到的运动员鼓掌。

此时冠军、亚军、季军早已产生，就连100名前的运动员也已经坐到休息席上。但还是有人接二连三地跑进场，气喘吁吁，大汗淋漓。他们当然知道，这个时候，他们已经与奖牌、与名次无缘，他们只是要坚持跑完全程，跑到终点。

时间已经很晚，竞赛从某种意义上说也已经结束，因为再没有任何胜负的悬念，更不可能有奇迹出现。但观众并没有离去。他们耐心地等待着每一个迟到的进场者，一遍又一遍地为他们起立，为他们鼓掌。

为迟到者鼓掌，首先是为一个竞技项目鼓掌。纵然金牌、银牌、铜牌已经诞生，但竞技并没有停止。马拉松是一个长跑运动项目，更是一个多人参与的项目，其运动本身就意味着大多数竞赛者将不可能获得奖牌，乃至名次。因此，在观众的心目中，马拉松赛的全过程，就是一面面无形的奖牌，他们不断地将奖牌颁发给一个接一个跑完全程的进场者，掌声就是他们慷慨的褒奖。这项运动的奖牌还存在于每一个运动员自己心中。只要他们跑完全程并且超越了自己过去的成绩，就是为自己颁发了奖牌。

为迟到者鼓掌，更是为一种竞技精神鼓掌。不错，从来，鲜花和掌声都是向着优胜者的，而优胜者总是那么寥寥无几。不是所有的运动员都能在比赛中获取奖牌，更多的人只是参与。他们也许没有问鼎奖牌的实力，但他们还是勇敢地加入到竞赛的行列。因为只有大多数人的参与，才使得一项体育运动有更大的吸引力和发展动力。他们的参与，归根到底是为了奥林匹克精神。

为迟到者鼓掌，自然也是为失败者鼓掌。有胜利就有失败，胜利总是相对于失败而言，这是人生的两个侧面。况且，人生在世，不如意者十有八九，我们总要坦然面对失败，朝着失败微笑。而失败者不言败的意志，恰恰是支撑着一个人乃至一个民族、一个国家的有力脊梁。

由此我又想到文学创作。文学何尝不是一场旷日持久的马拉松赛？孰先孰后，孰胜孰败，孰得孰失，或许并不重要。重要的是一种平常的心态、一种参与的精神，还有坚持到最后的毅力。作为一名多年的编刊人，诚然，我的目光已不再紧盯那些春风得意的捷足先登者，我知道，鲜花和荣誉正在前头等待着他们。我更关注那些迟到者，关注那些将过程一一踩在脚下的每一个踽踽前行者。谁知道，下一场比赛，他们当中不会有优胜者？其实在许多时候、许多场合，我们自己也都是迟到者。迟到无须抱憾，可贵的是不轻言放弃。而人生只要有过这样一场经历，即便没有任何名次，也足够回味了。

最后，我想要说的是，马拉松从没有结束，观众也没有离去。

2000 年

笔和童年

我早已经使用电脑写作了，但对钢笔依然有一种特殊的感情。我书桌的抽屉里便躺着好多钢笔，大多使用过，有的笔尖已经损坏了，但我却舍不得丢掉。

舍不得丢，实在还有一段难忘的往事。

小时候家贫，直到小学毕业，也买不起一支钢笔。高年级时做作文，老师强调要用钢笔抄。父亲给了我一支旧钢笔。可是笔尖已经磨秃了，写出来的字又粗又难看，遇到笔画多的就要写出格。向母亲磨缠了好久，终于给了我二角钱。当时二角钱便可以买一个新笔尖，我高兴极了。

这时，一位同桌的男生对我说，他家里有一个现成的笔尖，用不着去买。这二角钱嘛，干脆咱们一块去电影院看场电影。这之前，我只看过在操场放映的露天电影，还从没上过电影院，所以这建议太有诱惑力了。看罢电影到了同学家，他找出笔尖，却怎么也安不上。原来，这是只蘸水笔的笔尖，不是自来水笔上的。怎么办呢？最后，他想了个主意，用缝被线将笔尖绑在钢笔的笔头上。这种绑着的笔尖，写出来的字自然是歪歪扭扭的，线常常被绷断，笔尖也常常出不了水，要用手指不断拨弄，因此，整天指头上都沾着蓝墨水。

这种状况居然维持了好久，因为我不好意思再向母亲要钱了。我学会了怎样用纱线将笔尖绑得恰到好处，既牢固又出水流畅。那时，我迷上了唐诗宋词。没有钱买书，我就抄。父亲用旧公文纸裁下的纸边给我订了个本子。每天上学、放学时经过新华书店，我便从书架上抽下书来，急急地默记下几句，然后，一路背诵。一到家，就连忙抄在小纸本上。我不敢在书店公开抄，因为怕那种捆绑式的笔尖会把书给沾污了。两年不间断下来，居然抄录了四五百首诗词和三十多篇古文。而且，在抄录的过程中，我已经将它们背熟了。

走上编辑岗位后，我才发现，这一段经历，对我有多么重要。那时，编辑部是一个大房间，一张桌子紧挨着一张桌子，编辑们彼此间关系都十分融洽。一个生僻词汇的解释，一首诗词的出处都可能引发活跃的气氛。有时，年轻的同事会羡慕我，对古典诗词和古文有那么好的记性。其实，那是生活艰辛的报偿。而我走上文学之路，跟这一段经历也不无关系。

因为职业的关系，我使用过好多支钢笔，每一支笔都是一段岁月的见证，因此，我对它们怀有特殊的感情。如今，一支支钢笔正静静地躺在我的抽屉里，看到它们，我就会想起那一段往事，然而，我更怀念的是童年的那一股勇气和毅力。

1994 年

跨出的悲剧

亲戚喜好垂钓，晚上踏着重重夜幕，又送来了一天的劳动成果：十几条鲫鱼和几条鲶鱼，用一只大塑料袋装着。临走，再三交代，要把鲫鱼和鲶鱼分开，否则它们会打架。于是我们忙不迭地将鲫鱼装进盆里；鲶鱼，则给它们安排了一只深桶，考虑到鲶鱼性烈，桶上还加盖了砧板。

第二天清晨，进厨房，只见一条黑乎乎的东西趴在灶台上，两根长胡须还在微微地颤动。原来是一条最强壮的鲶鱼，居然顶开砧板，破桶而出。望着昨夜还生龙活虎而今已奄奄一息的鲶鱼，我不禁有几分感慨：桶内的世界虽然狭小而拥挤，但毕竟还有些少活命之水。这条鲶鱼却实在是打错了主意。它以为外面的世界一定精彩，于是跃然而出，一场悲剧就此发生。

然而，跨出的悲剧并不仅仅发生在这一条鲶鱼身上。

战争或自然灾害中，最初的牺牲者，也许就是反应最快的跨出者。

岂仅是灾害当头，生活中有太多的东西吸引着并诱惑我们跨出。也许，跨出是一种生命的本能。但不计后果的跨出，就像这条鲶鱼，带来的往往是一种悲哀。

我并非一概否定跨出，甚至还对许多跨出者怀着景仰之心。探寻新大陆的航海家哥伦布是跨出。30天的海上茫茫航行，几乎使船员们绝望。但就在最后的坚持中，哥伦布成为探索世界的英雄。跨出者中，不乏慷慨赴义之士。“戊戌六君子”是跨出。至今，我仍为谭嗣同当年的慷慨陈词深深打动：“现今中国还没听说因为变法而流血的……如果说有，就请从我谭嗣同开始。”“黄花岗七十二烈士”是跨出。他们的献身，加快了中国民主革命的成功。孙中山先生因此撰文：“草木为之含悲，风云为之变色！全国久蛰之人心，乃大兴奋！悲愤所积，如怒涛排壑，不可遏止，不半载，而武昌革命以成！”

世界五千年，写满了跨出者的名字。他们的跨出，代表了人类社会的进步。

但生活中，我们同样见识了许许多多的跨出，有任意率性挑战秩序和规则的，有缺乏思考莽撞行事的，有不明是非一味盲从的，还有为一己私利和私欲铤而走险的……并因此而成为悲剧的主角。

把垂死的鲶鱼放回桶中，伙伴们都围着它欢快地游动。但它终于没能活过来。我的感情因此变得沉甸甸的，于是有了以上关于“跨出”的种种想法。

1996年

散文种种

散文是什么？对于每一位写作者来说，就像人类那道古老而永恒的命题“我是谁？我从哪里来？我到哪里去？”一样，有多少人就有多少个回答。

现代社会是多元的，各种观点也是杂色的。多元和杂色，或许能体现当前散文创作上的某些特点。不可能，也没有必要给散文下定义。但散文确实在发展中丰富，又在丰富中发展了。在人们的眼里，散文已经不仅仅是一篇生活简单的赞美诗或是一段过往足迹的刻板记录。它大可穷极宇宙，小可洞烛内心；重则烹煮世象，轻则闲剪烛花。散文在回归本体的同时，显示出它开放的姿采。

王国维说：“散文易学而难工。”易学，指的是散文的普用性。确实，人们生活中应用得最多的文体是散文。无论游记、书信、日记、文告、诉状，乃至欠借条，都可以成为让人津津乐道的散文。难工，指的是散文的艺术性。散文贵在清新自然，但必须强调它的美文特质。作为艺术的散文，首先是“材料”即语言要美，要精炼流畅；但又要语出天然，新奇鲜活，做到“清水出芙蓉，天然去雕饰”。散文无论朴素也罢，华丽也罢，都不重要，重要的是散文的境界。散文的境界是主客观融合的产物，透析出生活的哲理，蕴含着人生的智慧。境界有大小，但不以大小分高下。散文有长短，亦不以长短称优劣。散文尤宜节制，删繁就简，去芜存菁。那些洋洋洒洒，动辄上万甚至十多万言的散文，未必敌得过一篇数百字的短制。散文不能高高在上，不食人间烟火。因为散文本来就是生活的多棱镜。散文还是搭建在人和自然之间的廊桥，是心灵和自然碰撞后发出的道道回声。

散文种种，实难尽述。但散文最重要的是要有个人品格。因为散文是最具个人化的作品，描绘的是生命的形态和生命的感悟。散文的血管里流出的必须是自己的鲜血，所以散文不要轻易写，更不能轻率写。

散文需要创新，同时也需要传承。而传承并非一句空话，要对中国古典文学下一番扎实的功夫，同时融入对现代生活的深刻思考。所谓大作品，并非一定就是大题材，而真正要做到的是美文美质，并达到形神情理统一的艺术境界。

2001 年

后　记

我写作散文和从事编辑工作几乎同时。在这片田野里不倦地耕耘与守望，是我人生的最大快乐。这本散文集内容较杂，既有纪游、杂感、回忆、怀人之作，还有读书笔记等。收入这本文集里最早的一篇是写于1976年的《那一年》，从未发表过。而《林浦纪事》则创作于2024年，时间跨度近半个世纪。感谢海峡文艺出版社，让我有机会将半个世纪散落的若干文字重新集合到一处。文从心声，无论是一分快乐、一丝忧伤、一道沉思抑或一声叹息，都会勾起我对往事的记忆。昨日扁舟，曾经风雨，烟树云山，一时心情。

是为记。

2024年8月